Un pacte sous condition

Un pacte sous condition

Un pacte sous condition

Lyne DEBRUNIS

Un pacte sous condition

Roman

Un pacte sous condition

Un pacte sous condition

AVERTISSEMENT

Ce livre est un roman qui peut être lu par des adolescents comme des lecteurs plus âgés. Les faits sont fictifs en conséquence, toute similitude avec des événements vécus ne pourraient qu'être fortuits.

Un pacte sous condition

1

Depuis trois ans, Marine est médecin aux urgences de l'hôpital Rangueil à Toulouse. La fréquentation du service est importante et l'équipe ne chôme pas car les médecins de ville ont des consultations surchargées comme dans de nombreuses régions de France et lorsque les malades ne peuvent pas être reçus, c'est aux urgences qu'ils se rendent.

En ce jour de janvier, il est un peu plus de treize heures et elle a déjà six heures de présence dans le service, des épidémies de bronchiolite et de grippe sévissent amenant de nombreux patients mal en point. De garde depuis sept heures, elle est fatiguée et s'apprête à prendre une pause, aspirant à un café et un peu de calme car elle n'aura pas le temps de déjeuner, quand l'accueil lui demande de recevoir une fillette amenée par une institutrice.

Elle se rend dans la salle d'examen et se trouve devant une petite fille très intimidée, qui ne la regarde pas et semble perdue dans la contemplation de ses doigts aux ongles abimés.

L'institutrice restée près d'elle, explique que l'enfant âgée de cinq ans avait trébuché après le déjeuner en sortant du réfectoire et qu'elle était tombée dans une grosse flaque d'eau. Elle avait voulu lui enlever ses vêtements mouillés pour les remplacer par une tenue de dépannage dont dispose l'école mais l'enfant refusait de se laisser faire avant de céder en larmes devant l'insistance des deux adultes qui la contraignaient à se déshabiller. Avec horreur, l'institutrice avait découvert le petit corps de l'enfant couvert de longues cicatrices fines ou de traces rondes et boursoufflées de profondes brûlures plus ou moins cicatrisées. La situation leur avait paru alarmante car en changeant son sous vêtement mouillé, elles avaient aperçu aussi des marques dans sa culotte. Elles avaient donc préféré amener la fillette à l'hôpital, certaines plaies très récentes, enflammées ou purulentes semblant nécessiter des soins.

Marine frissonne, elle a l'estomac à l'envers mais ses larmes ne coulent plus, les urgences lui ont donné l'habitude du pire, cependant, rien ne lui fait plus de mal que de constater des atteintes à l'intégrité physique et mentale d'un enfant. Là c'est d'une toute petite fille qu'il s'agit, une très jolie petite poupée blonde aux grands yeux gris éteints et larmoyants, un peu maigrichonne.

- Comment t'appelles-tu ?
- Marie-Hélène, Mimi m'appelle Mylène.
- Marie-Hélène est un joli prénom mais Mylène est plus court et c'est joli aussi.
- Non ce n'est pas pour ça. Mylène pour que j'arrête de faire du cinéma.
- Du cinéma ? répond le médecin en fronçant les yeux et en touchant les cicatrices. Ah, comme une actrice qui s'appelait Mylène Demongeot. Elle était très belle et jouait bien.
- Je ne sais pas mais je ne dois plus demander ma maman et je ne dois plus pleurer.
- Autrement tu es punie ?
- Oui, pour que je me rappelle que les caprices sont interdits, après j'ai mal longtemps.
- Qui te fait ça ?
- Papa donne la fessée quelquefois mais Mimi fait mal.
- Et ton papa sait que tu as mal ?

L'enfant hoche la tête, les yeux pleins de larmes.

- Vous allez rester là, dit-elle à l'institutrice, je vais revenir. Mets ce drap sur toi ma poupée afin de ne pas avoir froid. Je serai rapide, je dois parler à une amie et je reviendrai te soigner très vite.

Marine revint peu après, accompagnée d'une jeune femme en pantalon de jean et en veste. Elle salua l'institutrice et se dirigea vers l'enfant avec un beau sourire avenant.

Elle s'accroupit près d'elle afin d'être à sa hauteur, la regarda en souriant mais se garda bien de la toucher.

- Bonjour Marie-Hélène, le docteur Marine m'a dit que tu avais mouillé ta robe en tombant. Je vais regarder les bobos que tu t'es fait pour qu'elle puisse te soigner très vite. Oh ! mais tu as les genoux bien écorchés, tu as dû te faire mal mon petit poussin, il va falloir mettre du rouge et un pansement avec des nounours, tu en as toujours docteur Marine ?

Marine hocha la tête et montra une boite en précisant à l'enfant qu'elle les choisira.

- Oh, là aussi il va falloir soigner et là et là, ton dos est plein de bobos et devant... Baisse ta culotte, houlà ! celui-là doit faire très mal et sur les fesses. Tu as de gros bobo douloureux, ajoute-t-elle, émue et la voix rauque, docteur Marine tu as du travail. Dit-elle en prenant des photos avec son téléphone.

C'est Mimi qui t'a fait ces bobos ou ton papa ?

- Mimi, papa donne la fessée quand il est fâché.
- Et il ne dit rien lorsque Mimi te fait mal ?
- Non, il est parti ou il dort. Elle crie quand il est là c'est tout.
- Mimi c'est ta maman ?

- Non, maman est partie faire les courses et Mimi est restée. Je veux ma maman mais elle ne revient pas.

Maïlys se releva et s'adressa à Marine.
- Pouvez-vous la garder en pédiatrie un jour ou deux que je trouve une solution ?
- Oui, certaines blessures sont infectées. Merci madame, nous gardons Marie-Hélène afin de la soigner et nous préviendrons ses parents. Déclara Marine à l'institutrice, maitrisant mal la colère et l'écœurement qui bouillonnent en elle.
« Comment des adultes peuvent-ils s'en prendre à une si petite enfant ? Ils sont dingues ! »
- Une infirmière très gentille va te soigner et t'emmener dans ta chambre. Elle t'expliquera où tu pourras trouver des livres et des jouets et tu verras les autres enfants.

Une jeune femme en blouse rose rentra et attendit les consignes pendant que l'institutrice soulagée, s'éloignait avec l'assistante sociale.
- C'est une gentille petite un peu effacée et plutôt silencieuse, son père nous a prévenu de la mort accidentelle de son épouse mais nous avons l'impression qu'il n'a rien dit à Marie-Hélène. Que va-t-il se passer maintenant ? Demanda l'institutrice mortifiée par ce qu'elle avait pu constater.

- Ne dites rien à sa famille, ni à personne ; il vaut mieux que les autorités se chargent de prévenir ses parents et qu'il n'y ait pas de rumeur, car la petite fille a certes été blessée mais nous ignorons tout des circonstances et du ou des responsables. Je vais déclencher une enquête car il y a maltraitance avérée de l'enfant depuis plusieurs mois d'après les cicatrices. Son institutrice et vous, serez sans doute interrogées, prévenez votre collègue mais restez discrète. Je vous laisse, merci d'avoir accompagné Marie-Hélène jusqu'ici.

Maïlys, l'assistante sociale s'éloigna abattue, en colère et les yeux humides.
« J'en ai marre ! Encore un enfant qui est pris pour exutoire par ceux qui sont chargés de l'aimer et de veiller sur lui. Le monde devient fou et la justice n'est pas toujours juste ! »

Elle retourna dans son bureau et appela le commissariat de police pour signaler l'affaire. Selon les conclusions de l'enquête, l'enfant sera ou non placée dans un foyer ou une famille d'accueil.

Vers seize heures, Pauline, l'officier de police vint prendre les dépositions des deux professionnelles mais il est trop tard, Marine a quitté son service. Maïlys expliqua ce qu'elle avait constaté et montra les photos que l'officier transféra sur son appareil en grimaçant.

- Et je suis sûre que la petite est persuadée qu'elle a mérité tout ça ! J'ai besoin du nom de son père et de son adresse. A-t-elle de la famille, grands-parents, oncles ou tantes ?
- Je l'ignore.
- A creuser. Bon maintenant à toi, comment vas-tu ?
- Je déteste ces affaires de violences mais je tiens le coup. J'irai voir demain matin en pédiatrie, j'obtiendrai les premiers retours comportementaux. Je devrai sans doute lui trouver un point de chute correct et ils ne courent pas les rues.
- Viendrais-tu prendre un pot vers dix-huit heures trente à côté de mon bureau ? Il y a eu des mutations et de nouvelles têtes sont arrivées, ensuite nous pourrions nous faire un ciné ou une pizza si tu préfères.
- Oui ma chère cousine, tu veilles sur moi mais je vais bien, ne t'inquiète pas. Je suis simplement en colère mais ma rogne va passer. Reconnais que ces gens ne méritent pas la responsabilité d'un enfant.
- Je pense qu'il s'agit plus d'un souci d'hygiène mentale que de mérite. Heureusement, elle est assez jeune pour pouvoir oublier si elle est placée dans de bonnes conditions. J'y vais, je suis attendue, à tout à l'heure.

La fin de journée arriva vite. Maïlys avant de partir se rendit en pédiatrie et sans se montrer regarda la petite à table avec les autres enfants.

« Elle se tient bien, écoute, observe, sourit parfois mais ne participe pas encore à la discussion sur la prestation du magicien qui avait eu lieu pendant l'après-midi. Elle s'adapte. »

Une aide-soignante arriva derrière elle pour lui prendre son assiette, l'enfant sursauta et leva le bras en protection ce qui sidéra la jeune femme qui recula.

- Je t'ai fait peur, excuse-moi, j'ai pensé que tu m'avais entendu. Veux-tu du dessert ? Il y a un bon flan avec plein de caramel. Tu viens d'arriver, je ne te connais pas, quel est ton prénom ?

La petite se détendit et répondit en esquissant un sourire.

« Tu n'as rien à faire ici, elle est soignée et entre de bonnes mains, rentre chez toi, le reste attendra demain. » se dit Maïlys et en se retournant, elle se cogna à Marine.

- Oh Marine ! Je pensais que tu étais partie.
- Je suis allée faire des courses et tracassée par la petite, je suis repassée avant de rentrer chez moi. Comment va-t-elle ?
- Difficile à dire, elle est calme et attentive à l'environnement, mais elle s'est laissé surprendre par l'aide-soignante qui apportait les desserts. Elle a eu

manifestement peur et a cherché à se protéger. Il faudrait que la psy la voie.

- C'est prévu. Que fais-tu ce soir ? Je n'ai pas envie de rentrer chez moi et de ruminer même si je suis crevée.

- Viens avec moi, je dois rejoindre Pauline dans un bar près de son bureau. Il y aura de nouvelles têtes auxquelles nous aurons à faire un jour ou l'autre et ensuite nous irons manger une pizza.

- Vendu ! Tu m'emmènes, je n'ai rien qui risque dans la voiture, mes courses pourront attendre un peu pour être rangées. Rencontrer de nouvelles têtes qui ignorent tout de la médecine et auront d'autres sujets de préoccupation sera parfait pour me changer les idées.

Maïlys ferma son bureau à clef et les deux jeunes femmes quittèrent l'hôpital en plaisantant.
Elles attirent l'œil toutes les deux parce qu'elles sont grandes et ont beaucoup d'allure. Maïlys est brune aux yeux bleus, fine et ses traits sont délicats et expressifs. Elle est réservée et ne se détend qu'en présence de ses amies. Marine plus âgée de quatre ans, est grande, elle aussi, dépassant le mètre soixante-dix. Mince, aux cheveux coupés courts, elle dégage un certain aplomb et un sentiment de sécurité. Elle a choisi le métier d'urgentiste parce qu'elle se sent encore plus compétente sous la pression et lorsqu'il faut rapidement prendre des

décisions. Le manque de sommeil et les journées chaotiques ont commencé à marquer son visage aux traits tirés et de fines lignes soulignent déjà ses yeux un peu cernés. Il n'empêche qu'elle aime son métier et conserve un beau sourire.

Elles arrivèrent emmitouflées, peu de temps après, en vue du commissariat central, situé le long du canal du midi et cherchèrent une place de parking puis elles parvinrent à se garer non loin du lieu de rendez-vous. La soirée est belle et la température aux alentours de dix degrés dans la journée fraichit.

Des policiers en tenue ou en civil, les saluèrent lorsqu'elles arrivèrent. Elles répondirent à ces hommes et ces femmes qui les reconnaissent alors qu'elles ne sont pas capables de tous les identifier. Pauline les aperçus et les héla.

-       Maïlys, Marine, venez par-là !

Elles rejoignirent Pauline et un petit groupe :
-       Les gars, je vous présente ma cousine, elle s'occupe du social à l'hôpital Rangueil et Marine, une amie urgentiste. C'est sympa de te joindre à nous, docteur.
-       S'il te plait, il n'y a pas de docteur ce soir, juste Marine. J'ai besoin de ne plus penser à l'hôpital.
-       OK, tu risques d'entendre parler boutique et enquête, tous les milieux ont leurs obsessions et nous ne sommes, pas épargnés nous non plus.

- Je m'en doute… Alors comme ça vous intégrez des nouveaux venus en cours de trimestre et ne le faites pas à la rentrée comme souvent ?
- Nous avons beaucoup pleuré à cause de notre sous-effectif et deux officiers supérieurs sont arrivés en renfort pour diriger les enquêtes et nous allons utiliser leurs compétences sur l'affaire de cet après-midi. Je vous présente Luc et Jean-Philippe. Ces jolies filles sont Maïlys ma cousine et le docteur Marine. J'ignore si vous aviez entendu leur nom tout à l'heure. Elles ont la fillette sous le coude et c'est avec elles que vous devrez bosser, petits veinards. Plus sympa qu'elles, y'a pas… alors ne venez pas raconter que dans le sud nous ne sommes pas arrangeants et sympathiques.

Les deux hommes, une bière à la main, saluèrent les jeunes femmes, les débarrassèrent de leurs manteaux en les déposant sur un tas de vêtements empilés sur une table et discutèrent de la ville rose qu'ils auront à découvrir.

Ils ont tous les deux une trentaine d'années, un peu plus sans doute et sont très discrets sur leurs parcours, ils disent venir de Paris. Les deux affirment qu'il était temps d'obtenir des affectations plus tranquilles car ils ont été beaucoup sollicités les cinq dernières années, sans fournir plus de précisions et personne ne le leur en demande.

Maïlys, peu bavarde et légèrement en retrait, s'interrogea sur ce qu'ils avaient pu faire jusqu'alors, ils sont immenses, bien découplés et d'allure sportive mais les traits de leur visage sont un peu durs et déjà marqués. D'apparence décontractés et ouverts, leurs regards restent sérieux et sont attentifs, ils ne manquent rien de ce qui se passe autour d'eux. Elle se demande pourquoi ils sont aussi vigilants et comme ils ont un comportement identique, elle suppose qu'ils ont reçu la même formation, sans qu'elle puisse déterminer laquelle.

Marine et Maïlys discutèrent un moment puis déclarèrent qu'elles voulaient partir assez vite parce que Marine est fatiguée.

- Tu veux tout de même aller à la pizzéria avec nous ?
- Oui mais je m'endormirais debout si je trainais trop et tu devrais me porter, répond Marine.
- Tu plaisantes, j'en serais bien incapable, dit Maïlys en riant.
- Pas moi, je pourrais t'aider si cela arrivait mais pour cela il faudrait que vous acceptiez notre compagnie, déclare Jean-Philippe qui les suivait.
- Nous n'irons pas loin, la garde a été fatigante physiquement et moralement aujourd'hui et je ne pourrai pas rester longtemps.
- Pour une fois, nous rentrerons plus tôt et nous pourrons dormir, remarque Luc.

Ils se rendirent tout près, dans un établissement à l'ambiance intimiste, les tables y sont décorées de nappes à carreaux rouges et blancs et l'air fleure bon l'ail et les épices.

Finalement, après avoir dîné et rit aux plaisanteries des deux hommes et de Pauline, les deux jeunes femmes avaient chassé les nuages noirs qui obscurcissaient leur journée et rentrèrent chez elles plus tard que prévu, après avoir échangé leurs numéros de téléphone avec les deux hommes.

- Voilà deux hommes bien sympathiques, ils ont l'air bien dans leur tête et semblent supporter leur boulot sans trop de peine, remarque Maïlys en ramenant Marine au parking où l'attend sa voiture.
- Oui, il faut voir mais apparemment, ils ont des valeurs fortes. J'aurais dû prendre ma voiture afin de t'éviter de me ramener ici.
- Ne t'inquiète pas, je n'habite pas loin, ce n'est pas un détour. On se verra demain ?
- Ah non, demain je dormirai et ferai le vide ! C'est mon jour de pause. Préviens-moi tout de même s'il y avait du nouveau pour la petite poupée.

Maïlys acquiesça d'un signe de tête et repartit vers chez elle.

Elle posa ses clefs sur la tablette au-dessus du radiateur de l'entrée et abandonna ses chaussures avec bonheur avant de se diriger vers sa chambre.

Elle n'accorda même pas un regard à son petit appartement confortablement installé, pas plus qu'aux belles photos prises au cours d'escapades solitaires dans les côteaux et mises en valeur par de beaux encadrements.

Elle n'a plus à faire d'effort maintenant qu'elle est chez elle et un poids inouï lui est tombé sur les épaules dès qu'elle a été seule. Les larmes montent à ses yeux et débordent sur ses joues. L'affaire de Marie-Hélène l'a touchée plus qu'il l'aurait fallu et a fait remonter les horribles souvenirs à sa mémoire. Elle allait beaucoup mieux pourtant, avec le temps ses études puis son travail, ils avaient enfin presque occupé leur place, relégués dans le passé, mais là…

Elle sait qu'elle aura du mal à dormir.

Elle est couchée depuis une heure. Elle a essayé de lire mais elle n'y arrivait pas puisqu'elle se battait pour garder la porte des souvenirs fermée. Elle éteint, dépitée et ferme les yeux, elle sait déjà que ce soir la bataille est perdue.

Vaincue, elle se laissa envahir par les images d'un passé qu'elle n'avait pas réussi à oublier et les larmes amères incontrôlables inondèrent ses joues.

2

Elle se revit enfant à dix ans, coincée entre un père qui ne se remettait pas de la mort de son épouse bien aimée, enlevée trop vite à sa famille par un chauffard et Lily, une fille encore très jeune, à peine plus de vingt ans, vulgaire et déjà alcoolique qui avait espéré remplacer l'épouse trop vite partie.

Des images de son père, encore si jeune, si changé qu'elle peinait à le reconnaitre, avec une quarantaine de kilos en trop, la bedaine passant par-dessus la ceinture de son pantalon, environné d'une odeur forte de transpiration aigre mêlée aux effluves d'alcool et elle ne savait quoi de persistant, sans doute des relents de tabac. Elle avait aimé ses câlins affectueux et rassurants, disparus avec la perte de sa maman et l'arrivée de « l'autre » qui l'encourageait et l'accompagnait dans sa descente aux enfers. Lorsque Maïlys osait une remarque, le fol emportement de Lily était d'une rare violence.

Un pacte sous condition

Lily avait gagné en contraignant la petite fille au silence et à la consternation devant la rapide déchéance paternelle.

Au fil des mois, son « papa » devenu « son père » puis « il », avait été renvoyé de son travail à force de boire avant de perdre sa santé et d'en mourir, étouffé dans son sommeil par ses régurgitations. Son père avait renoncé à essayer de surmonter son chagrin pour s'occuper d'elle et l'avait abandonnée. Elle avait pensé que si elle ne lui avait pas inspiré assez d'amour c'était sa faute.

Restée seule avec l'enfant, Lily reçue par le notaire s'était aperçu qu'elle n'avait aucun droit sur Maïlys pas plus que sur l'appartement occupé par le père et sa fille qu'elle avait espéré vendre. Elle avait emporté ses maigres affaires le jour même, en lui disant qu'à présent qu'elle était riche, elle devait se débrouiller.

Maïlys avait douze ans et crevait de peur, livrée à elle-même, ignorant à qui demander de l'aide.
Elle avait raclé les fonds du réfrigérateur et du congélateur en faisant attention pour que les réserves durent mais sans argent, elle ne pouvait rien acheter. Elle avait chapardé quelques semaines dans un supermarché, jusqu'au jour où elle avait été surprise et que les autorités avaient dû lui trouver un point de chute et un tuteur. En mourant son père lui avait légué l'appartement acheté à crédit avec son épouse. Il

avait été payé en grande partie par l'assurance du prêt consenti par la banque. Le juge avait décidé de le vendre et de placer l'argent pour qu'elle puisse faire des études plus tard. En attendant, un oncle et son épouse sans enfant avaient accepté de prendre en charge la nièce qu'ils ne connaissaient pas, moyennant une allocation mensuelle. Ils étaient occupés, froids et distants, de toute évidence mal à l'aise avec la jeune adolescente dont ils n'avaient pas vraiment envie de se rapprocher. Maïlys ne manquait de rien sauf d'affection, ce qui l'avait amenée à la rechercher auprès de sa cousine Pauline un peu plus âgée, qu'elle rencontrait de temps en temps et c'est auprès d'elle qu'elle s'épanchait et briguait des conseils lorsqu'elle avait des soucis de jeune adolescente.

Dès le lycée, parce qu'on la disait jolie, les garçons, travaillés par leurs hormones, ne cherchaient auprès d'elle qu'un moment d'intimité, qu'elle leur refusait n'étant pas vraiment tentée par la chose. Timide et vaccinée par les ébats entre Lily et son père avinés, auxquels elle avait quelques fois assisté sans le vouloir, elle n'avait aucune envie de se rapprocher d'un camarade de classe et repoussait l'idée de s'intéresser à la sexualité. Elle avait donc été affublée par les élèves d'une réputation de « fille coincée ». Elle avait pourtant eu l'impression que cette « mauvaise » réputation l'avait sortie de la cohorte des jeunes filles en quête d'un petit copain, et l'avait protégée parce que d'une certaine façon, elle était tranquille.

Depuis la disparition de son père, six ans étaient passés, compliqués et douloureux, jusqu'au jour de l'épreuve principale du bac. L'un de ses camarades de classe, Kevin, agacé d'avoir certainement rendu une mauvaise copie à son épreuve écrite, lui avait proposé d'aller rejoindre leur classe qui, pour s'aérer, organisait un barbecue sur une aire de pique-nique aménagée. Elle n'y était pas opposée, persuadée d'aller à un rassemblement de la classe comme il lui avait annoncé. Arrivés sur l'aire et garés entre l'orée du bois et la zone de repas déserte, elle avait à peine eu que le temps de réaliser qu'il n'y avait pas de barbecue parce que dès la voiture arrêtée, Kevin l'avait agressée, battue méchamment, trainée dans le sous-bois étourdie et violée avant de repartir, la laissant seule, sonnée et meurtrie dans la nuit tombante.

Elle s'agite dans son lit et revoit les images du visage de Kevin rougi et défiguré par la colère et l'excitation. Elle sent ses poings s'écraser sur son visage qui éclate, ses mains serrer son cou et lui tordre les seins lui arrachant des hurlements de douleur. Elle entend ses cris de peur et de souffrance et ressent l'immense sentiment d'impuissance à se défendre contre ce jeune homme déchainé, transformé en un féroce et immonde prédateur.

Une fois soulagé, après avoir rajusté son pantalon, alors que blessée, elle pleurait, il lui avait donné encore quelques coups de pieds dans le ventre et la poitrine, en se moquant d'elle. Il disait qu'elle n'était pas un si bon coup mais qu'il ferait savoir aux copains qu'elle n'était plus vierge et qu'ils pouvaient s'occuper de ses restes. Il n'aurait sans doute pas son bac mais il avait été le premier quelque part et il était certain qu'elle n'oublierait jamais sa première fois.

Roulée en boule sous sa couette, les larmes coulent, elle est repartie dans son cauchemar et des semaines qui ont suivi.

Après l'agression, elle avait longtemps pleuré, meurtrie dans son corps et plus encore dans son âme. Elle se demandait ce qu'elle devait faire puis elle s'était décidée à appeler Police secours car il fallait éviter que Kevin récidive avec une autre fille trop crédule. Les policiers et les pompiers l'avaient emmenée à l'hôpital pour y subir des examens et d'autres attouchements douloureux et gênants bien que professionnels. Les policiers s'étaient chargés de retrouver Kevin contre lequel elle avait sur leurs conseils, déposé une plainte, son dossier était en béton d'après l'avocate qui se chargeait de son affaire.

Une longue plainte douloureuse s'échappe de ses lèvres, elle n'avait rien fait de mal mais elle avait été jugée coupable !

Après cette courte hospitalisation, elle avait dû ensuite subir les réflexions et les regards méprisants des gens de son village, elle était la victime mais pour eux, elle était fautive car elle ne pouvait qu'avoir provoqué par son comportement ce qui lui était arrivé. Cette affaire avait certainement déplu à son oncle et sa tante car déçus par son « manque de retenue », ils lui avaient déclaré quelques jours après, qu'étant bientôt majeure, elle devait à présent envisager de reprendre l'administration de son argent et de partir rapidement de chez eux.

Elle s'était affolée, ne sachant où aller et comment percevoir l'argent que le juge administrait depuis la mort de son père. Elle avait appelé sa cousine Pauline, seul élément de la famille dont elle se sentait le plus proche. Plus âgée de quatre ans, Pauline était en troisième année de droit et suivant son conseil, elle l'avait rejoint à Toulouse dès qu'elle avait su qu'elle avait été reçue au bac avec mention.

Le choc subi en fin d'année scolaire avait rendu difficile son adaptation à la vie citadine et estudiantine. Après une année de faculté de Lettres, elle avait préféré faire des études diplômantes de travail social, persuadée qu'elle pourrait soulager ceux qui, victimes ou non des circonstances, se retrouvaient dans la peine. Pauline avait bataillé contre cette orientation, sous prétexte qu'en soulageant les autres de leurs difficultés, c'est elle-même qu'elle cherchait à apaiser. Elle se trompait, apporter de l'aide ou du soutien aux personnes dans la peine était devenu pour elle une évidence parce qu'elle comprenait ce qu'ils vivaient et elle avait connaissance des moyens à mettre en œuvre pour essayer de faciliter leur vie et soulager leur angoisse.

Avec Pauline, persuadée qu'elle s'est trompée d'orientation et n'en démord pas, cette discussion est à ce jour, toujours ouverte.

Sa respiration se fit plus lente, le moment difficile est enfin passé.

Aujourd'hui, diplômée depuis deux ans, elle exerce en milieu hospitalier. Elle va mieux, arrive à côtoyer seule des hommes sans paniquer mais elle est retenue par une sorte de méfiance et n'arrive pas à leur accorder sa confiance. Pauline prétend qu'elle est jolie et plait aux hommes mais elle les garde à distance et envoie sans le faire exprès, des signaux qui les découragent de tenter des rapprochements. Elle passe donc de nombreuses heures, seule en compagnie de son appareil photo et partage avec lui l'admiration, la tendresse, la beauté ou la fragilité des sujets qu'elle photographie.

Maïlys n'avait jamais dit à sa cousine que la nuit des rêves l'assaillaient lorsqu'elle est fatiguée ou perturbée et qu'elle revivait son agression encore et encore malgré les sept années passées. La condamnation de Kevin qui bien que sous le coup d'une plainte et en attente de jugement, avait rapidement récidivé avec une jeune mineure, n'avait pas allégé son inquiétude. Le jour du jugement, il avait tranquillement déclaré qu'il avait découvert « *un ineffable plaisir à sentir la résistance de ses victimes et à les soumettre par la force* ». Il avait évoqué cette révélation comme l'atteinte de l'acmé du plaisir, sans s'apercevoir qu'il choquait ceux qui l'écoutaient. La sanction avait été à la hauteur des attendus et en plus de cinq ans d'enfermement, il était obligé de subir des soins dont il prétendait ne pas comprendre la nécessité.

Depuis, Maïlys cauchemardait régulièrement et ne s'en vantait pas.
« Comment faire accepter ces tourments par un homme même aimant. Ils sont tellement éprouvants et impossible à partager. » se dit-elle en se levant moite de transpiration pour prendre une douche.

Elle se regarda dans la glace, échevelée, des mèches brunes collées par la sueur sur un visage blafard aux yeux cernés de noir.

« Je suis affreuse et j'ai l'air d'une folle, l'homme même amoureux qui me verrait ainsi prendrait ses jambes à son cou. Il vaut donc mieux éviter les désillusions ! »

Détendue par une douche et les cheveux séchés, elle se recoucha et s'endormit d'un sommeil plus calme.

Le lendemain, vendredi, elle retrouva Marie-Hélène qui restera dans le service tant que ses plaies n'auront pas commencé à guérir. Le service de l'aide sociale à l'enfance n'a pas de place disponible pour le moment et aucune famille proche n'a été trouvée. Son père et Mimi auront des comptes à rendre au juge pour le traitement subit par la petite fille, même s'ils crient au mensonge et au scandale.

Elle régla le placement d'une personne âgée isolée dans une maison de santé pour le temps de sa convalescence et monta un dossier d'aide pour un patient qui n'a pas les moyens d'assumer le reste à charge de son hospitalisation. Elle finissait son entretien téléphonique avec l'assurance maladie quand elle fut appelée sur son téléphone personnel.

C'est Luc, un des policiers rencontrés hier, qui lui demandait s'il pouvait passer la voir. Elle répondit qu'elle traitera des dossiers et n'aura pas de rendez-vous l'après-midi, il pourra donc passer à son bureau. En raccrochant, elle s'interrogea sur ce qu'il pouvait lui vouloir. Pauline avait dit que les deux hommes auraient à s'occuper du dossier de Marie-Hélène, pourraient-ils vouloir rencontrer la petite fille ? Elle avait délivré toutes les informations qu'elle détenait et ne peut rien apporter de nouveau au dossier.

« Arrête de cogiter et va déjeuner, tu te sentiras mieux après. »

Après avoir fait la queue au self, elle s'est installée seule près d'une baie vitrée qui donne sur le parking. Elle terminait avec un plaisir coupable une crème brûlée quand elle aperçut les deux officiers de police rencontrés la veille, se diriger vers l'entrée à grands pas assurés.

Elle finit d'avaler son dessert et se dirigea vers son bureau, où elle arriva en même temps que son rendez-vous.

- Je ne m'étais pas trompée, j'étais au self quand il m'a semblé vous apercevoir sur le parking. Je pensais que vous arriveriez plus tard. Voulez-vous prendre un café ?

- Nous avions pensé passer te chercher pour le déjeuner. C'est raté ! J'aurais dû te rappeler.

- Puisque vous êtes là, si le self vous dit, nous pouvons y aller, je vous invite, l'heure de pointe est un peu passée, il est probable que la foule sera moins dense.

- D'accord, à charge de revanche…

Les deux hommes, la suivent au self et font la queue pendant qu'elle gardait une table après avoir demandé à la caissière qu'elle connait, de noter les deux plateaux repas sur sa carte. En les observant s'approcher, elle constata que les deux hommes ne passaient pas inaperçus. Ils dégagent un quelque chose de viril et une assurance sans arrogance que les membres du personnel hospitalier ne possèdent pas ou qu'ils n'affichent pas de façon aussi décontractée.

Ils s'installèrent et la conversation roula doucement sur l'hôpital, le travail qu'elle y fait, sur Marine absente aujourd'hui, sa cousine Pauline à laquelle elle ne ressemble pas si l'on excepte la taille. Le temps passa vite, rassasiés, ils se levèrent pour la suivre dans son bureau.
« Peut-être me diront-ils enfin ce qui les amène ? »

Dans le bureau, qu'elle avait repeint et décoré pour le rendre moins « administratif », autant pour elle qui y passe ses journées que pour les personnes qu'elle reçoit, elle a l'impression qu'ils occupent tout l'espace, tellement ils sont grands et … envahissants. Ils bénéficient tous les deux d'une évidente présence mais curieusement elle n'est pas dérangée et ne se sent pas menacée.

« Quelle cruche ! Ils ne te menacent pas et sont très respectueux, pourquoi voudrais-tu te sentir en difficulté ? »

Elle s'aperçut que Jean-Philippe avait dit quelque chose qu'elle n'avait pas entendu, pendant qu'elle contemplait les deux hommes, notamment Luc très observateur, plissant les yeux pour détailler les sujets de ses cadres.

- Excuse-moi, j'étais dans la lune, pourrais-tu répéter ?
- Je te demandais si ta copine Marine était dans le coin.
- Non pas aujourd'hui ni demain, elle a fini sa semaine de garde de jour et la semaine prochaine elle sera de nuit. Ce ne sera pas beaucoup plus calme, le travail au service des urgences est difficile mais elle aime ce stress permanent. Marine est un super médecin, douce, efficace et sûre d'elle, les équipes apprécient de travailler avec elle parce que son calme les rassure.
- Alors c'est raté pour cette fois, nous voulions vous demander de venir visiter la vieille cité de Carcassonne avec nous.
- Je pense qu'elle sera d'accord, nous avions pensé y faire un saut. Le week-end prochain pourrait convenir si vous êtes libres.

- Ok, nous allons nous arranger, maintenant nous aimerions que tu nous parles de la petite Marie-Hélène.
- J'ai dit tout ce que je savais, je peux vous remettre l'entretien enregistré hier et j'ai envoyé les photos à Pauline.
- Sais-tu qui est cette Mimi ? Nous avons rencontré son père. Il jure ne rien savoir et prétend ne pas fumer or la gamine porte des cicatrices de brulures de cigarettes.
- J'ignore si Mimi fume, Marie-Hélène n'a parlé que de cette femme précisant qu'elle lui faisait mal lorsque son père dormait ou était parti. Comment pourrait-il ne rien savoir et n'avoir rien vu ?

Pourtant je sais que parfois, il y a des aveuglements, une sorte d'homéostasie qui fait que de manière inconsciente, l'individu préfère vivre dans un déséquilibre patent et préfère ne pas savoir plutôt que de faire le ménage et bouleverser son quotidien compliqué.

- Pour moi, c'est une sorte de lâcheté, laisser son enfant être le souffre-douleur d'une folle pour avoir la paix... Il mérite une balle entre les deux yeux. Murmure Luc.
- Non, tu es trop expéditif. Il est sans doute malade et malheureux.
- Ne joue pas à l'assistante sociale qui pardonne tout et n'importe quoi. Les types qui cognent, violent,

les sadiques et les pervers de tout poil s'en tirent souvent avec une tape sur les doigts et quelques séances de thérapie et nous, nous assistons impuissants à leur récidive peu après.

- Nous sommes dans un état de droit, les magistrats évaluent et savent en principe adapter le code pénal à la gravité des faits reprochés.

Ils sont interrompus par quelqu'un qui frappe à la porte.

- Oui, entrez.
- Coucou chérie, tu ne pensais plus à moi ?
- Kevin ! Sors, tu es sous le coup d'une injonction d'éloignement, s'exclame-t-elle en se levant, les poings serrés.
- Et alors, pétasse, tu crois qu'un morceau de papier va m'arrêter ? ajouta-t-il n'ayant pas vu les deux hommes cachés par la porte qui s'ouvrit brutalement en grand, tirée par Luc.
- Nous sommes flics, veux-tu qu'on intervienne ? demanda sans la regarder, Luc à Maïlys.

A ces mots, Kevin détala. Luc referma la porte et ne quitta pas des yeux Maïlys qui s'était décomposée. Elle s'assit lourdement et prit son visage dans ses mains quand de violents sanglots secouèrent la jeune femme qui s'effondrait.

- Qui est ce type ? Calme-toi, tu ne risques rien déclara Jean-Philippe.
- Reste avec elle, je reviens.

Luc sortit du bureau, son téléphone à la main et appela Pauline qui jura comme un charretier lorsqu'il lui relata l'incident. Il posa quelques questions et comprit l'affaire.

« Typiquement ce dont on parlait au moment où il a cogné à la porte ».

- Et où crèche ce type ?
- Il demeurait à Rodez, j'imagine que les flics du coin le suivent.
- Et comment, s'il vient jusqu'ici sans souci ?
- Tu connais, les trous dans la passoire du système… Occupe-toi de ma cousine, je vais appeler les personnes idoines et elles vont m'entendre chanter !

Luc retourna au bureau et trouva Maïlys en train de pleurer dans les bras de Jean-Philippe, ce qui lui tordit le cœur, il aurait tellement préféré être à la place de son ami.

- Nous t'attendions, la journée est terminée, nous allons ramener Maïlys chez elle et elle nous expliquera tout. Avec ce gus dans le coin, il vaudrait mieux qu'elle ne reste pas seule. Pauline viendra nous relever.

Un pacte sous condition

Maïlys a le teint gris lorsqu'elle s'écarte de Jean-Philippe. Elle semble vaincue par l'adversité, toute sa vivacité l'a désertée. Luc, prit la clef des mains tremblantes de la jeune femme et ferma le bureau. Se laissant entrainer, elle s'éloigna sans un mot, encadrée par les deux hommes.

« Je suis fichue, est-ce que les rêves de la nuit dernière étaient prémonitoires, aurai-je la paix un jour ? » pense-t-elle désespérée.

3

Maïlys arriva chez elle, sa voiture conduite par Luc, pendant que Jean-Philippe les suivait tout en appelant Marine à la rescousse.

Pauline les attendait devant la porte de l'appartement.
- Tu as fait vite, remarque Maïlys.
- Quand ma petite cousine se fait emmerder par un taré, tu n'imaginais pas que j'allais rester assise à ne rien faire ! Déjà, je vais commencer par prendre ta plainte et tu as deux témoins fiables, ils sont officiers et assermentés tous les deux.
- Pff… ça fait sept ans ! gémit-elle, pourquoi revient-il maintenant ?
- Parce qu'il a été relâché et qu'il t'en veut ou il ne t'a pas oublié ou il fait une fixette, ou juste pour t'enquiquiner parce qu'il n'a rien de mieux à faire pour tuer le temps. C'est un dingue, ne cherche pas une réflexion élaborée et des agissements rationnels. Ceux de Rodez sont dans la mouise, il ne s'est pas présenté au dernier rendez-vous de suivi et ils n'ont pas bougé.

- Bon, vous nous expliquez de quoi il retourne ?

Installés dans le sobre mais coquet petit salon de Maïlys, ils se regardèrent, la jeune femme hésitant à s'expliquer.

C'est Pauline qui prend alors la parole, interrompant le silence de sa cousine.

- Il y a sept ans, furieux d'avoir raté sa copie de bac, Kévin a prétexté un barbecue entre copains de la classe pour emmener Maïlys sur une aire de pique-nique déserte, où il a pu tabasser jusqu'à plus soif la première de la classe, la petite vierge effarouchée du lycée. Il l'a violée et l'a laissée sur le pré dans un sale état. Après des hésitations, elle a appelé les flics puis dès les résultats du bac obtenus, elle m'a rejoint ici où elle a commencé une année de lettres à la fac. Pendant ce temps, malgré sa mise en examen et resté libre en attendant son procès, Kevin avait récidivé avec une gamine d'à peine quinze ans et a été condamné à cinq ans de prison ferme avec un suivi psy… enfin en principe…

Il a dû sortir récemment et ne s'est calmé qu'un temps puisqu'il n'a pas respecté l'ordonnance d'éloignement.

- Je me croyais en sécurité, il a tout fichu en l'air !
- Ne raconte pas de salades ! Tu fais des cauchemars, tu ne sors avec personne sauf Marine

ou moi, tu te débrouilles pour ne pas être seule avec un homme, ne nous dis pas que c'est de l'histoire ancienne ! Certes tu as réussi à faire des études, mais combien y avait-il de garçons dans ta promotion ? Zéro ! Là, tu t'es sentie en sécurité alors qu'à la fac, la moindre voix grave te faisait rentrer dans un trou de souris. Il serait temps que cette connerie s'arrête et que tu puisses vivre, bon sang !

- Je ne t'avais jamais entendue jurer comme ça, dit Maïlys en pleurant et en riant à la fois.
- Si ça a pour effet de ramener le sourire dans tes yeux, je peux continuer, ma chérie. Signe en bas à droite, je vais rédiger la plainte de ce pas. Vous, vous restez avec elle. Je reviendrai avec des pizzas pour ce soir et ne laissez pas Marine sur le paillasson, elle ne va pas tarder.

Pauline s'en alla en laissant les deux hommes stupéfaits. Ils ne la connaissaient pas encore en « mode combat » et découvraient que le métier qu'elle exerce lui va bien parce qu'elle ne redoute pas les confrontations.

- Ouah, quel punch ! J'adore cette nana ! déclara Jean-Philippe en riant. Sais-tu si elle a un mec chanceux dans sa vie ? J'occuperais bien la place !
- Je te laisse lui poser la question. Voulez-vous un café ?

Pendant qu'elle va s'occuper du café, les deux hommes admirent les photos encadrées, sensibles à leur équilibre et à la beauté restituée aux lieux. Elles en disent long sur la personnalité et la perception de l'environnement de la photographe dont l'identité ne fait pas de doute.

La sonnette retentit, incongrue dans le silence contemplatif qui s'était installé. C'est Marine qui arrive :

- Que se passe-t-il ? Maïlys est blessée ?
- Pas physiquement, un revenant l'a surprise au bureau et elle a eu peur, heureusement nous étions là et il a filé.
- Un rev.., ne me dites pas… mais qu'est-ce qu'ils foutent tous ces flics pour ne pas être fichus de surveiller un pervers ?
- Tu savais ? demande Maïlys stupéfaite, la voix rauque.
- Chérie, je côtoie Pauline depuis plus longtemps que toi et lorsque l'hôpital t'a embauchée, elle m'a demandé de garder un œil sur sa cousine, pour vérifier que tu t'adaptais au milieu et le hasard a bien fait les choses, nous sommes devenues amies. Alors, comment te sens-tu ?
- J'ai été surprise et j'ai eu peur mais il a filé lorsqu'il a compris que ces deux-là étaient policiers. Je ne sais pas si je suis en sécurité mais je refuse de me laisser ébranler par cet abruti, même si c'est plus

facile à dire qu'à faire. Pauline est allée enregistrer ma plainte et va revenir avec des pizzas. Reste diner avec nous si tu as le temps !

Luc qui était resté silencieux jusque-là annonça qu'il devait passer un coup de fil et sortit pour le faire, suivi d'un œil songeur par Jean-Philippe qui l'interpella avant qu'il quitte la pièce.
- Luc…

Luc le regarda intensément et Jean-Philippe hocha la tête sans un mot. Les deux hommes se sont compris, sans échange verbal.

Marine en profita pour demander à Maïlys si elle voulait un somnifère léger pour dormir cette nuit. Elle a dans son sac, quelques pilules qui ne laisseront pas de trace au réveil.
- J'ai fait des cauchemars la nuit dernière, toujours les mêmes, je veux bien si tu en as une.
- Si je te laissais la plaquette, serais-tu tentée par toutes les avaler ?
- Je suis certainement plein de choses mais je ne suis pas capable d'avaler des pilules pour en finir avec la vie. Je voudrais juste que cet épisode de mon existence reste derrière moi et s'arrête, c'est tout. Quand on vit une histoire comme celle-là, on est malmené, trahi, on en sort fracassé et on ne sait plus à quoi et à qui se raccrocher et il faut reconstruire. Je

n'avais jamais rien fait pour aguicher ce type qui ne m'avait jamais intéressée, il était dans ma classe de terminale, c'est tout. Je croyais qu'il était fiable et j'ai commis l'erreur d'accepter qu'il m'emmène en voiture sur le lieu d'un barbecue prétendument organisé par la classe. Nous ne nous cachions pas, ma tante nous a regardé partir et l'impensable est arrivé. C'était un guet-apens prémédité, il était en colère d'avoir raté l'épreuve majeure du bac et il fallait que quelqu'un paye, … et je paye encore sept ans après, même si j'aimerais que ce soit autrement.
- Je vais passer un coup de fil moi aussi, intervient Jean-Philippe. Je reviens.

Les deux jeunes femmes continuent de discuter, Marine suggère à Maïlys d'envisager un mode de contraception parce qu'on ne sait jamais.
Maïlys refusa l'idée pour l'instant, puis elle orienta la discussion vers Marie-Hélène qui cicatrise bien.
- Lorsqu'elle aura sa taille adulte, il lui faudra des interventions au laser parce qu'elle ne se mettra jamais en maillot de bain avec une peau dans cet état.
- Pauvre puce. Elle est tellement jolie, comment son père a-t-il pu laisser sa copine faire une chose pareille ? Il ne s'agissait de rien d'autre que d'actes de torture !

Les deux femmes se turent puis Marine regarda Maïlys s'assoupir sur le canapé, un coussin serré entre ses bras.

« Elle a une mine affreuse, elle a été plus éprouvée qu'elle veut l'admettre. »

Elle rejoint les deux policiers devant la porte. Ils discutaient à voix basse et s'interrompent dès qu'elle arrive.

- J'espère que vous envisagez une torture raffinée pour ce connard. Si j'en avais le pouvoir, je le pendrai bien par les couilles, cela fait sept ans que Maïlys vit la peur au ventre alors qu'elle n'est pour rien dans tout cela. Il a dû sortir depuis quelques semaines, pourquoi réapparait-il à nouveau ?

- Il a dû la chercher et on n'est plus au moyen âge ma belle, après les enquêteurs, les dossiers sont transmis aux avocats et aux magistrats qui prennent les bonnes décisions.

- Oui mais parfois, transgresser la loi ne ferait pas de mal à la justice.

- Tu sais que ta copine Pauline m'a dit la même chose ? Vous êtes sanguinaires les filles.

- Voila Pauline qui revient, il faudrait que quelqu'un reste ici ce soir pour le cas où Maïlys aurait de la visite.

- Je bosserai demain tôt, dès six heures, je passe mon tour et je me demande si Pauline ne sera pas de service tôt elle aussi, dit Jean-Philippe.

- OK, je resterai, ce ne sera pas un sacrifice, déclare Luc. Je l'amènerai à l'hôpital puis j'irai me changer chez moi avant de te rejoindre au bureau. Ça devrait aller pour neuf heures. Allons nous restaurer et retournez chez vous.

Lorsqu'ils rentrèrent, ils s'aperçurent que Maïlys s'était réveillée et regardait son téléphone.
- Oh, je vous croyais partis.
- Non, nous allons nous relayer pour que tu ne restes pas seule. Ce soir Luc dormira ici et t'emmènera à l'hôpital demain matin. Ne râle pas, ajoute Marine, sévère en levant la main. C'est à l'entraide qu'on reconnaît les amis et tu n'es pas seule.
- Les pizzas sont chaudes, où sont les assiettes ? demande Jean-Philippe prenant les cartons des mains de Pauline.
Sans un mot, Maïlys se leva du canapé et alla chercher de quoi mettre la table pour quatre.

Le diner se déroula dans une bonne ambiance, ils avaient tous une anecdote à raconter susceptible de détendre l'atmosphère et de faire oublier les misères du jour.
Leurs bananes avalées, Jean-Philippe, Marine et Pauline repartirent, laissant Luc et Maïlys en tête à tête.

Maïlys va chercher des draps et une couverture pour faire le lit dans le canapé.
- J'ai un coussin si tu veux.
- Si tu en as un à me proposer, ce serait mieux et Maïlys, ne sois pas inquiète, j'espère que tu sais que je ne te ferai jamais rien sans que tu sois consentante. Tu es très belle et une vraie tentation pour un homme mais je sais dominer mes pulsions.
- Merci mais je n'en doutais pas. Cette histoire m'a fait perdre toute confiance et toute envie de me rapprocher d'un homme, jusqu'à présent. J'étais jeune et naïve et j'ai eu une vision d'horreur de l'acte de chair ce qui m'a ôté le désir d'approfondir le sujet. Avoue-t-elle gênée et rougissante.
- Ne te tracasse pas, un jour tu te sentiras bien à nouveau avec un petit veinard et puis, la confiance ça se travaille.
- Merci d'être là. Dans la salle de bain j'ai sorti des serviettes. Fais comme chez toi. A demain Luc, bonne nuit.

Dans la nuit, Luc est réveillé par des cris, il se précipite dans la chambre pour constater que la jeune femme rêve, elle s'agite, se débat et pleure en dormant. Après quelques hésitations, sans la secouer, il s'allonge près d'elle et l'attire contre lui en lui caressant le dos. Elle se raidit puis se détend peu à peu, sans même se réveiller, le cauchemar a cédé la place à un sommeil plus calme. A son tour, il s'endort, Maïlys dans les bras, en se disant qu'il adore sa douceur et son suave parfum de femme.

Le réveil sonne et les tire du sommeil. Maïlys s'étire et sursaute lorsqu'elle sent une poitrine chaude dans son dos. Elle se tourne surprise et croise le regard bleu de Luc.
- Bien dormi marmotte ?
- Je… Oui, que fais-tu là ?
- Tu étais très agitée cette nuit, je suis venu te sortir de ton cauchemar et tu t'es rendormie calmement dans mes bras, je suis resté pour éviter de te réveiller et j'ai moi aussi passé une bonne nuit.
- Oh, merci. Je ne m'en suis pas aperçue.
- Je sais, si tu préfères que les autres ignorent que tu cauchemardes autant, je pourrais continuer à venir le soir, tant que cette affaire ne sera pas réglée et ce détail restera entre nous.
- C'est gentil, je ne voudrais pas que tu penses que j'abuse de la situation et puis tu as peut-être des gens à voir, tu ne devrais pas changer tes habitudes.
- Je viens d'arriver à Toulouse et je n'ai personne à voir à part toi. Alors n'hésite pas à abuser et à te servir de moi, sauf si tu ne le souhaites pas.
- Je… d'accord, merci Luc. Nous devons nous dépêcher, je suis de permanence à neuf heures.
- Tu ne seras pas seule au bureau ?

- Non, je suis rarement seule, hier était exceptionnel, ma collègue était en panne de voiture et attendait le garagiste. C'est d'ailleurs bizarre que Kevin se soit manifesté justement à cette occasion.
- Bien, debout ma belle. Je prépare un café pendant que tu occuperas la salle de bain. Je te suivrai à l'hôpital avant d'aller chez moi pour me changer et préparer un sac pour ce soir.

Un moment après, ils fermaient la porte de l'appartement à double tour et se suivaient jusqu'à l'hôpital.
Luc accompagna Maïlys jusqu'à son service et l'embrassa en lui souhaitant une bonne journée.
La jeune femme est troublée par ce geste de tendresse auquel elle n'est pas habituée. Elle le regarde s'éloigner le cœur battant. Il est magnifique et tellement protecteur.
« Pour la première fois tu as dormi dans les bras d'un homme et tu ne t'en es pas aperçue. C'est un peu n'importe quoi ! Ce soir… »
Sa réflexion est interrompue par sa collègue qui arrive en s'excusant pour sa défection de la veille.
- Que faisais-tu devant la porte ?
- Rien, je réfléchissais à un truc. Je vais monter en pédiatrie, as-tu quelque chose pour eux ?

- Non, en revanche, j'ai un dossier à déposer pour un patient de gériatrie, si tu voulais jouer au facteur.
- Ok, donne-le-moi, tu feras la perm aux urgences ce matin ?
- Oui et tu t'y colleras cet après-midi comme convenu. Je dois trouver un EHPAD pour un patient de quatre-vingts ans qui sera sortant dans quelques jours mais ne pourra plus rester seul chez lui. Il a des revenus mais c'est trop ou pas assez. C'est toujours la tranche moyenne qui pose des problèmes.
- Là, je n'ai pas de tuyau miracle à te proposer. J'y vais, bon courage.

Elle se dépêcha et trouva le personnel du service en effervescence. Un homme corpulent, un peu négligé pour un matin, râle très fort parce qu'on ne lui laisse pas voir sa fille et l'infirmière est ravie de la voir arriver.
- Voilà notre assistante sociale, elle va vous expliquer. Ce monsieur serait le père de Marie-Hélène, il veut emmener sa fille.
- Pouvons-nous occuper le bureau ? Il n'y en aura pas pour longtemps.
- Vas-y, je vais faire la tournée avec la pédiatre.
- Merci, monsieur suivez-moi s'il-vous-plait, asseyez-vous. Dit-elle en laissant la porte du bureau ouverte.

Je m'occupe de Marie-Hélène qui a été amenée ici par son école : elle était tombée dans une flaque d'eau en jouant et ses vêtements étaient très mouillés. En voulant la changer pour lui éviter de rester trempée le reste de la journée, les institutrices ont été horrifiées de voir combien son corps était meurtri par des coups de baguette et par des dizaines de brûlures de cigarette, dont certaines sur la vulve et sur les fesses. La petite a avoué qu'elles étaient faites par une certaine Mimi.

- Impossible, Mimi est ma voisine et elle s'occupe de la gamine, elle est sympa même si elle crie un peu pour n'importe quoi.
- Alors qui lui a fait cela ? Voulez-vous voir les photos ? Je les ai prises et transmises à la police. Regardez, ces plaies étaient infectées et lorsque l'enfant aura sa taille adulte une chirurgie esthétique sera nécessaire car elle ne pourra jamais se montrer en maillot de bain dans l'état où est sa peau. Qu'en dites-vous ?
- Je dis que vous vous foutez de moi. Ce ne sont pas les photos de ma gamine ça et vous voulez me la prendre, déclare-t-il agressif.
- Non, je ne cherche pas à vous enlever votre fille mais nous devons parler avec Mimi qui a torturé et profondément brûlé Marie-Hélène lorsque vous dormiez ou que vous étiez absent. Comment n'avez-vous rien vu ?

- Mensonges que tout cela, je veux voir ma gosse ! hurle-t-il en se levant et en attirant Maïlys par le bras.
- Monsieur, n'aggravez-pas votre cas, lâchez-moi.
- Tais-toi, je veux voir ma gamine, elle n'ira pas à la DASS ou dans un de ces foyers de malheur.
- Monsieur, lâchez-moi ou la sécurité sera obligée d'intervenir.

A ces mots, le grand bonhomme devint fou, secoua la jeune femme comme un prunier avant de la propulser violemment contre le mur et de partir en courant.

L'infirmière se précipita afin d'aider Maïlys à se relever. Elle est étourdie par la violence avec laquelle elle a cogné le mur ; un côté de son visage sera sans doute marqué et elle s'est méchamment mordu la lèvre et cogné le nez qui saignent fort. L'infirmière appelle les urgences pour qu'un médecin vienne tout de suite.

C'est Marine qui arriva en courant. Elle prit doucement la tête de son amie encore à demi assommée entre ses mains et palpa le crâne puis observa l'hématome qui se forme sur son visage, la coupure de la lèvre et surveilla le saignement de nez.
- Il faudrait l'emmener en fauteuil à la radio pour nous assurer qu'il n'y a pas de fracture sur le visage, il faut vérifier le crâne mais je ne pense pas que ce

soit sérieux. La lèvre guérira et l'hématome sera spectaculaire. Qui t'a fait ça, Kévin ?

- Non, le père de Marie-Hélène. Il était furieux, persuadé que les photos ne sont pas celles de sa fille et que je voulais lui prendre l'enfant pour l'envoyer en foyer, arrive à dire la blessée qui rencontre des difficultés à s'exprimer.

- Te sens-tu mieux, as-tu encore la tête qui tourne ?

- Le manège se calme et les nausées aussi, en revanche j'ai l'impression d'avoir pris un mur dans la tronche et j'ai mal, essaye-t-elle de plaisanter.

- Tu ne seras pas sortable pendant au moins quinze jours, tu commences à ressembler à Neytiri d'Avatar en plus terrienne. Je suis obligée de signaler l'agression, ce qui m'ennuie c'est que tu sois seule chez toi toute la journée. Tu vas déjà aller à la radio parce que je crains une fracture du zygoma et j'aurai peut-être trouvé une solution pour t'éviter de rester isolée.

Après la radio, que l'aide-soignante ramène Maïlys aux urgences et me demande, poursuivit Marine. Je dois y retourner, surtout ne la laissez pas seule. Ajouta-t-elle à l'infirmière qui, assistait, navrée, à l'examen.

Marine repartit en téléphonant à Luc et Pauline pour signaler l'agression et l'état de la jeune femme. Luc et

Pauline décidèrent de se relayer auprès de Maïlys et l'un ou l'autre viendra la chercher dès qu'elle sera prête à rentrer.

Pauline prépara un dépôt de plainte pour agression et viendra recueillir les témoignages des personnels qui ont assisté à l'altercation.

Le temps de passer la radio et d'avoir les résultats, le visage de Maïlys avait gonflé et pris une teinte bleue mais la fêlure de l'os zygomatique de la pommette détectée, ne nécessitera pas une intervention chirurgicale, ce qui soulagea la blessée.
Elle est ramenée aux urgences où le personnel vient la trouver pour lui dire combien il compatit. Il y a souvent des agressions verbales dans les services mais les blessures sérieuses sont heureusement plus rares.

Lorsque Luc arriva, il eut l'impression de prendre un coup de poing dans la poitrine tellement Maïlys est méconnaissable, son visage vire au bleu, déformé par le gonflement de l'œdème, un œil enflé et fermé.
« Si je tenais cet abruti… maintenant nous savons qu'il est capable de violence et qu'il ne se maitrise pas à neuf heures le matin, alors qu'il doit être à peu près sobre. Je ne veux plus qu'elle ait à souffrir de ces

tarés, si belle, bonne et vulnérable, elle doit exacerber leur haine du genre humain. »

A l'insu de la blessée, il prit une photo du visage meurtri et l'envoya à Jean-Philippe pour le dossier de plainte puis attendit les directives de l'amie Marine.

- Dis-donc ma chérie, il ne t'a pas ratée ! Pour la pommette, l'os est fêlé et ne nécessite pas une chirurgie mais attention tu ne dois pas te cogner ! Le temps du rouge est presque terminé, tu vas passer par le bleu, le noir, le vert et le jaune avant de retrouver le beau teint lumineux que tu montres en temps normal. Je te prescris quinze jours de vacances parce que tu ne dois pas faire peur à tes clients.

Aujourd'hui, c'est ton chevalier servant qui restera avec toi. Il sera en télétravail. Soyez sages, je passerai ce soir après le boulot. Ah, tu risques de ne pas pouvoir mastiquer ces prochains jours, Luc, il faut prévoir de la soupe et des purées pour les premiers jours, si vous avez des questions, j'y répondrai ce soir. Je vous laisse.

Marine repart vite, aspirée par les soucis des patients du service.

Luc est songeur en poussant le fauteuil de Maïlys, il se demandait si ce type méritait vraiment sa fille et s'il avait l'ombre d'une chance de voir sa vie s'améliorer.

Un pacte sous condition

Il est furieux qu'il ait pu blesser Maïlys et son cœur crie vengeance pendant que son esprit s'égare vers la mythologie grecque.

S'il s'en souvient bien, Némésis représentait la juste colère et le châtiment céleste, les trois Furies Erinyes châtiaient ensemble le coupable : Mégère portait la haine, Tisiphone représentait la vengeance et l'inflexible Alecto était implacable.
« Oui provoquer la colère n'est jamais sans conséquence. » se dit-il.

4

Chez Maïlys, ils s'installèrent au mieux pour passer le temps sans que Luc soit trop gêné dans les activités qu'il devait mener.

Maïlys, abrutie par les anti-douleurs somnole sur le canapé pendant que Luc, installé face à l'écran de son ordinateur portable, à la table face à elle, ne la quitte pas du regard.

« Pauvre chérie, comment faire pour qu'elle ne souffre pas ? Rien, tu as fait ce que tu pouvais, bosse sur tes dossiers autrement le chef va t'épingler ! »

Il essaye, relis ses notes mais son esprit vagabond revient sans cesse sur les plaintes déposées par la jeune femme.

Elle est calme et parait dormir, il sort pour appeler un numéro qu'il connait par cœur. Il a besoin d'un avis.

- Ton copain Jean-Phi m'a déjà appelé, ces affaires seraient de notre ressort. Vous devez réfléchir parce que la décision n'est pas sans conséquence. Dès que nous aurions les infos, ce serait réglé en

quarante-huit ou soixante-douze heures maxi, car nous finalisons un autre dossier.
- Merci, nous allons en parler.

Il rangea son téléphone dans sa poche puis se prit la tête dans les mains et tracassé, leva les yeux au ciel :
« Jean-Phi avait déjà appelé, quel est le meilleur chemin, la meilleure méthode ? Faut-il participer à ce projet ? Il a raison, c'est radical, mais il y aura des conséquences et saurons-nous les gérer, ne risquons-nous pas d'entrainer d'autres que nous dans la tourmente ? »
Il souffla, car aucune réponse ne lui fut proposée par le ciel.
« Nous sommes seuls à décider pour le bien d'autres et nous assumerons… ».

Anxieux, il rejoignit Maïlys qui, échevelée après sa sieste et les yeux dans le vague, lui parue pensive.
- Te sens-tu mieux ? As-tu pu dormir ?
Maïlys répondit laborieusement, gênée par le gonflement de sa joue et de ses lèvres :
- Dormir non, je somnolais mais je t'ai entendu sortir pour téléphoner. Sais-tu si ma collègue a été prévenue ? Elle va avoir une double charge de travail, c'est gênant d'être en arrêt, alors que tant de gens ont

besoin d'être aidés à débrouiller leur dossier administratif.

- Tu es blessée dans ton corps mais surtout dans ton mental et tu n'es pas totalement disponible pour tes dossiers. Accepte l'idée que tu as besoin d'aide. Subir une agression n'est jamais simple à oublier, le traumatisme peut laisser des traces or tu étais déjà perturbée par l'affaire Kevin, dont tu n'étais pas encore sortie et l'abruti de ce matin en a remis une couche. Nous sommes tous inquiets pour toi car tu ne dois pas te considérer comme une victime. Enfin je veux dire que tu es évidemment victime des agissements de deux dingues mais tu dois réagir parce que tu es plus forte qu'eux et tu dois être certaine que ce moment surmonté, tu seras bien et tu pourras te décentrer de tes craintes pour t'ouvrir à ceux qui t'aiment. Nous serons là, moi le premier, sois en sûre, heureux de découvrir la femme formidable que par peur, tu brides encore. Tu dois bien être persuadée que tu n'es coupable de rien ! Les seuls coupables sont ces deux hommes et la fameuse Mimi à qui il doit manquer plus d'une case. Si quelqu'un doit payer, c'est ce trio.

Te sentirais-tu mieux s'ils n'existaient plus ? Pose-toi la question et symboliquement, tue-les !

- Les tuer, comment ? répondit-elle surprise par la longue tirade à laquelle elle n'est pas sûre d'avoir tout compris, sa tête étant très embrumée.

- Ce week-end, Jean-Phi et moi t'emmènerons au stand de tir. Tu auras une vraie arme dans les mains et tu pourras faire des cartons sur les silhouettes. Je t'assure que ça défoule, ça ne guérit pas mais tu t'allèges d'un fardeau.
- Je peux essayer, depuis le bac, je redoutais de croiser Kevin, il est vraiment mauvais, probablement malade et la prison n'a pas dû l'arranger. Je ne connais pas le père de Marie-Hélène mais je pense qu'il est plutôt un homme en deuil qui frustré et noyé dans son chagrin, n'arrive pas à reconstruire sa vie. Ils n'ont pas le même profil, quant à la Mimi, c'est une autre affaire !
- Ne parle pas trop, ma belle, fais attention à ton os fêlé. Le père était peut-être furieux que sa fille lui soit retirée, probablement l'aime-t-il mais il a tout laissé couler et le résultat, c'est l'état physique actuel de la courageuse petite gamine.
- Il faudrait un entretien de médiation afin de mieux comprendre. Je pourrais vous aider à organiser ça à l'hôpital. Il réagirait bien peut-être ? Pour Marie-Hélène c'est son père et elle y est attachée même s'il a des carences et un suivi éducatif pourrait peut-être être envisagé. Elle serait sans doute plus heureuse avec lui qu'en foyer d'accueil.
- OK, j'organise ça pour la quinzaine prochaine. Tu seras moins marquée et plus à l'aise. Je vais me remettre au boulot, veux-tu quelque chose ?

- Non, merci, je vais bien.

Luc réfléchit à ce qu'elle lui a dit, elle a apporté un autre éclairage à l'incident et une vérification s'impose. Le père veuf depuis quelques mois peut avoir mal réagi à la mort de sa femme et s'être senti tellement perdu, que la bouteille aidant, il s'est acoquiné avec une femme déjantée et lui a confié sa fille. Le deuil et l'alcool ont eu le dessus et l'ont enfoncé. Sa colère en quittant le service de pédiatrie était peut-être la manifestation de sa grande souffrance. Quel père ne réagirait pas à l'idée que son enfant a été martyrisé par la femme à laquelle il était confié et n'en serait pas pétri de remord ?

La fin d'après-midi ramena Jean-Philippe, Pauline et Marine.
Bien qu'il fit froid et venteux, Luc attira son ami dehors et lui dit qu'il rendrait bien une visite au père de Marie-Hélène et lui expliqua pourquoi.
- Tu suspends le verdict ?
- Oui, il faut vérifier, c'est peut-être un pauvre gars en deuil qui ne sait plus comment redémarrer dans sa vie et a fait le mauvais choix de se contenter d'une foldingue pour nounou. En ce cas, la responsabilité n'est pas la même.
- Tu t'es ramolli...

- Non j'ai réfléchi avec Maïlys, nous devons être sûrs de la justesse de notre jugement.
- OK, allons-y, nous avons le temps et nous dinerons après. As-tu l'adresse ?

Les deux hommes partirent en laissant les femmes ensemble et en leur recommandant de les attendre pour diner.

Ils arrivèrent peu après devant un immeuble propre mais pas très beau et sonnèrent à sa porte. Des pieds qui trainent se font entendre et le père de Marie-Hélène ouvre. Il a les yeux rouges, d'avoir bu ou pleuré.

- Vous êtes policiers, comment va la jeune femme ? Je ne sais pas pourquoi je l'ai poussée, je suis désolé. Entrez, dit-il d'une voix morne.
- Elle va bien, enfin elle a l'os de la pommette fêlé et arbore des couleurs inhabituelles mais elle ne vous en veut pas. Nous, nous avons besoin de comprendre ce qui s'est passé.
- Pff... Elle était gentille, c'est ma faute, je n'ai pas supporté. J'ai perdu la tête à l'idée de ne plus voir ma petite. Ma femme est morte dans un accident et je n'arrive pas à accepter qu'elle ne soit plus là. J'ai commencé à boire mais c'était pire. Une voisine m'a demandé si je voulais de l'aide, j'ai cru qu'elle s'occupait de Marie-Hélène et je n'ai pas vu tout ce

que m'a reproché l'assistante sociale. A l'idée qu'on me l'enlève, je suis devenu fou de colère et de honte. Ma petite fille mutilée…, je n'ai rien vu… c'est trop… que dirait ma femme…, quel père je suis… !
Et il explose en violents sanglots.
- Mon vieux, vous êtes déprimé, avez-vous consulté un médecin ?
- Non je pensais que ça passerait et j'ai gagné le gros lot, maintenant, je suis mis à pied par mon patron.
- Nous pouvons arranger ça. Je vais passer un coup de fil mais où est votre copine ?
- Mimi ? Elle n'est pas ma copine. Je ne peux pas oublier ma femme. Elle doit être chez elle.
- Donnez son adresse à mon collègue, je vais appeler un médecin.

Il appela Marine qui lui dit qu'elle pouvait demander son hospitalisation et prendre un rendez-vous demain avec le médecin psychiatre. Elle vérifia et rappela Luc pour confirmer que le patient était attendu.
- Franck, on vous emmène à l'hosto. Vous allez y faire un petit séjour pour vous remettre sur pied et vous verrez le psy. Si vous voulez récupérer votre fille, vous devez bouger. Allez faire un sac avec quelques bricoles et un pyjama. Prenez vos papiers. Nous vous attendons.

L'homme les regarda interdit, puis il hocha la tête et s'en alla au fond de l'appartement dont il revint peu après avec un sac, habillé correctement même si ses vêtements sont un peu serrés, signe qu'il a dû grossir pendant les derniers mois.
- Vous avez votre carte de sécu et celle de mutuelle ? Vos papiers d'identité ? Alors allons y.

Marine avait déjà prévenu le service de cette entrée et Franck, parait presque soulagé lorsqu'il quitte les deux policiers pour être pris en charge par les soignants.
Luc le regarda s'éloigner et murmura :
- Maïlys avait raison, c'est un pauvre type qui a perdu les pédales à la mort de sa femme. Il s'est rendu compte qu'il avait dérapé et s'est excusé. Je vais le suivre. Nous pouvons rentrer maintenant.
« Et j'ai bien failli faire une connerie en allant trop vite… »

De retour chez Maïlys, ils s'expliquèrent et confirmèrent que le veuf était au fond d'une belle dépression. Il s'en rendait compte mais se laissait couler et de savoir que sa fille avait été torturée l'a achevé.
- Je suis certain qu'il va faire ce qui est attendu de lui maintenant. Le choc causé par cette histoire lui a permis de se reprendre. Merci Maïlys, ta lecture

nous a aidé à prendre la bonne décision et la Mimi n'était qu'une nounou, pas une copine. Nous allons nous en occuper.
- Les gars, la journée se termine sur une note positive et si nous passions à table ? demande Pauline.
- Il y a du potage pour toi Maïlys, tu n'auras qu'à le faire réchauffer demain midi, et j'ai mis des compotes au frigo. A nous les cordons bleus, messieurs, quand vous voudrez !

Les femmes sont presque enjouées de savoir que cette affaire pourrait bien se terminer. Ils discutent de cinéma et d'acteurs, seule Maïlys suit les échanges en silence. Elle commence seulement à réagir à la douleur, cette nuit pourrait être difficile pour elle.

Luc décida de rester cette nuit quand il constata qu'elle restait en retrait silencieuse, avec lui, elle est en confiance et sait qu'elle peut exprimer son malaise.
- Je pense rester avec toi ce soir, maintenant que je me suis habitué au canapé. Est-ce que cette solution te convient Maïlys ?
Elle approuva de la tête et déclara qu'elle avait déjà prévenu Pauline.
- Tu as mal ? demande Marine.
En réponse un flot de larmes envahit ses yeux.

- Tu prendras le comprimé que je t'ai donné avant de te coucher. La douleur va se réveiller et tu vas avoir deux jours un peu compliqués.
- Où se trouvent les médocs ? demande Luc.
- Dans la cuisine, ils sont forts et il ne faut pas en abuser. Je lui ai déjà expliqué.
- Y a-t-il des effets secondaires ?
- Non, elle dormira et se relaxera. Nous allons vous laisser, appelle-moi si quelque chose se passait mal, mais il n'y a pas de raison de s'inquiéter. La seule consigne est de respecter la posologie, un comprimé au coucher et rien d'autre.

Les trois amis repartent, laissant Maïlys et Luc en tête à tête.
- Veux-tu de l'aide pour te déshabiller ? N'hésite pas à demander.
- Voudrais-tu dormir avec moi ? Je ne me sens pas bien du tout, demande-t-elle hésitante.
- Pas de souci, je t'ai proposé de rester et si tu as besoin de moi, c'est parfait. Tu réveilles mon côté sauveur, ça fait du bien à mon égo.
- Comme s'il avait besoin de ça ! réplique-t-elle avec difficulté, un sourire dans les yeux.

« Elle plaisante, c'est bon. »

Maïlys s'éloigna vers la chambre. Il en profita pour enfiler un pantalon de survêtement plus confortable

qu'un jean pour dormir et rejoignit la jeune femme qu'il trouva encore habillée, assise sur le lit.
-       Tu n'arrives pas à enlever ton polo ? Je vais t'aider, où se trouve ton haut de pyjama ? Ok, tu as mal au bras droit donc enlevons le bras gauche, ne bouge pas, laisse-moi faire. Voilà, passe la tête et le bras droit sans forcer, il vient tout seul. On fait le contraire pour mettre le pyjama, le bras droit, la tête, le bras gauche plus mobile.
Tout va bien ? Souffle-t-il. Arriveras-tu à te débrouiller avec le pantalon ?
Elle secoua la tête et dégrafa la ceinture, elle se sent mal et se retrouve au bord des larmes.

Luc sortit de la chambre, il avait besoin de respirer et de se calmer. De s'occuper d'elle le met à rude épreuve. Il est attiré par cette fille comme les phalènes par la lumière. Il but un verre d'eau et retourna dans la chambre avec un verre à demi rempli.
-       Où sont les comprimés ?
Elle lui désigna une boite sur la table de nuit.
-       Nous sommes bien d'accord, tu n'en as pas déjà avalé ce soir.
Elle secoua la tête et avala le médicament.
-       Merci, tu sais, j'ai mal mais je ne suis pas idiote, arrive-t-elle à dire sans trop articuler.

Un pacte sous condition

- C'est moi qui te remercie, tu m'as évité de casser la gueule d'un pauvre type qui appelait au secours. Je vais le suivre, il n'a pas l'air idiot et son patron avait l'air désolé d'avoir dû sanctionner ses absences. S'il se soigne correctement, il le réintègrera parce qu'il était apprécié. Il est en congé maladie et croisons les doigts. Je lui souhaite de retrouver sa fille parce qu'il donne l'impression de beaucoup l'aimer mais la charge de l'enfant et le deuil l'ont un moment dépassé.
Couche toi maintenant et vide ta tête de tout ce qui l'encombre… Tu veux toujours que je dorme avec toi ?
- Oui, si tu veux bien, tu me rassures, murmura-t-elle.
- D'accord, je viendrai tout à l'heure, endors-toi ma belle.

Un long moment après, il se coucha près d'elle. Elle dormait à poings fermés mais se rapprocha assez vite pour le toucher dès qu'il fut allongé. Elle l'avait senti, ce qui l'amusa.
Collés l'un à l'autre, ils ne tardèrent pas à rejoindre le monde de Morphée.

5

Le lendemain, Luc, Jean-Philippe ainsi que les autres officiers du service doivent se retrouver pour une réunion au bureau où ils sont convoqués. Leur chef aurait des nouvelles inquiétantes à leur annoncer.

Les discussions vont bon train dans la salle de réunion, tous s'interrogent sur les informations qui doivent leur être communiquées. Leur chef arrive, pressé et la mine grave.
Ils apprennent que depuis quelques mois, plusieurs hommes et une femme, poursuivis pour des violences sur des personnes vulnérables sur le territoire métropolitain, ont été abattus d'une balle dans la tête, les soustrayant ainsi à la Justice. Personne à proximité des victimes n'a observé de tireur ni entendu de tir dans l'ambiance bruyante des rues. D'après les témoins, les cibles sont tombées subitement en surprenant leur entourage et provoquant un peu de panique. Ces morts ont mis un terme aux enquêtes en cours et prive les victimes d'un procès.

Un pacte sous condition

Le ou les tireurs n'ont pas cherché pour le moment à revendiquer ni à expliquer la raison de leurs gestes.

Ce qui est surprenant et ennuyeux, c'est que les plaintes qui étaient déposées contre les victimes de ces tirs n'avaient pas été médiatisées. Les services s'interrogent et pensent à la possibilité de fuites des services hospitaliers ou de la police, ce qui signifie que des personnels de l'état vendraient ou communiqueraient aux tireurs des informations confidentielles, ce qui n'est pas acceptable.

Les services encouragent donc les officiers à faire remonter à leur hiérarchie les noms des personnes résidant sur leur territoire d'exercice, qui détiendraient les capacités de tireur d'élite et de celles susceptibles de se lancer dans le projet de faire disparaitre les accusés d'infanticides, féminicides ou de violences avant que la justice intervienne.

Des voix s'élèvent protestant contre cette chasse à l'homme qui considère comme suspect des citoyens lambda simplement parce qu'ils savent manier un fusil. Rien que dans leur groupe, ils sont plusieurs à savoir tirer assez correctement pour correspondre aux profils recherchés, sans compter qu'ils sont informés des dossiers en cours et les salles de tir sportif sont déjà très contrôlées.

Il ressort de cette réunion qu'aucun des officiers n'a très envie de faire du zèle pour répondre à cette demande et il se dit à voix très basse qu'il y a tant de pourris qui n'ont pas obtenu de la justice ce qu'ils méritaient, que si certains venaient à manquer à l'appel, cela ne se verrait pas vraiment et ne ferait pleurer personne. Des propos agacés ou coléreux nés de la distorsion qui parait exister entre les efforts fournis par la police pour appréhender les mis en cause et le traitement souvent frustrant, des dossiers par la Justice qui semble parfois laxiste ou trop politique.

Lorsqu'ils ressortent de la salle, les trois amis pensent à Kévin et à Franck hospitalisé, qui font tous les deux l'objet d'une plainte.
- Peut-être faudrait-il que Maïlys retire sa plainte concernant le père de Marie-Hélène ? Nous avons tous compris qu'il a agi sous l'effet de l'émotion et n'est pas responsable des brûlures infligées à sa fille.
- Je vais l'appeler, dit Luc. Elle y pensait hier, en revanche le Kevin…
- Oublie ce mec, si le justicier pouvait s'en occuper à notre place, nous aurions un souci de moins ! déclare Pauline. Le problème au-delà de Kevin si j'ai bien compris, c'est que nous ne sommes pas certains qu'un règlement de compte isolé n'ait pas donné des idées à des imitateurs gardant la haine au cœur ou lassés de tirer sur des cibles en carton.

- Pauline, j'adore t'écouter quand tu montres tes muscles. Si j'avais un volontaire sous la main, je t'aurais donné le contact, tu n'aurais sans doute pas l'ombre d'une hésitation à utiliser ses compétences.
- Attention, dit Luc, ta justicière pourrait être poursuivie à son tour pour avoir fait appel à des...
- Poursuivie par qui ? coupe-t-elle. Tu penses vraiment que l'équipe ne se trouverait pas des missions plus urgentes ? Moi, je n'aurais pas très envie de bouger. Enfin notre coin n'est pas concerné pour le moment, peut-être n'est-il pas par ici ? Tu crois à un ou plusieurs types ?
- On ne peut pas savoir en l'absence d'infos, c'est peut-être un vengeur épris de justice ou des règlements de compte exécutés par des proches des victimes ou des cocos lassés de tirer sur des cibles en carton, c'est bien ce que tu disais ?
- D'après ce qui était exposé, les tirs semblaient bien trop précis pour que des amateurs en soient responsables... Bref Luc, comment va ma cousine ?
- Ce matin elle allait bien, elle paraissait avoir bien dormi mais les hématomes sont spectaculaires ! Je vais la rejoindre, j'ai des recherches à faire qui m'occuperont le reste de la journée, ainsi, elle ne sera pas seule.

Avant de se séparer, les deux hommes échangèrent un regard éloquent surpris par Pauline qui ne sût trop comment l'interpréter.

- Les gars, que me cachez-vous ? Si ça concerne Maïlys, je veux le savoir, demande-t-elle agacée.
- Non, ce n'est rien qui soit susceptible de t'intéresser.
- Ne nous jouez pas un tour de cochon, elle est encore très fragile et il n'est pas question de s'amuser avec ses sentiments, alors pas de plan foireux.
- Si c'est pour moi que tu dis ça, je répète ne t'inquiète pas. Je suis très attentif et il n'est pas question de lui jouer un sale tour. Je me sens très protecteur à son égard et elle m'a dit être en confiance avec moi, je ne tiens donc pas à abîmer ou détruire cet embryon de lien. Déclare Luc.

Jean-Philippe sembla stupéfait et Pauline le regarda droit dans les yeux avec l'air de vouloir lui sonder le cœur.

- D'accord, dit-elle après un temps de silence, mais fais attention à tes propos comme à tes gestes. Je retourne au bureau, j'aimerais retrouver la trace de Kevin, peut-être faudra-t-il interroger ses proches mais il est probable qu'il se terre ici en ville.
- Laisse, nous allons nous occuper de ce gars. Nous avons des informateurs extérieurs capables de

remonter sa piste. Ils nous rendront service si nous leur demandons.

- Tenez-moi au courant, j'ai récupéré ma cousine après cette histoire et la vie a été compliquée pour nous deux pendant des mois, elle était complètement fracassée et c'est probablement cette affaire qui m'a amenée à passer le concours d'officier de police, je m'imaginais plutôt avocate en ce temps-là... comme elle a orienté Maïlys vers le social alors qu'elle voulait enseigner. Je ressens de la haine et une folle colère contre ce type.

- D'accord, on te donnera des infos.

Pauline s'en va, suivie du regard par les deux hommes.

- Alors comme ça elle te fait confiance ? marmonne Jean-Philippe.

- Oui, elle est méfiante, sur ses ergots mais elle a accepté de me faire confiance. Je ne comprends pas pourquoi il l'a battue et violée, elle était sage, protégée et bonne élève, pas du genre nana sûre d'elle, aguicheuse et recherchant le contact des mecs.

- C'est sans doute ce qui l'attire, après elle il s'en est pris à une gamine qui n'avait pas quinze ans. Il doit être fasciné par les filles jeunes et sans expérience qu'il peut dominer.

- J'y vais, je ne bougerai pas de chez Maïlys, si tu as besoin de moi, appelle.

En rentrant chez Maïlys, Luc cogite, il avait bien compris ce qui chez la jeune femme pouvait troubler un homme, ce mélange de beauté, de douceur et de vulnérabilité tempéré par du caractère car elle sait ce qu'elle veut, ce trait apparait dans ses photos. Enfin, avec sept ans de plus, elle sait ce qu'elle veut, elle s'est affirmée et sans doute pas encore assez. Son esprit totalement occupé par Maïlys, il arrive devant son immeuble et grimpe les étages en courant. Il sonne et la voix de Maïlys se fait entendre :
- Va-t'en Kevin, j'ai appelé la police.
- Maïlys, c'est moi, Luc, ouvre ma belle.

La porte s'entrouvrit à peine parce qu'elle avait laissé la chaine de sécurité, elle se referma après qu'elle eut vérifié et s'ouvrit en grand.
- Désolée, j'ai eu de la visite, deux fois en ton absence...
- Pourquoi n'as-tu pas appelé sur mon téléphone ?
- J'ai essayé mais personne n'a décroché et le standard m'a dit que vous étiez en réunion.
- C'était vrai, que s'est-il passé ?
- Kevin a obtenu mon adresse, je ne sais comment et il dit être venu me chercher parce que je

lui appartiendrais. Il tapait sur la porte comme pour l'enfoncer, heureusement qu'elle est renforcée.

- Bon, ça suffit, détends-toi, je ne bouge pas d'ici, je vais prévenir la cavalerie, confirme que c'est bien ce type, dit-il en montrant une photo anthropométrique dans son téléphone. Elle date de quelques jours avant sa libération.

- Oui c'est lui.

- Je m'occupe de ça, toi détends-toi, comment va ta joue ?

- J'ai un peu mal mais c'est supportable. S'il te plait ne fais rien qui pourrait t'être reproché ou te gêner dans tes fonctions. Jean-Philippe et Pauline doivent eux aussi rester dans les clous même si c'est difficile. Je ne supporterais pas qu'il vous arrive quelque chose de mauvais parce que vous vouliez m'aider.

- Ma belle, laisse-nous faire notre job. Nous allons nous organiser pour le coincer. Tu as le droit de vivre sans cette menace et nous sommes tous d'accord.

- L'essentiel est que tu m'aies compris. Je vais lire dans la chambre pour que tu sois tranquille.

Luc la regarda s'éloigner. Elle n'est plus recroquevillée sur elle-même, elle s'est un peu redressée mais n'a pas encore retrouvé la posture droite et dégagée qu'elle avait avant le retour de Kevin.

« La mimi sera facile à interpeller, en revanche ce mec est une anguille, il doit avoir des points de chute en ville et peut-être des complices. »

Il se penche alors sur sa liste de contacts.

Plus tard, il reçoit un appel anonyme.
- Si vous êtes OK, on lance la chasse. Ce devrait être réglé assez vite.
- Je n'ai pas d'adresse...
- On ne vous a pas attendus pour bosser.
- Il est allé ce matin au domicile de sa victime, heureusement elle n'a pas ouvert. Le feu est au vert pour moi, c'est tout réfléchi.
- Ton pote est OK ?
- Affirmatif.

Peu après, l'esprit apparemment tranquille, il va rejoindre Maïlys qui souffrante s'exprime peu. L'après-midi passa vite pour lui qui a des dossiers à traiter, ils dinèrent dans un tête à tête silencieux et ne tardèrent pas à se coucher.

Deux heures après, Luc avait toujours les yeux grands ouverts, travaillé par sa conscience et par l'ordre qu'il avait donné :

« Ai-je eu raison ? C'est un dingue et un pourri mais s'il est malade est-il responsable de ses actes ?

- Ne te pose pas de questions, après avoir violé et molesté Maïlys, il s'en est pris à une fille plus jeune qui ne faisait que rentrer chez elle sans se méfier.
- C'est parce qu'il a perdu ses repères, il n'est pas responsable, tu n'es pas Dieu. Tu dois tout stopper.
- Non il récidivera et tant qu'il ne sera pas arrêté, Maïlys ne sera pas tranquille. C'est elle qui compte, personne d'autre ne peut savoir par quels tourments elle est passée. Jamais plus cela… »

Enfin, après ces torturantes cogitations, et sans être absolument convaincu par la justesse de sa décision, il se laissa emporter par un sommeil lourd.

Il ne sait à quelle heure, Maïlys commença à s'agiter et à se battre contre le souvenir qui l'obsède. Après avoir reçu un revers de main sur le nez, il secoua la jeune femme doucement :
- Maïlys, ma chérie, tout va bien. Tu fais un mauvais rêve.
Elle entrouvrit les yeux, prononça son prénom et se rendormit, immédiatement calmée.

Luc prit la jeune femme dans ses bras et enlacés, ils s'engagèrent ensemble pour une deuxième partie de la nuit plus calme.

Le matin, il se réveilla tôt mais n'osa pas bouger. Maïlys avait à nouveau posé une jambe en travers de ses cuisses et la tête contre sa poitrine, ses cheveux longs, doux comme un voile de soie le caressaient. Elle se reposait sur lui, inconsciente de l'effet qu'elle provoquait.

« Quelle joie de l'avoir là ! Il y a longtemps que je ne me suis pas réveillé une femme dans les bras… Je ne suis pas certain de me souvenir de la dernière fois. Je ne dois pourtant pas l'effaroucher. Le moment n'est pas bon mais elle doit se sentir bien contre moi pour me chercher comme elle le fait… »

Il se laissa gagner par un bienfaisant sentiment de satisfaction et une lueur d'espoir qu'un jour, il puisse être aimé comme il est et aimer en retour. Il cultive l'espoir de jours plus doux, capables d'effacer les dernières années, à une sorte de rédemption.

Il patienta un long moment puis se dégagea doucement, attendit un instant, le souffle suspendu puis il se leva sans bruit pour aller préparer du café.

Un peu avant huit heures, son téléphone sonna, c'est Jean-Philippe :

- Nous avons cueilli Mimi au saut du lit… Bon elle est givrée, nie tout ce dont elle est accusée et prétend être la petite amie de Franck. C'est une toxico, nous avons retrouvé chez elle, de quoi la faire plonger pour un moment. Est-ce que tu pourrais passer ce matin ?

- Oui mais il faudrait que quelqu'un prenne la relève ici. L'autre Kevin est toujours en cavale et Maïlys n'est pas aussi bien qu'elle veut le faire croire. Avez-vous des précisions sur le gars ?

- Après sa sortie, il est rentré chez ses parents et s'est mis en quête d'une fille. Une prostituée ayant subi des sévices a déposé une plainte et elle a reconnu sa photo. Il l'appelait « Maïlys », « chérie » ou « salope » selon le moment. Elle est allée au poste dès qu'elle l'a pu car elle craignait d'être tuée à la place de celle qu'il pensait molester. Il est clair pour tous qu'il a complètement vrillé et Maïlys est devenue son obsession principale. Alors, nous nous demandions justement, si nous ne devrions pas utiliser Maïlys pour l'attraper ?

- Non, elle cauchemarde toutes les nuits, ne faites pas ça ! Je voudrais qu'elle soit débarrassée de ce type et retrouve sa sérénité. C'est de notre responsabilité.

Les deux hommes palabrent plusieurs minutes mais renoncent à utiliser la jeune femme pour faciliter la capture de Kevin.

Luc se reproche de n'avoir pas informé Jean-Philippe que l'ordre d'ouvrir la chasse avait été donné, mais il n'est pas prêt à partager l'information, il y a moins de risques que des tiers l'apprennent s'il est le seul à savoir.

« J'ignore si j'ai eu raison, cette décision est-elle la meilleure ? Je n'aspire qu'à la quiétude retrouvée par Maïlys. Elle mérite la grâce de l'oubli et pour elle, je suis prêt à endurer le remord voire des sanctions. »

6

L'interrogatoire de Mimi a confirmé que la jeune femme n'était pas saine d'esprit.

Elle a prétendu qu'en brulant la petite fille, la douleur lui faisait vomir les vices en germes dans son corps, hérités de sa mère. Elle n'a aucune conscience de la gravité de son geste répété de multiples fois. Sa justification était l'éviction du germe du mal habitant l'enfant.

Elle a été envoyée dans un service fermé de psychiatrie en attendant une évaluation médicale et probablement sera-t-elle reconnue dangereuse mais irresponsable.

Les deux hommes soufflent, l'enfant est protégée bien que leur besoin de punir celle qui a causé autant de souffrance à un jeune innocent ne soit pas satisfait et ils ont du mal à se contenter d'attendre l'intervention de la justice divine. Malgré leur dépit, ils se plient aux règles de la vie en société et patienteront en attendant que passe la juste décision des hommes sur son dossier.

Le premier dimanche de février, frais et neigeux, les trois femmes et les deux hommes se rendent au stand de tir à dix-sept heures. Elles vont essayer de tirer sur des cibles fixes. Luc s'occupera de Maïlys, Jean-Philippe de Pauline et Bertrand le moniteur, de Marine.
Il explique les règles aux trois femmes mais choqué par les couleurs arborées par Maïlys, il demande assez vite s'il s'agit des traces de violences domestiques.
S'il est rasséréné d'apprendre qu'il s'agit d'un accident dû à un déséquilibré, il grinche après tous ces types qui ont un souci d'éducation et n'ont pas appris à maitriser leurs pulsions.

Les trois couples gagnent les couloirs de tir après les explications de Bertrand. Si Jean-Philippe et Pauline s'entraineront, une sorte de compétition s'installe assez vite entre eux. Maïlys et Marine ne connaissent rien aux armes, ce qui procure à leurs compagnons, la joie de les prendre dans leurs bras pour montrer les bons gestes. Ils pourraient certes s'en passer, être plus distants mais la tentation est trop forte de satisfaire l'envie d'initier un rapprochement physique.

Les deux femmes sont volontaires et désirent apprendre mais plus que par le tir, elles affirment être intéressées par les techniques de défense personnelle. Bertrand propose de leur dispenser des cours, aidé par Luc ou Jean-Philippe.

- Vos copains en savent plus que moi sur le sujet, c'est plutôt à eux que vous devriez vous adresser.
- Je l'ignorais, il ne se sont pas vantés de leurs connaissances en matière d'auto-défense, déclare Maïlys.
- D'accord, c'est vrai ce que dit Bertrand, nous avons été entre autres tous les deux, moniteurs de sports de combat mais ce n'est pas évident de dire à ses amies de fraiche date « nous sommes les meilleurs ». Si vous le souhaitez, je veux bien être avec Bertrand, votre moniteur. Nous prendrons un rendez-vous, après ce cours.
- Parfait, maintenant mesdames, prenez l'arme en main et positionnez la balle, bien, n'enlevez la sécurité que lorsque vous serez bien placées dans le couloir de tir.

Luc, tu prends la suite avec Maïlys ? demande-t-il après un viril échange de clins d'œil entre les deux hommes.

Luc est heureux de transmettre un peu de son savoir à la femme qui l'émoustille, sans le savoir. Son cœur

bat un peu rapidement mais il se maitrise et donne les directives sur un ton calme.
- Au lieu de viser la cible qui n'est qu'un morceau de carton, dis-toi qu'il s'agit de Kevin, laisse ta rancœur remonter, ne la bride pas, la sens-tu ? Il t'ennuie depuis longtemps, tu sens ta colère, tu vas te venger des souffrances passées...
Place ton corps, ton bras, vise la cible calmement, retiens ton souffle et tire, tu vas l'avoir ! Attention au recul mais je te tiens, tu ne risques rien.
Maïlys tire et atteint le bord extrême de la cible.
- Pour une première, ce n'est pas si mal ! Dis-toi que tu lui as entamé le cuir, c'est moins grave mais ça fait plus mal qu'une balle dans la poitrine. On recommence.

Après une dizaine d'essais, Luc sentit la fatigue s'emparer de sa compagne.
- Veux-tu arrêter ?
- Oui, je suis nulle mais je me sens mieux, tu avais raison, cette séance m'a fait du bien, elle a eu un effet cathartique !
- Laissons l'arme sur la table, Bertrand la rangera, sortons d'ici.
- Regarde, Marine semble s'amuser.
- Un peu trop pour tirer sérieusement. Ils vont arrêter eux aussi.

Ils sont vite rejoints par leurs amis, Jean-Philippe a obtenu de meilleurs résultats que Pauline, ce qui ne surprend pas Luc, l'exercice était perdu d'avance pour la jeune femme mais elle l'ignorait.

Marine est très souriante et récupère la carte de visite de Bertrand qui a noté son numéro personnel au dos. Elle lui dicte son propre numéro en précisant qu'elle risque de ne pas pouvoir répondre immédiatement aux appels. Bertrand est stupéfait lorsqu'elle lui explique être médecin urgentiste à l'hôpital et il reconnait qu'il avait des préjugés sur les trois femmes, ce qui les fait hurler.

-   Ben, je pensais que vous étiez trois nénettes venues pour allumer de beaux flics virils qui ont un port d'arme et tout... comme souvent.

En riant, ils décident d'aller prendre un pot tous ensemble puisqu'aucun d'eux n'est en service.

-   Je ... Vous croyez que je peux vous accompagner ? Avec la tête que j'ai, je vais attirer les regards. Déclare Maïlys.
-   Tu n'as pas à avoir honte ! Et puis, tu aurais pu avoir un accident de voiture, les hématomes te seraient-ils paru plus respectables ?
-   Je ne sais pas, ce n'est pas la même chose.
-   On y va, il faut sortir Maïlys, qu'elle se rende compte que le ciel ne lui tombera pas sur la tête !

Déclare Pauline, appuyée contre Jean-Philippe dont une main repose sur la hanche de la jeune femme.

La fin de l'après-midi arriva vite, ils sont bien ensemble et décidèrent de diner dans un petit restaurant connu par Bertrand.
Soutenue par sa bande d'amis, le dos tourné à la salle de restaurant, Maïlys oublie ses marques et ses soucis et passe, détendue, une bonne soirée.
A entendre les policiers échanger à mots couverts sur certaines situations violentes vécues, elle se dit qu'elle a de la chance et que sans doute elle n'aurait pas pu exercer le métier de Pauline et de ses amis.
Lorsqu'ils ont terminé de refaire le monde des services et celui de la politique de sécurité, les hommes raccompagnent les jeunes femmes au pied de leurs immeubles.

Après avoir quitté Maïlys à sa demande, Luc déçu par cette fin de journée, les mains dans les poches se hâtait pour attraper le métro et encore empreint par l'ambiance de cette bonne soirée, ne se méfiait pas de son environnement. Il commençait à descendre l'escalier donnant accès à la station du métro quand il fût fortement poussé dans le dos, les jambes fauchées. Surpris, il perdit l'équilibre et dévala une dizaine de marches. Plus qu'à moitié assommé, il n'eut pas le temps de récupérer de sa chute qu'il reçut de violents coups de pieds visant la poitrine et la tête. Son agresseur masqué s'interrompit et s'enfuit en courant lorsque deux passagers entrèrent dans la station et découvrirent Luc évanoui et en mauvais état au pied des marches.

L'un appela police secours et un autre les pompiers après avoir pris des photos de Luc étendu par terre, assommé.

Les pompiers évacuèrent le policier vers l'hôpital car revenu à lui, il paraissait confus avant de sombrer à nouveau dans l'inconscience.
Luc fut admis en observation et le commissariat prévenu de l'agression subie par un officier de police.

Lorsque Jean-Philippe arriva pour prendre son poste le lendemain matin, il fut convoqué par son patron qui l'informa de l'agression subie par son ami et voulait reconstituer la journée de Luc.
- J'ignore ce qu'il a fait avant dix-sept heures, heure à laquelle nous nous sommes retrouvés avec Bertrand et des amies au stand de tir. Je peux me renseigner.
- Qui sont ces amies ?
- Pauline, la capitaine du bureau des recherches que vous connaissez, sa cousine Maïlys assistante sociale à Rangueil et leur amie Marine, un médecin

urgentiste à Rangueil. Elles voulaient essayer le tir et préfèrent se mettre à la défense personnelle. Maïlys a été agressée il y a quelques jours par le père d'une petite patiente, elle n'a pas su se protéger et encore moins se défendre.

- Cet homme pourrait-il être l'agresseur de Luc ?
- Non, à la suite de l'agression, Maïlys persuadée que l'homme, un jeune veuf, était en dépression, nous a aiguillé et il est hospitalisé pour quelques semaines. Elle a d'ailleurs retiré la plainte déposée le jour de l'agression. Je vais creuser l'affaire, nous venons d'arriver et nous ne sommes pas connus. Je pencherais pour une agression aléatoire par un type alcoolisé ou drogué parce qu'avec Luc, nous faisons tout ensemble et nous fréquentons les mêmes amis chez lesquels il n'y a vraiment rien de louche à trouver.

Lorsqu'il quitta le bureau de son patron, les mâchoires et les poings serrés, c'était à Kevin qu'il songeait. Il ne croit pas à l'agression aléatoire, il suppose que Luc et Maïlys puis leur groupe ont été suivis ou Luc l'a été après avoir déposé Maïlys, mais pourquoi est-elle restée seule ce soir-là ? N'avait-il pas été convenu qu'elle devait être surveillée tant que l'affaire Kevin n'était pas réglée ?

Il appela la jeune femme qui se levait à peine et lui demanda pourquoi Luc n'était pas resté chez elle.

- C'est moi qui lui ai demandé de rentrer chez lui. Il ne peut pas hypothéquer sa vie et son temps libre pour me tenir compagnie. Et puis je m'habitue trop facilement à sa présence, je ne tiens pas à ne plus pouvoir vivre seule ou à redouter mon ombre, avoue-t-elle en contemplant par la fenêtre les nuages qui filent poussés par le fort vent d'est.

« Pff… encore une journée de vent d'Autan et nous aurons à nouveau de la pluie, vive le réchauffement climatique. »

- Bon, nous ferons avec… Maïlys, tu risques de ne pas voir Luc chez toi pendant un moment. Il a été agressé hier soir, en allant prendre le métro.
- Oh non ! C'est ma faute…
- Mais non, il s'agissait sans doute d'une agression aléatoire d'un drogué sur la première personne seule qui passait. C'est tombé sur lui, ça aurait pu être une mamie ou un jeune. Il est à l'hôpital, je vais me renseigner pour savoir s'il est visible. Je t'appellerai lorsque j'aurai des informations. Tu as compris n'est-ce pas que tu ne dois ouvrir à personne à moins d'être prévenue avant par un texto.

Elle raccrocha consternée, quoi qu'en dise Jean-Philippe, elle se sent responsable de ce qui est arrivé

à Luc. Elle s'effondre sur le canapé pendant que de grosses larmes silencieuses roulent sur ses joues :
« Quand cela finira-t-il ? Qu'ai-je fait pour subir tout cela et maintenant, pourquoi faut-il que j'entraine mes amis dans cette histoire ?
Non ! tu dois te reprendre et cesser d'avoir peur. Ce pauvre type s'en nourrit, il est probable que si tu te montrais forte et combative, il changerait de cible. Et si je proposais de servir d'appât, la police ne pourrait-elle pas l'arrêter ? »

Maïlys rappelle Jean-Philippe pour lui proposer cette solution mais il ne répond pas, aussi laisse-t-elle un message :
« J'ai eu l'idée que vous pourriez monter une opération dans laquelle j'essaierai d'attirer notre ami. Qu'en pensez-vous ? »
Puis après s'être vêtue d'un jean et d'un bon pull chaud, elle fait un vague ménage avant de prendre un livre. L'immeuble est calme et sans doute peu habité à cette heure, tous les bruits lui paraissent amplifiés aussi réagit-elle par un frisson qui la glace, aux gratouillis et frottements répétés qu'elle entend sur sa porte.
Elle s'approche et perçoit nettement quelqu'un trafiquer le bois autour de sa serrure.

Elle se met près de la porte et appelle Jean-Philippe qui ne répond toujours pas. Son cœur affolé tambourine aussi fort qu'après un long effort physique :
« Allo, c'est Maïlys, quelqu'un trafique ma porte, pourrais-tu te dépêcher ? Oh c'est super, tu as deux hommes avec toi ? Sans doute arriverez-vous à l'intercepter. Je vous attends, non je n'ai pas peur, déclare-t-elle en riant un peu, maintenant que je touche ma cible et que j'ai une arme, je ne crains plus rien. Je peux même dire que je l'attends de pied ferme et je suis assez en colère pour ne pas hésiter à tirer. Ah, vous êtes au coin de l'immeuble, ok, pas de soucis. »

Un grand coup sur la porte résonne dans le silence de l'immeuble puis elle entend la cavalcade de Kevin qui s'enfuit dans l'escalier. Maïlys se dirige alors en tremblant vers sa fenêtre d'où elle aperçoit un homme très mince courir vers le carrefour plus loin et éviter de peu d'être renversé par une voiture. Elle est moite de sueur, elle a certes, eu très peur mais elle est satisfaite de sa petite victoire, sur elle-même d'abord car elle a réussi à s'exprimer d'un ton ferme et sûr assez convaincant pour persuader Kevin de s'enfuir.

Son téléphone sonne, c'est Jean-Philippe.

- Maïlys ? Je viens d'avoir ton message, je suis désolé comment vas-tu ?
- Je me suis postée derrière la porte et il a entendu mon discours. Il a donné un grand coup dans la porte avant de partir en courant par l'escalier. As-tu des nouvelles de Luc ?
- J'arrive avec Pauline, nous serons chez toi dans cinq minutes.
- D'accord, merci.

Elle raccroche en se disant qu'elle a certes eu peur mais elle se sent étonnement bien d'avoir réussi à faire fuir son tourmenteur.

Peu après, Pauline et Jean-Philippe sonnèrent. Le bois de la porte est bien entamé autour de la serrure, avec plus de temps, il aurait certainement pu réussir à rentrer, ce qui n'est pas très rassurant.

- En l'absence de Luc, tu vas venir chez moi, je travaillerai dans ma salle à manger et ce n'est pas négociable. Il est trop déterminé à t'atteindre, il faut que nous arrivions à le pincer avant.
- Tu ne m'as pas dit comment va Luc, puis-je aller le voir ?
- Il a un trauma crânien et quelques côtes esquintées, poussé, il est tombé dans l'escalier du métro et l'autre a profité de ce qu'il était sonné pour le passer à tabac. Luc est donc dans un sale état mais il n'a rien qui ne s'arrangera pas avec un peu de

temps et dis-toi qu'il en a vu d'autres. Le médecin le fait dormir afin qu'il ne souffre pas. Tu pourras le voir dans deux jours.

J'ai compris dans ton message, que tu proposais de piéger ton harceleur. Le souci est que Luc était opposé à ta participation à l'opération et je ne peux pas profiter de son indisponibilité pour agir contre sa volonté. Dans sa situation, je n'aimerais pas que mes potes interviennent dans mon dos, je prendrais cela comme une trahison. Nous avons une autre solution pour le coincer, j'hésitais à utiliser ce moyen mais le coup d'aujourd'hui m'a ôté tout scrupule.

Pendant qu'il s'exprimait, Pauline observait Maïlys plutôt, détendue.
- Maïlys, je me trompe ou tu ne vas pas si mal ?
- Tu as raison, je m'étonne moi-même, j'avais la frousse mais j'ai réussi à maitriser ma crainte et je suis parvenue à faire fuir mon agresseur. Je suis plutôt fière de moi, même si après j'ai tremblé comme une feuille jusqu'à ce que vous arriviez. Et je ne vais pas mal du tout, je me sens…, presque ragaillardie. Peut-être Kevin est-il fort avec les faibles et a-t-il été surpris par ma résistance ? J'ignore toutefois, ce que j'aurais fait s'il était parvenu à rentrer.
- Tu ne te serais pas rendue sans te battre, c'est bien, tu dois te défendre et arrêter de subir. Maintenant va préparer un sac, nous allons chez

Jean-Philippe. Il a un trois pièces et tu auras une chambre en attendant mieux et ta porte doit être réparée. Si tu as des trucs qui ont un peu de valeur, prend les.

Pendant que les deux femmes discutaient en partant dans la chambre, Jean-Philippe appelait un contact et apprenait que l'opération commandée par Luc avait dû être repoussée de vingt-quatre heures en raison de la météo, le vent était encore trop fort. La cible est repérée, la finalisation devrait bientôt intervenir.
- Faites vite, il a neutralisé Luc et s'est attaqué à la cible aujourd'hui.
- M... ! Luc, c'est grave ?
- Immobilisé pour quelques semaines, il s'en remettra mais son agression m'a ôté tous mes scrupules et ça urge puisqu'il a réussi à la priver de sa protection rapprochée.
- OK, je t'enverrai un texto.
Puis cet interlocuteur raccrocha.
Jean-Philippe effaça la communication en espérant que le lendemain soir, cette affaire serait réglée.

7

Arrivée chez Jean-Philippe, Maïlys était dirigée vers la chambre d'amis et invitée à déballer ses affaires pendant que son hôte téléphonait. Puis il est revenu et entraine maintenant Pauline par la taille vers la cuisine en murmurant à son oreille.

Le geste surprend Maïlys mais elle serait très heureuse que sa cousine ait un petit ami si le geste surpris a bien le sens qu'elle lui a donné. Depuis qu'elle la fréquente régulièrement, elle ne l'avait jamais vue en couple et ignore tout de sa vie privée, restée très privée malgré leur proximité. Pauline est très discrète mais Maïlys imagine plutôt une absence de vie personnelle, pourtant sa cousine est une jolie femme, très séduisante et gaie, ouverte aux autres, pas inhibée et complexée comme elle l'est...
« Pourquoi serait-elle seule ? Son métier, un amour contrarié ? Je m'étais même demandé à un moment, si elle n'avait pas une préférence pour les femmes,

même si je ne l'ai jamais vue avec quelqu'un d'autre que Marine et leur amitié est sans ambiguïté. »

C'est avec le sourire qu'elle prend le temps de ranger ses affaires avant de les rejoindre.
- Tu en a mis du temps pour ranger tes trois bricoles !
- Je voulais vous laisser un peu de temps pour vous et j'ai besoin d'assimiler les événements récents. Je ne suis pas capitaine de police moi, maintenant, j'ai juste besoin d'être rassurée sur l'état de Luc.
- Il ira bien dans quelques jours mais risque de se sentir minable de s'être laissé surprendre. Je le connais depuis longtemps, nous sommes amis et c'est la première fois que je le prends en défaut. Il devait avoir la tête ailleurs. Déclare-t-il avec un petit sourire qui réussit à faire rougir Maïlys.
- Arrête, elle va encore culpabiliser ! murmure Pauline en souriant.
- Non, je suis clairement responsable. Il voulait rester comme d'habitude et je lui ai demandé de rentrer chez lui. Je me sentais assez forte pour reprendre ma vie seule. Il était troublé et sans doute déçu, peut-être a-t-il pensé à un rejet de ma part. Ce n'est pas cela... je redoute plutôt de trop compter sur lui et de m'attacher.

- Il n'espère que cela, tu n'auras pas de difficultés à le convaincre que tu as besoin de lui, surtout si nous parvenons à repérer ta menace.
- Je suis vraiment nulle…
- Non, pas sûre de toi et pas assez confiante, mais cela fait partie de ton charme ! Tu dois être persuadée que les hommes ne sont pas tous des pourris cependant à ta décharge tu es tombée sur un sacré numéro avec Kevin ! Tu retournes au bureau Pauline ?
- Oui, je te confie ma cousine. Travaille bien, répond-elle en l'embrassant légèrement sur les lèvres puis lui murmure quelque chose à l'oreille, ce qui confirme à Maïlys qu'un lien fort se développe entre Jean-Philippe et Pauline, ce qui l'enchante.

La journée, morne, passa lentement. Jean-Philippe est relié au bureau par son ordinateur et souvent au téléphone. Il se levait par moment et arpentait en tous sens la pièce de séjour en réfléchissant. Vers midi, Maïlys avait fait le tour de l'appartement et regardé dans le détail les trois petits cadres supposés orner les murs, l'appartement est grand mais désespérément dépouillé, il sent le meublé pas encore investi par son locataire. Elle a préparé un en-cas avec ce qu'elle a trouvé dans le réfrigérateur. Si Jean-Philippe l'a remerciée d'un sourire, il ne s'est pas arrêté pour autant. En revanche, plus tard, en milieu d'après-midi, il vint la trouver et lui demanda si elle voulait un café. Il semble plus détendu, sans doute a-t-il réussi à régler ses dossiers.

- As-tu des nouvelles de Luc ?
- L'infirmière m'a dit qu'il allait aussi bien que possible. Il dort et nous devons attendre qu'il se réveille. Je t'emmènerai le voir demain mais Marine garde un œil sur lui.
- Oh ! Elle t'a appelé ?
- Non, c'est Bertrand qui m'en a informé.
- Ah, Bertrand a eu des nouvelles de Marine…répète-t-elle songeuse.
- C'est lui qui l'a appelée, il est sous le charme de ton amie.
- C'est bien mais elle est peu disponible, son métier est difficile.
- Oui, mais dans un couple, il faut savoir accepter les contraintes de l'autre et préférer la qualité du temps passé ensemble à la quantité et lorsque tu t'aperçois que tu es prêt à faire ce choix, tu peux te dire que c'est sérieux.
- Sans doute as-tu raison, je n'avais pas réfléchi à tout cela.
- Puisqu'on en est à discuter de ces choses, si tu n'es pas attirée par Luc, ne va pas le voir et ne recherche pas sa compagnie. Il pourrait donner à ta présence une importance qu'elle n'a pas pour toi.

- Tu crois que je ne suis pas attirée par lui, que je pourrais lui raconter des salades ? Non, c'est plus simple, j'ai presque vingt-cinq ans mais je n'ai pas recherché la compagnie d'un homme après l'affaire Kevin, j'étais trop fermée, je craignais trop leurs réactions, aussi maintenant, mon comportement n'est-il plus adéquat. Je crois que sous l'influence des filles, du travail et de la vôtre, je suis en train de changer, je me suis confrontée à Kevin, c'est vrai, il y avait une porte entre nous ce qui minimise ma prouesse mais je m'en suis sentie mieux, je suis sortie de la passivité, il a eu peur à son tour et s'est enfui.
- Luc sait presque tout cela et moi aussi. Je veux dire que si tu n'es pas ouverte à laisser vos liens doucement évoluer vers une relation amoureuse avec lui, ne va pas le voir. J'imagine que lorsque tu lui as dit que tu ne voulais plus qu'il reste chez toi sans t'expliquer, il n'a pas compris ta demande et s'est posé mille questions en rentrant chez lui.
- Je ne voulais pas… je voulais…
- Je sais, tu sais maintenant, lui ignore ce que tu recherchais et pourquoi. Tu sais les hommes comme nous, sont simples et il faut être claire avec eux.
- Merci de m'avoir parlé Jean-Philippe, je vais y réfléchir mais je suis à peu près certaine d'avoir envie de le voir demain.
- Profite de l'après-midi pour clarifier pour toi tes motivations. Je préfère t'emmener en sachant l'état

physique et mental dans lequel il sera et sans doute auras-tu à t'imposer. C'est un tendre qui exerce un métier difficile même s'il l'est moins qu'avant, et il mérite l'affection d'une femme qui saura quelle pépite elle a dans les mains et qui n'aura pas peur de lui montrer son attachement.

Puis il retourne s'assoir et reprend ses dossiers satisfait ; il lui semblait qu'il fallait que les choses soient dites. Il laisse la jeune femme laver la vaisselle et réfléchir à ses désirs et à ses contradictions.

Cet après-midi confirma à Maïlys qu'elle avait certes été traumatisée par la violence subie mais déjà au lycée elle avait manqué de volonté. Elle n'avait rien fait pour s'imposer, elle avait accepté les attitudes critiques à son égard, une position que son comportement de retrait avait provoqué.
Pour une fois, elle sait ce qu'elle veut mais redoute que Luc ne soit plus ouvert à un rapprochement. Elle décide de se battre. Elle sait qu'elle lui plait, il lui a dit. Luc fait battre son cœur et il va l'apprendre.

Le soir, Pauline vient les rejoindre avec des plats chinois pour le diner. Leurs échanges sont gais et détendus. L'attirance entre Jean-Philippe et Pauline est tellement évidente, que mal à l'aise et un peu

envieuse, Maïlys préfère se retirer dans sa chambre sans trainer.
- Comment la trouves-tu, demande Pauline à son compagnon.
- Nous avons pas mal échangé, elle évolue et va plutôt bien. Je pense qu'elle a ouvert les yeux et qu'elle ira de mieux en mieux.
- Elle revient de loin, si tu savais dans quel état elle était pendant l'été qui a suivi l'agression. Ce salopard l'avait démolie physiquement et mentalement et son oncle et sa tante en la mettant à la porte en avait rajouté une couche. Je suis surprise qu'elle ait pu réagir ce matin.
- Oublie ta cousine et occupe-toi de moi, maintenant, je t'ai attendu toute la journée et c'est long douze heures. Je me sens seul lorsque tu n'es pas près de moi.
Pauline attendrie réagit à ces propos en attrapant son amoureux par le cou.

Le lendemain matin, Pauline quitta l'appartement avant que Maïlys soit réveillée.
Vers neuf heures, elle sortit de sa chambre prête à partir et trouva Jean-Philippe en survêtement penché sur son ordinateur.
Il lui fit un clin d'œil en lui disant,
- Sers-toi, il y a du café chaud.
- Tout va bien ?

- Oui, pas de nouvelles, bonnes nouvelles. Il est encore trop tôt pour savoir si notre bel endormi s'est réveillé, les visites sont plutôt prévues l'après-midi, le matin il y a les soins, les toilettes et je ne sais quoi. J'appellerai avant afin de ne pas avoir de mauvaise surprise.
- N'y va pas sans moi, Jean-Phi, je veux le voir.
- J'avais déjà cru comprendre. Excuse-moi, j'ai un appel, dit-il montrant son appareil vibrer.

Il se leva de sa chaise, son appareil collé à son oreille et n'émit que quelques grognements puis répondit à des questions de manière succincte :
- Non, il dort toujours… pas bougé, mes horaires peuvent être contrôlés… Je surveille la cible avec Pauline… Non elle n'est pas sortie… Que se passe-t-il ?
………
- Oh !... Grave ? … Il avait dû chatouiller quelqu'un d'autre. Pas de trace ? Bon, ok, ce dossier est classé ? Un autre s'ouvre… compris !

Il souffle et les épaules tombantes se passe la main dans les cheveux déjà ébouriffés.
- Eh merde !
- Tu as des soucis ?
- Oui et non. Kevin a été abattu en début de nuit, on ne sait par qui. Il est en état de mort cérébrale mais

son cœur bat toujours. Il est à l'hôpital pour un temps indéfini mais tu peux être tranquille, il n'en sortira plus pour t'ennuyer. En revanche, je dois chercher qui lui a tiré dessus et pourquoi et j'en ai moins que pas envie.

Déjà, ce n'est pas toi, pas Luc, pas Pauline et pas moi. Le reste du monde est suspect.

- Tu peux ajouter Marine à ta liste, mais nous contre le monde entier… Il reste beaucoup de gens dans le mauvais camp ! Est-ce qu'il m'est permis d'en déduire que je pourrais retourner chez moi ?
- Ne te précipite pas. Nous irons voir Luc cet après-midi et si tu veux je te déposerai chez toi au retour. J'imagine qu'il n'y a plus de risque, objectivement tu ne devrais plus t'inquiéter, il ne reviendra plus.
- J'ai réfléchi, je pense que je vais retourner voir la psy qui m'avait suivie à l'époque de l'agression. Elle avait mon historique et je me demande si elle ne pourrait pas m'aider à tourner la page. J'aimerais avoir avancé afin d'être libre et pour éventuellement me rapprocher de Luc sans arrière-pensée.
- S'il est toujours partant, il pourrait t'aider à avancer lui aussi. Vous feriez une bonne équipe.
- Merci, ton avis me réconforte mais je voudrais le voir pour lui faire comprendre que je suis avec lui, lui faire admettre qu'il n'est pas seul.

Un pacte sous condition

Le temps passa lentement mais vers quinze heures, ils se présentèrent dans le service et croisèrent Marine qui était venue prendre des nouvelles de Luc.
- Tout est bon mais il prend le temps de se réveiller, il n'est pas bien loin et peut-être Maïlys devrais-tu l'encourager à revenir retrouver ses amis auxquels il manque ? Je dois redescendre, ma pause se termine mais allez-y, il est installé en 104. Avant, prévenez l'infirmerie que vous êtes arrivés, vous étiez attendus. A bientôt et courage ! Ah, ne soyez pas troublés, il est très marqué mais après ce qu'il a subi ce n'est pas surprenant.
- Pour info, je rentrerai chez moi ce soir, j'ai fini de squatter chez Jean-Philippe.
- C'est bon à savoir. Je t'appellerai plus tard.

Ils la regardèrent partir presqu'en courant, Maïlys sourit, elle retrouve son amie :
« Elle se donne à fond dans tout ce qu'elle entreprend, ne perdant pas de vue ceux qu'elle aime mais toujours pressée, à courir entre deux patients. »
- Es-tu prête ? On y va ?
Elle hoche de la tête et suit Jean-Philippe qui s'arrête bientôt à la porte grande ouverte de l'infirmerie.
Il se présente aux deux femmes présentes et précise que leur visite était annoncée.
Une infirmière les précède dans la chambre et vérifie que Luc n'est pas réveillé.

Maïlys s'approcha du lit ; Luc a le visage tuméfié et son nez pris dans des pansements laisse supposer que le chirurgien est passé par là. Elle prit sa main puis elle se pencha et embrassa Luc sur le front et effleura ses lèvres.
Elle sentit aussitôt sa grande main se serrer sur ses doigts et ses lèvres remuer pour prononcer un faible.
- Ché...rie ? Parfum Maï...lys ?
- Luc, tu as assez dormi et le temps est long sans toi, peux-tu ouvrir les yeux ? dit-elle en regardant Jean-Philippe qui l'encouragea d'un geste de la tête.
- Dur...mal...
- Jean-Philippe est avec moi, tu vas bien et Marine est passée en coup de vent pour te voir. Fais l'effort, allez Luc, je veux te retrouver.
- Va ...bien ?
- Oui, mais tu dois revenir et ouvrir tes yeux.
Un œil s'entrouvrit, un peu vague et se referma.
- Oui c'est bien, encore un petit effort.
Elle entend Jean-Philippe quitter la chambre.
Les yeux de Luc se crispèrent et s'ouvrirent le regard flotta un peu puis se fixa sur Maïlys.
- Maïlys,... belle... tu... es là.
- Je suis là et tu m'as beaucoup manqué, j'avais froid seule dans mon lit, murmure-t-elle.

- Chérie... répond-il en serrant doucement ses doigts.
- Mon cœur, tout va bien, je n'ai plus peur mais j'ai besoin de toi, murmura-t-elle en entendant des pas pressés derrière la porte puis elle se redressa tout en conservant la main du blessé dans la sienne.
- Notre patient s'est réveillé, reconnaissez-vous la jeune femme qui est près de vous ?
- Maïlys.
- Et ce monsieur ?
- Mon frère, Jean-Phi.
- Et comment êtes-vous arrivé ici ?
- Tombé ...escalier... métro, poussé dans ... dos et ... jambes.
- Ensuite ?
- Sais pas, mal.
- C'est bien, vous allez bien, je vous laisse avec vos amis mais ne vous fatiguez pas, accordez-vous le temps de récupérer.

Sa main serre celle de Maïlys, comme s'il ne voulait plus la lâcher puis il dit péniblement :
- Kevin ?
- Il n'y a plus de menace, nous sommes tranquilles et Maïlys peut dormir sans s'inquiéter, répond Jean-Philippe.
- D'ac... Pas besoin... de moi.
- Luc, j'ai besoin de toi alors ne te défile pas ou j'irai camper chez toi.

- Chiche, murmure-t-il avant de se rendormir.

Elle regarda Jean-Philippe l'air interrogateur.
- C'est suffisant pour aujourd'hui. Il nous a vu, il nous a reconnu, il est HS et n'a pas besoin de nous pour le moment. Laissons-le se reposer. Es-tu rassurée ?
- Oui naturellement mais j'aurais aimé en faire davantage pour lui.
- Tu n'es pas médecin et pas infirmière, il a besoin de soins que tu ne peux pas lui dispenser alors rentrons et laissons les personnels compétents s'occuper de lui.

C'est difficile pour Maïlys de quitter le chevet de Luc, elle a le sentiment de l'abandonner, pourtant elle sait qu'elle ne peut rien faire de plus et se délecte du petit mot d'amour prononcé lorsqu'il s'est réveillé et de l'attention qu'il a manifesté pour elle : « chérie » et que penser de sa réflexion lorsqu'elle l'a menacé de camper chez lui. « Chiche » a-t-il répondu. Elle espère et croise les doigts. Demain sans doute sera-t-il plus réveillé et pourront-il davantage s'expliquer.

Jean-Philippe la déposa chez elle et repartit vite au bureau, sa journée à lui n'est pas terminée mais il est content et rassuré d'avoir vu Luc, il est amoché mais il se remettra.

8

A partir de ce moment, tout sembla aller mieux pour les amis. Luc récupère lentement mais sûrement, son visage a attrapé les mêmes couleurs que celui de Maïlys, sa mémoire et ses fonctions cérébrales ne paraissent pas avoir souffert du traumatisme, le plus douloureux sont les côtes qui seront longues à cicatriser. Marine prétend qu'il faudra deux mois pour ne plus ressentir de douleurs.

Il semble heureux de voir Maïlys tous les jours mais n'ébauche plus de geste affectueux à son égard, si bien qu'elle a repris quelques distances elle aussi. Ils donnent à ceux qui les voient, l'impression de deux amis qui se retrouvent et pas de deux amoureux qui ressentent le besoin d'un contact physique même discret.
« La pudeur n'a rien à voir avec ce retrait, il s'est aperçu qu'il était plein de compassion à mon égard et que ses sentiments n'avaient rien à voir avec l'amour. Je n'ai pas de chance, il était trop bien pour moi. »

Visite après visite, Maïlys se persuada qu'elle avait imaginé qu'il ressentait des sentiments amoureux à son égard et qu'il s'était aperçu de son erreur, elle en souffrait et ne comprenait pas bien mais la résignation n'était plus bien loin.
« J'y ai cru mais j'aurais dû m'y attendre. »

C'est avec le cœur douloureux et un petit moral que Maïlys reprit le travail après son arrêt. Elle n'est plus aussi disponible, elle a des dossiers qui ont pris du retard mais elle continue d'aller faire une rapide visite quotidienne à Luc, jusqu'au jour où avec stupéfaction, elle trouve la chambre occupée par un autre patient.

Elle eut l'impression que le ciel s'était écrasé sur sa tête !
Effondrée intérieurement, elle ne comprend pas pourquoi elle n'a été prévenue par personne et pour qu'elle raison Luc ne l'a pas avertie qu'il était sortant. Ils s'étaient vu la veille et tout semblait aller entre eux même s'ils avaient moins de sujets de conversation et si une sorte de gêne persistait.
« Suis-je aussi insignifiante qu'il n'ait pas considéré devoir m'aviser qu'il partait ? » se demande-t-elle un peu vexée.
Elle a envie de pleurer mais elle ravale ses larmes et redresse la tête. Elle doit faire face quoi qu'il lui en coûte et ne pas montrer combien elle est affectée.

Un masque posé sur son visage, elle regagne son bureau, le cœur glacé, comme anesthésié.

Curieusement, les semaines suivantes, lorsqu'elle appela Marine et Pauline, celles-ci n'évoquèrent plus Luc, c'était comme s'il n'avait jamais existé. Elle en déduisit qu'il leur avait demandé de ne pas parler de lui, comme il ne veut sans doute plus savoir ce qu'elle devient.
Elle s'aperçut aussi que si elle ne prenait pas l'initiative des contacts, ses amies ne donnaient plus signe de vie. En conséquence, elle appelle moins Pauline et ne provoque plus de rencontres avec Marine, occupées toutes les deux par leurs petits amis et leurs métiers, elles ne sont plus vraiment disponibles pour elle.
« C'est normal et c'est la vie », pense-t-elle mais c'est dur et son cœur saigne. Même si personne ne lui doit rien, elle n'avait jamais imaginé compter aussi peu pour ceux qu'elle considérait comme ses amis. Le constat est difficile à faire.

Le mois d'avril et un air printanier s'installèrent dans la ville. Solitaire, Maïlys avait repris son appareil photo et c'est dans les villages aux alentours de Toulouse qu'elle passait son temps et réfléchissait à son avenir. Elle ressent un besoin de changement et elle se pose de plus en plus la question de sa réorientation puis elle décide de se renseigner pour reprendre ses études.

Il est probable que Pauline avait toujours vu juste, le domaine du social avait répondu à un besoin à un moment donné mais maintenant qu'elle n'est plus menacée, son métier ne correspond plus à ce à quoi elle aspire, et ne satisfait pas son besoin de créer du beau.

Que veut-elle ? Qu'a-t-elle envie de faire maintenant qu'elle est libre ?

Il lui reste un peu d'argent hérité de ses parents, suffisamment pour payer des frais de scolarité et tenir le temps d'une formation. Elle peut aussi quitter Toulouse si c'est nécessaire où plus rien ne la retient et revendre son appartement.

Elle aime la photo mais il doit être difficile de percer dans le monde de l'art, sauf si elle s'orientait vers le reportage. Elle doit réfléchir mais elle détient un diplôme d'état de service social, si elle n'arrivait pas à déboucher, elle pourrait toujours revenir vers ce métier pour lequel elle a été formée. A ce moment, elle agirait comme des cohortes de salariés, elle travaillerait pour vivre et satisferait ses aspirations profondes autrement, pendant ses loisirs.

Elle se renseigne, elle est tentée d'en échanger avec Pauline ou Marine mais sans nouvelles de l'une

comme de l'autre, elle ne veut pas les ennuyer avec ses questionnements et ses hésitations. Pourtant, elle aimerait comprendre quel impair elle a pu commettre pour que les personnes dont elle était si proche aient pris une telle distance parce que comme une épine dans son pied, cet éloignement fait toujours aussi mal.
Elle prit des contacts, s'informa davantage et après mûre réflexion elle fit le choix de s'inscrire dans une école à Toulouse et décida de ne donner son préavis de départ de l'hôpital qu'en juin. Ainsi, elle bénéficiera d'un salaire le plus longtemps possible et prendra quelques jours de congés avant de commencer une inattendue nouvelle vie.

Si après toutes ces semaines sans nouvelles, elle ne souhaite pas obliger Pauline et Marine à la rencontrer, en juin, elle décide, par correction envers celles qui avaient été présentes pour elle pendant longtemps, de les prévenir de sa démission de l'hôpital par courriel.
« Chère Pauline et chère Marine, puisque je ne peux plus vous donner du « chères amies » pour une raison qui m'échappe encore malgré les mois passés. En effet, j'ai appris en me rendant dans sa chambre que Luc avait quitté l'hôpital la veille, sans m'avoir prévenue. Effectivement, avec un peu de recul, rien

ne l'y obligeait, hormis un désuet savoir-vivre auquel il m'avait habituée.

Lorsque nous nous sommes revues, à quelques rares occasions au printemps, son prénom n'était plus prononcé par personne, c'était comme s'il n'avait pas existé. C'était flippant !

Sans doute aviez-vous des consignes mais ce fut dur, très, très dur, car je m'étais stupidement attachée à Luc et j'étais naïvement sincère dans mon affection, attendant impatiemment qu'il soit guéri, tout en percevant que quelque chose n'allait pas, l'ambiance entre nous avait changé, lourde de non-dits.

Sans doute fallait-il que je grandisse, que je comprenne seule que je ne devais pas m'illusionner, mon affection étant mal placée. Je vous sentais gênées et vous étiez occupées par vos amis et vos vies respectives, je me suis à mon tour retirée et personne n'a plus donné signe de vie.

Curieux comme des liens forts qui ont tenus des années, depuis l'enfance pour certains, peuvent s'effilocher en quelques semaines d'une manière peu compréhensible.

Je ne veux pas partir comme une voleuse, aussi ne soyez pas surprises de ne plus voir ma plaque à l'hôpital. Pauline, tu avais raison, le social n'était pas pour moi.

Je vous embrasse avec toute l'affection que j'ai encore pour vous et vous souhaite le meilleur. Merci

pour tout ce que j'ai conscience que vous m'avez donné et que je ne pourrai jamais vous rendre.
Remerciez aussi Luc et Jean-Philippe d'avoir été aussi présents et de m'avoir aidée à me débarrasser de ma plus grande terreur et de mes cauchemars grâce à leur tranquille solidité. Je suis heureuse de les avoir connus. A leur contact, j'ai appris que les hommes sur lesquels on peut compter existent. Ils m'ont redonné l'espoir que j'avais perdu.
J'ignore dans quoi je m'engage mais j'y vais aussi sereine que possible, si j'échouais je serais seule à blâmer, si je gagnais c'est à vous quatre que je le devrais.
Avec mon indéfectible affection. Maïlys »

Le courriel resta sans réponse, Maïlys en fut meurtrie, mais imagina qu'elles étaient en vacances. Elle ne comprenait pas plus ce silence que le départ furtif de Luc et le retrait de Pauline et Marine mais faut-il que tout puisse s'expliquer ? Seule la situation présente compte et la rupture totale semble être consommée.

Des semaines passèrent, le 16 août, elle rendit ses clefs de bureau et dit au revoir à l'hôpital.
Elle rentra chez elle morose en se demandant comment elle allait passer les quinze prochains jours, elle avait prévu une période de vacances avant sa rentrée en septembre. Elle envisageait d'aller une

semaine au bord de la mer, mais à présent, elle redoute des frais trop lourds puisqu'elle n'aura plus de salaire. Elle allume son ordinateur et cherche une bonne affaire sans grande conviction.

Vers dix-neuf heures, quelqu'un sonne à sa porte.
N'attendant personne, pieds nus, elle va ouvrir pour trouver sur le palier Marine, Pauline, Jean-Philippe, Bertrand et Luc.
Elle est paralysée de surprise et la gorge serrée, ne peut prononcer un mot.
- Vas-tu nous laisser rentrer ? Les pizzas sont chaudes et je me brûle ! déclara Pauline en la bousculant pour passer, entrainant ses amis derrière elle.
- Et le vin blanc réchauffe, murmure une voix grave.

Toujours sans un mot, elle recula puis referma sa porte, complètement ahurie et ne comprenant pas ce qu'ils faisaient tous chez elle, après des mois de silence total.
- On te dérange ? Tu cherchais une destination pour partir en vacances ? demanda Jean-Philippe, montrant l'écran de l'ordinateur allumé.
- Oui, enfin je ne sais pas, parvient-elle a murmurer.

- Alors comme ça tu quittes Toulouse, où vas-tu te poser ?
- Non, j'ai quitté l'hôpital, j'avais envisagé de partir mais c'était compliqué, je reste ici parce que j'ai déjà un logement.
- Ah ! je me sens déjà mieux ! déclara Luc en lui adressant un grand sourire.

Le diner s'organisa sans qu'elle y participe, incapable de réaliser qu'après si longtemps, ils soient tous là. Elle les regardait l'un après l'autre, inchangés, tellement normaux que d'un coup, la colère l'envahit, la faisant trembler.
- Cela fait des mois que je suis sans nouvelle d'aucun de vous, je me suis inquiétée, interrogée ne comprenant pas ce que j'avais pu faire pour expliquer votre silence. J'ai maintenant fait le deuil de ce que je prenais pour une belle amitié et j'ai décidé de rebondir, autrement et ailleurs sans craintes et sans m'accrocher à vos basques et voilà qu'après en avoir informé Marine et Pauline, ce qui me semblait le minimum, vous réapparaissez sans prévenir, avec une pizza, comme si rien ne s'était passé et vous imaginez que je vais reprendre le fil ?
Pour qui me prenez-vous, vous vous moquez de moi, pour chacun de nous le temps est passé ! Dans ma lettre, j'ai écrit ce que j'avais à vous dire, vous devrez vous en contenter car je n'ai rien de plus à ajouter.

Et je vais vous demander de reprendre votre bouteille et votre pizza et de repartir. Oubliez jusqu'à mon existence, vous savez déjà comment faire !

Un silence pesant plana sur le groupe.
Certes, ils s'attendaient à une réaction mais pas à celle-là. L'ancienne Maïlys aurait sans doute pleuré de joie de les voir revenir, pas la fille qu'elle est devenue, plus dure, connaissant mieux ses points forts et ses faiblesses. Elle avait souffert et elle avait continué à vivre et a recommencé à élaborer des projets, seule, sans s'appuyer sur personne. Malgré ses yeux brulants de larmes retenues, elle n'a plus besoin d'eux, même si elle les aime tous différemment parce qu'elle reste attachée et ressent de la gratitude à leur égard.
-       Maïlys, nous sommes revenus parce que tu ne peux pas partir sans savoir ce qui s'est passé et ce qui après réflexion, a motivé notre silence. Tout est arrangé depuis deux jours seulement et nous n'avons pas perdu de temps pour venir te retrouver. Nous comprenons ta colère mais accepte de nous écouter et assied toi avec nous.
Explique Jean-Philippe en la tirant par le bras pour qu'elle se pose sur le tabouret entre Luc et lui.

Jean-Philippe, la regarde dans les yeux puis observe ses mains croisées devant lui sur la table. Il reprend après un silence :

- Lorsque tu étais poursuivie par Kevin, tu avais tout de la femme terrorisée qu'un rien effrayait, trainant un évident stress post traumatique depuis des années. Nous étions des hommes que tu percevais comme solides et en qui tu avais confiance et tu t'es reposée sur Luc qui a su capter ton attention et ton affection. Tu sais qu'après l'agression de Luc, Kevin a été abattu par quelqu'un qui devait avoir des griefs à son encontre.

Ce que tu ignores, c'est que j'avais été chargé de l'enquête sur l'agression de Kevin et il fallait surtout éviter que tu apparaisses comme proche de Luc ou moi et que nous soyons par ricochet impliqués et suspectés. Les conséquences auraient été pour nous tous et pour d'autres, trop importantes. Nous devions donc faire comme si tu ne faisais pas partie de notre groupe.

- Je ne comprends pas…murmure-t-elle, les sourcils froncés.

- Kévin était après toi, nous étions à peu près les seuls à le savoir. Il a été abattu par un inconnu et nous aurions été les premiers soupçonnés en raison des liens qui existaient entre nous. Nous aurions pu être suspectés d'avoir tiré, pour des raisons de protection, de vengeance, d'hygiène publique… qu'importe le mobile, Luc, Bertrand ou moi en avions la capacité. Faire de serviteurs honorables de l'Etat des nettoyeurs sans foi ni loi devenait facile pour n'importe quel fureteur un peu malin et il y a toujours des opposants à notre arrivée et à nos promotions.

En te tenant strictement à l'écart, les services ne t'ont pas interrogée parce que le lien entre nous n'a pas été établi. Tu as eu du chagrin, nous aussi, tu as fait des choix, nous aussi, dans notre intérêt à tous.

Depuis deux jours, le dossier est classé, d'autant plus que Kevin a été victime il y a deux semaines, d'un arrêt cardiaque et que nous avions découvert pendant l'enquête, que tu étais loin d'avoir été la seule à subir ce triste individu. Parmi tes camarades de lycée, trois autres jeunes femmes se sont fait connaitre, retenues par la honte jusque-là. Sa famille qui avait rompu le contact, se dit soulagée et n'a pas déposé de plainte contre le tireur inconnu.

Nous pouvons donc à présent reprendre nos vies avec toi car sans toi, elles n'étaient plus les mêmes et tu as manqué à certains beaucoup plus qu'à d'autres.

- Si je comprends bien, aucun de vous n'a porté ce coup mortel.
- Non, promis ! mais nous aurions pu être inquiétés parce que Luc et moi avions les mobiles et l'aptitude pour le faire.

- D'accord, je comprends mieux, mais j'ai besoin de temps pour digérer tout ça, vous n'êtes plus les affreux lâcheurs que j'avais imaginé.
- A partir de ce soir, nous reprenons nos vieilles habitudes. Mon dieu que nos échanges pour n'importe quoi m'ont manqué ! déclare Pauline. Tu me faisais me sentir utile et indispensable à quelqu'un.

Si Jean-Philippe la prend par les épaules pour la serrer contre lui, Luc prend la main gauche de Maïlys et la garde dans la sienne, pressée sur sa cuisse, le tissu rugueux du jean lui transmettant sa chaleur.
- Tu vas bien ? demande-t-elle.
- J'ai physiquement vite récupéré mais ces fichues distances imposées par la situation m'ont coûté. Jean-Phi m'a retenu plusieurs fois parce que je n'en pouvais plus de ne pas te voir. Je me cachais pour t'apercevoir sortir de chez toi ou aller du parking à l'hôpital, j'ai vraiment cru devenir fou.

Maïlys essaye de dégager sa main mais Luc resserre ses doigts sur les siens, l'empêchant de rompre le contact.
- Tu te conduisais comme un obsédé, n'importe qui aurait été coffré pour rester planté des heures pour apercevoir un instant sa dulcinée, remarqua Pauline.
- Tout va revenir à la normale maintenant. Nous allons rentrer mais tu pourras compter sur moi aussi

si tu en as besoin. Tu viens ma chérie ? déclare le silencieux Bertrand.

Marine fit un signe de tête, se leva et vint embrasser Maïlys qui se mir debout, contraignant Luc à lâcher sa main.

- Tu as bien fait de quitter l'hôpital, il faudra m'expliquer tes nouvelles ambitions. Je suis heureuse de te retrouver mais nous devons y aller, demain je prendrai la garde à six heures.

Ils partirent, laissant Maïlys avec sa cousine et les deux hommes.

- Tu ne nous as pas dit ce que tu feras à la rentrée.
- C'est vrai mais pas ce soir, il y a eu trop d'informations et j'ai besoin d'y réfléchir. Pouvez-vous me laisser seule ? demanda-t-elle debout contre le mur, les bras croisés comme si elle ressentait un besoin de se protéger.
- Bien sûr mais comprend bien que nous étions acculés, personne ne voulait de cette solution mais c'était la seule qui, à terme, garantissait notre tranquillité à tous, répète Jean-Philippe.
- Presque quatre mois…murmura-t-elle, en se passant une main sur le front.
- Maïlys c'est à présent derrière nous, oublions, nous devons avancer maintenant. Je t'appellerai demain, déclare Pauline. Tu viens Jean-Phi ?

- Si tu ne cauchemardes plus, tu n'as plus besoin de moi ?
- Non, merci Luc, je vais bien.
- Alors tu m'enlèves tous les arguments que j'avais pour me réincruster. Je t'appellerai demain.
- Un instant, as-tu revu Frank et sa petite fille ?
- Oui il est toujours suivi mais il va bien. Marie-Hélène a été quelques semaines en famille d'accueil, le temps de l'hospitalisation de Franck et depuis, ils ont repris leur vie avec le soutien d'un éducateur. Je suis confiant pour eux et c'est grâce à toi.

Voyant qu'elle ne faisait pas un geste vers lui, il quitta la jeune femme sans l'embrasser, les mains serrées dans les poches de son blouson.

« Sans doute avais-je trop espéré ! Je l'imaginais me sautant au cou de joie, c'est à peine si elle a accepté que je prenne sa main. Je ne peux pas renoncer, elle m'est trop précieuse, son absence a été si difficile à supporter … »

9

Le lendemain matin, dès neuf heures, le téléphone de Maïlys sonnait. Luc voulait savoir si elle était libre pour déjeuner avec lui. Elle n'avait rien à faire et brûlait de l'envie de le retrouver mais sous l'effet des circonstances, elle est devenue prudente et ne veut pas se laisser emporter par des sentiments violents et être à nouveau pleine de regrets et malheureuse.
Elle tergiverse, pour finir par accepter du bout des lèvres. Son manque d'enthousiasme est flagrant et blesse Luc.
Pourtant elle se prépara le cœur battant pour cette rencontre, se maquilla légèrement et enfila un joli haut flatteur. Ses cheveux ont poussé, elle les entortilla en un joli chignon tressé chic et posa enfin une touche de parfum aux endroits préconisés par les parfumeurs.

C'est d'un pas alerte qu'elle se dirigea vers la place du Capitole et le cœur tambourinant qu'elle rejoignit Luc aperçu à la terrasse du restaurant sous les arcades face au Capitole où il était prévu qu'ils se retrouvent.

Il se leva et l'embrassa sans hésiter sur les lèvres, revendiquant son droit de le faire.

Puis se tenant derrière le fauteuil de Maïlys, il le poussa légèrement vers la table avant de se rassoir.

- Tout va bien depuis hier soir ? Tu es sublime aujourd'hui, je suis tellement heureux de te retrouver. Raconte-moi ce que j'ai malheureusement raté pendant ces semaines loin de toi.

- Eh bien… elle regarda ses mains afin de savoir ce qu'elle voulait lui dire, puis se lança.

- Après quelques temps de marasme total, j'ai décidé que je devais changer d'orientation. Pauline avait raison lorsqu'elle prétendait que j'avais quitté la faculté par peur des garçons. J'étais en lettres et je crois que mon ombre m'effrayait à l'époque. Je me suis mise au service des plus démunis sans doute parce que malgré toutes leurs terribles histoires, j'étais plus forte qu'eux. J'aimais ce que je faisais mais je reconnais que je restais insatisfaite.

Lorsque je me suis posé la question d'une réorientation dans le but de reconstruire ma vie autrement et oublier ces années toulousaines, c'est la photo qui m'a fait signe. J'ai toujours aimé cet art et je vais me lancer dans cette découverte dans le détail en croisant les doigts pour qu'un jour pas trop lointain, j'arrive à en vivre. Les écoles de Montpellier et de

Toulouse m'acceptaient, j'ai beaucoup hésité, finalement, j'ai préféré rester ici par paresse parce que j'évitais ainsi de me lancer dans la vente de mon appartement. J'espère maintenant parvenir à m'intégrer aux étudiants, tous bien plus jeunes que moi ! Et toi ?

- Je suis devenu enragé à l'idée d'être obligé de ne plus te voir pendant des semaines. Je suis parti en maison de repos, ne sachant que faire de ma carcasse. La situation me déprimait, je ne voulais pas te perdre et ne pouvais pas te contacter. J'imaginais ta détresse mais je ne pouvais rien faire puisque je ne pouvais risquer d'aiguiller l'inspection vers toi en te contactant. Nous étions vraiment sur le fil du rasoir. Que comptes-tu faire maintenant avant septembre ?

- Rien de très concret, je pensais aller passer quelques jours au bord de la mer mais si je dispose de quelques ressources, ce pactole me permettra de faire mes études tranquillement toutefois sans faire d'excentricités. Donc j'hésite.

- Et si nous vivions ensemble ces quelques jours ? Nous partagerions les frais en deux et je te promets de rester sage. Tu me connais, nous avons déjà dormi ensemble.

- Je sais mais nous ne sommes plus les mêmes, et les circonstances ont changé, est-ce bien raisonnable ?

- Maïlys, il ne t'arrivera rien sans que tu le demandes, c'est une promesse. Te sens-tu plus à l'aise ainsi ?
- J'ai confiance en toi et je n'ai pas vraiment envie de partir seule, c'est la raison de mon hésitation.

Elle relève la tête après un instant d'incertitude :
- D'accord, faisons-le, nous partagerons les frais. Quand seras-tu disponible ?
- Je te dirai cela plus tard, je devrais pouvoir prendre quelques jours sans faire hurler le bureau. Je viens de reprendre mais j'ai des congés à poser. Je te confirmerai les dates ce soir et nous réserverons ensemble, de savoir que tu acceptes ma présence me rend tellement heureux, c'est fou ! J'ai l'impression de respirer librement après des semaines d'oppression, déclare-t-il avec le sourire, les yeux pétillants, en saisissant sa main.

Après le déjeuner, ils se séparèrent, Luc retourna au bureau pendant que Maïlys regagnait son appartement à pied.
Elle s'interrogea sur cette décision, refusa de la creuser et décida de prendre les jours comme ils se présenteraient.
« A mon âge, j'ai le droit d'avoir des coups de foudre, de faire des choix contestables et de me tromper.

A chaque jour suffit sa peine alors je dois vivre et assumer ! »

Le soir, Luc l'appela pour lui dire qu'il sera libéré pour cinq jours à partir du surlendemain. Il s'est déjà occupé des réservations à Gruissan d'où ils pourront circuler et découvrir la région.
Sa voix chaude est gaie, elle se rendit compte que comme elle, Luc avait souffert pendant ces longues semaines et de savoir que leur peine était identique, son moral remonta en flèche.

Le lendemain, vers onze heures, Luc lui demanda s'il pouvait venir diner vers vingt heures. Il viendrait avec des plats chinois, elle n'aurait qu'à prévoir un dessert. Maïlys est un peu excitée par sa venue, elle rangea l'appartement et se prépara, elle ne veut pas se retrouver à être seule à ressentir des émotions fortes mais Luc avait déjà exprimé son intérêt et n'hésitait pas à déclarer son attachement et si à son tour, elle cessait de résister et lui faisait confiance autant qu'elle l'a affirmé ?

Luc arriva à vingt heures, l'appartement sentait le chocolat. Le fondant qu'elle avait préparé a bonne mine et elle a dans le congélateur de la glace à la vanille pour varier les saveurs du dessert.

- J'aime beaucoup ta robe, cette couleur turquoise te va bien, je regrette presque de te garder juste pour moi. Peut-être aurais-tu préféré sortir, mais tu m'as tellement manqué qu'en égoïste, je n'ai pas du tout envie de te partager.

Luc la prit dans ses bras et lui donna un baiser, qu'elle lui rendit avec bonheur.

Leurs souffles devinrent saccadés, alors qu'ils continuaient à s'embrasser perdus dans la sensation enivrante des caresses échangées.

- J'avais tellement besoin de toi, de te sentir près de moi, ce sevrage forcé a été horrible, murmura Luc en s'écartant.

« Je devrais avoir peur de cette relation avec Luc ; je ne sais même pas comment définir ce lien qui nous unit. A-t-il vraiment envie d'être ici avec moi ? Il est tellement bel homme qu'il pourrait avoir toutes les filles qui le lorgnent, je les vois faire.

Qu'ai-je de plus qu'elles ? C'est complètement tordu mais je veux pouvoir compter pour lui, je veux savoir qu'il a besoin de moi autant que moi de lui. »

Le diner se prolongea, ils échangèrent comme ils ne l'avaient jamais fait, elle lui raconta ses années après ses parents et le lien solide qui était né entre Pauline et elle à cette époque. Il lui expliqua son aspiration à une plus grande justice et à ses années passées dans l'ombre en compagnie de Jean-Philippe et combien ils s'étaient mutuellement soutenus pendant ces temps difficiles, au point de se considérer comme des frères. Vers minuit, Luc rechigna à l'idée de la quitter et proposa de dormir chez elle afin de partir tôt ensemble le lendemain matin.

Allongés dans le même lit comme ils l'avaient déjà fait auparavant, Luc s'endormit assez vite, son bras serré autour d'elle en un geste possessif.
« Je pourrais penser qu'il redoute que je parte loin de lui alors que je n'ai qu'une envie, celle de me fondre en lui et de le garder près de moi, pour moi. Allongée dans ses bras, contre lui, je me sens réconfortée, protégée de toutes les menaces réelles ou imaginées venues du monde extérieur. »
Détendue, calme et heureuse, elle s'endormit à son tour.

Le jour la tira du sommeil, lovée contre la poitrine de Luc, elle profita de ce moment intime et l'observa encore endormi, la respiration paisible, n'osant pas bouger, heureuse de le sentir là contre elle.
« Avait-il autant de sommeil à récupérer, quelle vie mène-t-il ? » se demande-t-elle surprise.

Lorsqu'enfin il ouvrit les yeux, vers neuf heures, un tendre sourire fleurit sur ses lèvres. Une vague de chaleur envahit Maïlys,

« C'est fou mais je me sens tellement bien. Je l'aime en sachant que je ne devrais pas parce que je prends des risques »

- J'ai l'impression de ne pas avoir aussi bien dormi depuis longtemps. C'est l'effet que tu as sur moi ma chérie, je ne suis tranquille que lorsque tu es près de moi... Tu devrais te lever et nous préparer du café pendant que je prendrais une douche rapide. Nous irons ensuite chez moi pour récupérer quelques bricoles et à nous les vacances ! Allez, debout ma jolie, ne perdons pas de temps.

« Ne se rend-elle pas compte de l'effet qu'elle a sur moi ou se force-t-elle à garder des distances ? Elle est tellement peu sûre d'elle et de son charme. Bon sang Kevin... »

Décidés à utiliser la voiture de Luc, plus confortable, ils se rendirent chez lui où il fit son sac rapidement. Elle découvrit son appartement, un grand trois pièces, clair, bien placé au troisième étage d'un immeuble ancien, rue du Languedoc dont les fenêtres bien isolées atténuent le bruit de la rue très passante. C'est l'appartement d'un homme qui n'y vit pas ou peu. L'ameublement est minimaliste, un canapé en cuir foncé et une table en verre sur laquelle est posé un livre ouvert, devant un téléviseur et aucune décoration ni rien de personnel ne donne d'indication sur la personnalité de l'occupant.

- Comme tu le constates, je suis si peu chez moi depuis que nous sommes arrivés, que je me suis à peine installé. Lorsque j'étais en congés forcés, le médecin a préféré m'envoyer dans un centre adapté, ce qui lui garantissait que je prendrais des repas équilibrés deux fois par jours.
- Tu te sens bien dans ce genre de décor réduit à sa plus simple expression ?
- Pour être honnête, je ne me pose pas la question, je m'en fiche ; avec Jean Philippe, nous nous sommes contentés d'une chambre pendant des années et quelquefois, nous devions partager les sanitaires avec d'autres, ce que j'appréciais moins. Ici, j'ai de l'espace mais je n'y suis pas beaucoup, je ne venais que pour dormir et vivais au bureau et lorsque j'avais le choix, je préférais rester chez toi.
Nous pouvons y aller si tu es prête.
- Comment se fait-il que vous ayez vécu ensemble si longtemps ?
- Nous partions souvent sur des missions en binômes et n'étions pas beaucoup sur le territoire métropolitain. Partager un deux pièces était suffisant pour les quelques semaines par an pendant lesquelles nous en avions besoin.

Ils firent la route en silence, Maïlys est plongée dans ses réflexions tout comme Luc. A un moment, il saisit la main de sa passagère et la garda dans la sienne mais il la relâcha peu après pour mettre le clignotant et signaler qu'il doublait un camion.

Attentif à la route et sans doute détendu, il se mit à chantonner une chanson qu'elle ne connaissait pas mais elle frissonna au son de sa voix chaude.

Maïlys le contempla, châtain-clair aux yeux bleus, ses traits sont affirmés bien qu'harmonieux.

« Il est tellement beau, comment peut-il s'intéresser à moi ? » Il la surprit et lui adressa un sourire presque timide.

- Ce que tu vois te plait ?
- Tu cherches les compliments ? Oui je te trouve bel homme et je me demande comment tu peux écarter les jolies filles qui ne doivent pas manquer de te coller aux basques.
- D'abord, il n'y en a pas autant que tu sembles le croire, ensuite elles s'aperçoivent vite que je ne suis pas disponible et que je n'ai pas envie de créer des liens. Ça suffit pour les décourager. Je n'ai la tête qu'à être près de toi, tu m'obsèdes, ton image m'habite depuis que je t'ai vue la première fois pour le pot d'accueil. C'est un peu pathétique n'est-ce pas ? A mon âge...
- Non, je crois que je suis touchée. Je... je pense beaucoup à toi moi aussi et j'aime l'idée de te plaire.
- J'en suis heureux, je n'ai pas besoin d'en entendre davantage pour le moment, je veux que tu sois bien et à l'aise avec moi aussi n'hésite pas à me

dire ce que tu penses ou ce dont tu as besoin, de poser les questions qui t'intéressent, c'est le seul moyen d'avancer en confiance. En ce qui concerne les questions, je ne pourrai pas répondre à celles qui concernent le boulot, pour le reste j'essaierai de satisfaire ta curiosité.

- Tu viens d'arriver à Toulouse, quelle sera la durée de cette affectation ?

Il la regarde un sourire dans les yeux avant d'observer la route à nouveau.

- En principe, si je n'ai pas de promotion, je pourrais rester jusqu'à ce que je demande à quitter la région, si dans quatre ou cinq ans une promotion survenait, un poste pourrait m'être proposé ailleurs. Jean-Philippe et moi avons été promus au grade de commandant en juillet et mutés juste avant en prévision de cette nomination, nous sommes donc tranquilles pour un moment. Les changements, s'il devait y en avoir, concerneront des aménagements de services. Tu t'inquiétais ?

- Si tu avais dû repartir quelque part dans un autre département, nous n'aurions pas réussi à nous voir souvent.

- Si nous étions très décidés à nous voir, nous aurions trouvé une solution. Je connais plein de gars mariés mais célibataires géographiques à cause du boulot. Ils vont voir leur famille quand ils sont libres.

Ce n'est pas idéal mais c'est une solution qui permet d'attendre une meilleure résolution du problème.

- Je ne suis pas certaine que j'aimerais que mon mari vive loin de moi. Je pense que je souffrirais du manque et le téléphone n'a rien d'une présence physique.
- Tu manquerais de confiance en lui ?
- Je ne m'imagine pas mariée à quelqu'un en qui je n'aurais pas confiance, ce n'est pas ça. Je serais sans doute inquiète, que tout aille bien pour lui, qu'il ne prenne pas de risque bien sûr mais surtout, je pense que ce serait l'absence qui serait le plus dur. C'est parce que j'aurais confiance que je ne souffrirais pas de jalousie enfin je crois que je réagirais ainsi.
- C'est ce que tu as éprouvé pendant mon silence ?
- Oui et non, je ressentais la perte de ceux en qui j'avais placé ma confiance et à qui je pensais être liée par l'amitié et peut-être une certaine affection, mais surtout, je ne m'expliquais pas cette brutale rupture. Jean-Philippe et toi, pouviez être passés à autre chose évidemment mais même Pauline et Marine ne répondaient plus, c'était incompréhensible. Je me suis vraiment interrogée, remise en question et ces mois ont été très difficiles.

Je ne peux pas dire que vos explications étaient bien claires mais bon, j'ai compris que vous ne souhaitiez pas que votre employeur fasse le lien entre vous et moi. Depuis, une question me taraude, êtes-vous impliqués dans la mort de Kevin ?

- Nous ne sommes pas responsables de sa mort et ne voulions pas que nos services qui ne nous connaissent pas bien, fassent un lien entre lui, toi et nous et viennent nous cuisiner surtout sur notre passé professionnel dont nous ne pouvons parler. Nous appartenions à un service dont je ne peux pas te dire un mot et afin de boucler plus vite leur enquête, ils auraient pu avoir de malencontreuses idées et créer des liens là où il n'y en avait pas. Ça n'a été facile pour personne, le couple Pauline-Jean-Phi en a souffert mais ils ont l'air de se rétablir. Est-ce que tu comprends mieux ? Nous nous sentions coincés et cette solution nous a semblé être la seule échappatoire.

- Vous ne pourrez plus être inquiétés ?

- Non, ils courent toujours après le ou les justiciers et ce n'est pas nous parce que pendant qu'ils nous tenaient à l'œil, un délinquant sexuel récidiviste a été abattu du côté de Marseille. Cela dit, rien ne prouve que ce soit « le Vengeur » comme il est appelé, qui ait tué Kevin. Les autres ont été abattus proprement, Kevin a été raté si je peux dire ça, puisqu'il n'est pas mort immédiatement.

- Qui que soit le tireur, il m'a rendu ma vie !

- J'aurais aimé être celui-là mais si j'en ai peut-être eu l'idée parfois, je ne suis pas passé à l'acte, je n'étais pas en état.
- Et je crois que je préfère qu'il en soit ainsi et ce n'est pas Jean-Phi parce que nous étions ensemble lorsque l'événement s'est produit.

Le téléphone de Luc sonna, il décrocha et c'est la voix d'une femme qui résonna dans la voiture.
- Je te dérange ?
- Bonjour tante Claude, comment allez-vous ?
- Nous nous demandions si tu pouvais passer nous voir.
- Pas avant une bonne quinzaine de jours, je ne suis pas du tout dans votre coin puisque je demeure à Toulouse maintenant.
- Oh, c'est vrai, nous l'avions oublié, nous voulons vider le garage où nous avons toujours des cartons à ton nom, entreposés depuis la mort de tes parents. Tous leurs souvenirs de famille sont là, ce serait bien que tu les récupères ainsi que les quelques beaux meubles qui avaient été gardés pour toi.
- Je dois louer un camion et avoir au moins trois jours de disponibles et des bras supplémentaires. Je vais essayer de trouver le temps et je vous rappellerai. Merci de m'avoir gardé leurs affaires toutes ces années. Comment allez-vous ?

- Pas si mal, nous ne rajeunissons pas et nous envisageons de vendre la maison pour aller rejoindre des amis dans une résidence séniors. Ils sont contents de la formule. Préviens-moi lorsque tu auras une date nous serons très heureux de te voir. Je t'embrasse mon chéri.
- Moi aussi, à bientôt.

Il raccroche un sourire tendre aux lèvres.
- C'était la voisine et amie de mes parents, avec Paul son mari, ils étaient très liés et n'ont pas eu d'enfants. Ils possèdent une jolie maison près de Bordeaux et ont récupéré tout ce qui n'a pas été jeté parce que mes parents y tenaient ou parce que les objets avaient de la valeur. Il me faudra au moins deux jours pour les débarrasser de mes affaires.
- Je pourrais t'aider si tu veux mais des bras d'hommes seraient plus efficaces s'il y a des éléments lourds à porter.
- C'est gentil, ainsi tu pourrais les rencontrer, ils me sont chers et je les ai toujours connus. J'étais un peu comme chez moi et le fils qu'ils n'ont pas pu avoir. Ils auraient été de formidables parents. Je vais demander à Jean-Phi qu'ils connaissent, de venir avec nous, ils seront heureux de le revoir.

10

Ils arrivèrent à Gruissan et se garèrent dans la cour réservée aux clients de l'hôtel situé sur le bord de mer. La réceptionniste leur remit les clefs et ils montèrent dans la chambre.

La pièce est grande ainsi que le lit, claire et impeccable elle est accueillante bien que la décoration soit neutre. Une petite salle de bain donne dans la pièce.
- Nous n'aurons pas besoin de plus ! déclara Luc satisfait. Tu seras bien Maïlys ?
- Je serais bien difficile si je répondais non. Je vais pendre mes affaires afin qu'elles se défroissent. Tu rangeras tes affaires ?
- Les vieux célibataires comme moi font ces choses-là très bien. Donne-moi un baiser, nous avons été sages en voiture et j'en meurs d'envie !

Le ton est léger, ils sont décontractés, ensemble et en vacances, leurs tracas sont restés à Toulouse.

Maïlys s'approche de Luc et prend son visage dans ses mains afin de déposer un baiser léger sur les lèvres serrées de Luc, joueuse elle insiste un peu et force le passage avec le bout de sa langue. En réponse, il l'enserre dans ses bras et répond passionnément. Leurs cœurs à l'unisson battent à folle allure et la tension se fait plus grande. Maïlys se raidit un peu, Luc recula aussitôt et posa son front sur celui de la jeune femme.

- Tentatrice... murmura-t-il en souriant.

Calmés, ils se séparèrent et terminèrent leur rangement.

- Il fait encore chaud, veux-tu aller te promener ou préfères-tu prendre un bain. La plage est tout près nous avons le temps avant que le soleil se couche.

- Je suis tentée par un bain, il nous délassera après le trajet en voiture.

Un quart d'heure après, ils sont sur la plage. Les vacanciers sont encore nombreux à profiter du soleil, ils déposent leurs affaires sur le sable et se dirigent vers l'eau. Luc lorgne avec un peu d'avidité les formes de Maïlys dévoilées par le maillot deux pièces,

« Je le savais, elle est mince mais elle a de quoi remplir les mains d'un honnête homme » Pense-t-il avec une pointe d'envie et de frustration.

Entré très vite dans l'eau fraiche, Luc s'éloigne dans un crawl énergique et impeccable. A la largeur de ses épaules à la musculature entretenue, Maïlys suppose qu'il est habitué à nager, ce qui n'est pas son cas. Après avoir pris le temps de s'accoutumer à la température de l'eau, elle finit par lentement s'éloigner du bord sablonneux.

« Je dois donner l'impression de barboter, mais je m'en moque, je n'ai jamais prétendu être une grande sportive ! Luc est superbe en maillot, ses muscles sont dessinés et pourraient inspirer un artiste. »

Peu habituée à nager, elle sent l'eau rafraichir sérieusement sous ses pieds, elle s'essouffle et préfère opérer un demi-tour.

Elle s'allongea sur sa serviette après avoir observé les têtes des baigneurs mais ne distingua pas Luc, il avait dû vite s'éloigner au rythme où il allait.

« J'espère qu'il n'a pas été trop loin et qu'il pourra revenir, pourvu qu'il n'y ait pas trop de courant nous ne connaissons pas cet endroit. » pensa-t-elle vaguement inquiète.

Peu après, alors qu'elle s'était raisonnée et se régalait de la chaleur moins forte du soleil de la fin de journée, elle sentit des gouttes glacées tomber sur son dos réchauffé et glapit de surprise.

Luc se secouait au-dessus d'elle en riant, ravi de la surprendre.

-        Quel gamin tu fais ! Tu n'as pas eu froid ?

- Froid ? Tu plaisantes, j'ai parfois dû nager dans des eaux où flottaient des glaçons. Ce bain était un vrai régal !
- Des glaçons, j'ai froid rien que d'y penser !... C'est vraiment vrai ?
- Oui mon cœur mais je ne t'en dirai pas davantage !
- Tu m'intrigues, comment un policier peut-il se mettre dans ce genre de situation et les glaçons dans l'eau, je ne peux les imaginer que lorsqu'il fait très chaud, mélangés à du pastis !

Luc éclata de rire :
- Tu me fais du bien ! Surtout ne change pas, murmura-t-il en s'allongeant à son tour près d'elle.

Ils se turent, en se tenant par le bout des doigts, allongés sur leur serviette les yeux clos. Ils ne dorment pas mais sensibles à la présence de l'autre, ils profitent des sensations de plénitude que cette compagnie et le soleil leur procure.

Vers dix-huit heures, ils retournèrent à l'hôtel et prirent une douche avant d'aller diner. Ils sont de bonne humeur et heureux d'être ensemble, oublieux de leurs soucis.
- Quand veux-tu aller chercher tes affaires chez tes amis ?
- J'en ai parlé avec Jean-Phi, il viendrait bien avec Pauline parce qu'il y a longtemps qu'il ne les a

pas vus et il est attaché à Claude et Paul lui aussi. Il espère que le week-end prochain conviendra mais il devait vérifier leurs plannings. Il me rappellera ce soir. Tu commenceras tes cours lundi prochain ?

- Non, le mercredi après-midi sera réservé à l'accueil des premières années. Les cours débuteront le jeudi, je devrais recevoir l'agenda cette semaine. Tout le dossier a déjà été remis et les chèques sont déposés. L'an dernier, je n'imaginais pas du tout retourner sur les bancs d'une école. J'en sortais à peine et ne me plaignais pas de mon sort.

- Tu fais de belles photos sans avoir appris, comment seront-elles lorsque tu sortiras de ce cours ? J'aime ton tempérament d'artiste mais ce qui est obligatoire c'est que ton cœur et ta tête soient satisfaits par ce que tu as entrepris. Si tu te traines au boulot chaque matin, c'est dur de tenir jusqu'à la retraite. La nécessité peut aider à se bouger mais elle ne rend pas heureux.

- Tu es content toi, d'avoir choisi ce que tu fais ?

- Depuis la fac, Jean-Phi et moi avons eu des affectations qui nous ont beaucoup apporté, mais c'était très spécial et il fallait être jeune parce que les années et les habitudes amoindrissent les réflexes et augmentent les risques. Nous avons à peu près trente-trois ans, après des années intensives, afin de rester prudents, nous devions passer à autre chose. Notre grade est aussi un élément qui nous a aidé à

quitter le terrain pour des postes d'encadrement ou d'administration qui seront de plus en plus sédentaires. Auparavant, nous n'avions pas une minute pour nous, sans cesse sur la brèche, aujourd'hui, nous pouvons nous poser et avons le temps d'envisager l'avenir, une question que nous ne nous posions pas. Je suis bien plus heureux de ces changements que je l'imaginais et je sais que Jean-Philippe ressent la même chose que moi.
- Vous pensez continuer à vous suivre ?
- Je n'en sais rien, dans notre ministère comme dans les groupes privés, la pyramide des cadres est toujours plus large à la base, si nous restons sur nos trajectoires de promotion, un jour, il est probable que nous serons mutés ailleurs où il y aura des besoins et fatalement, nous serons séparés. C'est déjà génial d'avoir pu rester ensemble si longtemps, nous sommes très proches, peut-être plus liés que de vrais frères.
- C'est sympa de pouvoir compter l'un sur l'autre, affectivement, vous n'êtes jamais seul.
Luc sentit un brin d'envie dans ses propos, aussi lui saisit-il la main.
- Tu as Pauline, c'est une fidèle et tu nous as maintenant, n'en doute pas.
- Je suis habituée à être seule, je n'en souffre plus enfin si j'ai le choix, je crois que je préfère avoir des amis, cependant la solitude ne m'inquiète plus.

- Maïlys, regarde-moi, je serai toujours là pour toi. Je fais rarement des promesses mais je te fais celle-là.
- Non Luc, tu ne peux pas t'engager. Nous ne nous connaissons pas bien encore et nous ignorons ce que le destin nous réserve, alors il vaut mieux profiter des moments que nous pouvons partager sans arrière-pensée et être heureux quand c'est possible. C'est ma nouvelle philosophie.
- Alors « Carpe diem » ?
- Oui, profitons du moment présent et laissons demain au jour d'après.

« Au moins elle est claire, elle ne me met pas le grappin dessus même si je suis prêt à me laisser faire. Pense-t-il un peu dépité.

Dans un couple il faut être deux, je ne lui déplais pas mais elle est rétive, je dois la mettre en confiance, et pour le moment, elle a besoin d'un ami plus que d'un amant. »

Après le diner, ils se promenèrent un moment sur le front de mer encore animé et rentrèrent à l'hôtel main dans la main.

A 21 heures 30, Jean-Philippe appela Luc pour lui dire que Pauline et lui pourront l'aider à déménager ses cartons et demanda quand il rentrera.

- Le plus tard possible, sans doute vendredi tranquillement, Maïlys ne fera sa rentrée que mercredi.
- Je n'avais pas compris que tu étais parti accompagné.
- Je t'ai pourtant dit que nous avions ce projet, nous avons besoin de ce temps, au calme loin de Toulouse.
- Ouais, bon fais gaffe à toi, elle a un parcours spécial et elle est farouche.
- Je sais, je suis content que tu viennes avec moi. Maïlys sera là avec nous, tu viendrais avec Pauline ?
- Oui, j'espère qu'on ne se lâchera plus.
- Veinard, je ne peux pas encore en dire autant…
- Elles n'ont pas le même passé et son couple d'accueil n'était pas épanouissant, ils faisaient leur devoir si j'ai bien compris et ce n'était déjà pas si mal. Je peux en parler à Pauline ?
- Pour le moment, il n'y a rien à en dire, il faut laisser les choses se faire.
- Tu es sûr d'être mon frère, Luc ? Je ne te reconnais pas. Répond Jean-Philippe en riant.
- Tu peux rire, je regarde où je mets les pieds, je ne veux pas me planter !
- Mon vieux, c'est là que tu me surprends… A plus et ne bave pas trop !

- Tout va bien ? demande Maïlys en sortant de la salle de bain.
- Oui, Jean-Phi et peut-être Pauline viendront nous aider pour le déménagement.
- Super, ce sera sympa de faire ça ensemble.
- Avais-tu peur de te retrouver encore seule avec moi ?
- Quelle idée ! Si j'avais eu des craintes d'être avec toi, je ne serais pas ici ce soir. J'ai confiance en toi et je sais que je t'en demande beaucoup, que tu souhaiterais qu'entre nous les choses évoluent plus vite mais j'ai encore besoin d'un peu de temps et je suis heureuse que tu me l'accordes même si c'est compliqué.
- Maïlys, tu m'es très chère et tu as raison, je voudrais que tout aille plus vite mais j'accepte d'aller à ton rythme et je veux que tu sois aussi sûre de toi et de tes choix que moi je le suis. A l'échelle d'une vie, quelques jours ou quelques mois n'ont pas d'importance même s'ils peuvent tout changer. Alors prend le temps qui te sera nécessaire et j'espère que tu choisiras bientôt de te tourner vers moi en toute confiance.
- J'ignore quoi te dire mais merci d'être toi.

Luc prend la jeune femme dans ses bras, ils se serrent l'un contre l'autre, communiquant sans un mot.

Lorsqu'ils se séparèrent, ils se regardèrent les yeux débordants d'émotion et de besoins inassouvis.

Maïlys observa Luc allumer la télévision et alla chercher sa tablette.
Elle ignore si elle arrivera à lire car trop de sensations, d'envies inexprimées et d'émotions se bousculent dans son esprit et perturbent son corps alors que Luc a l'air si calme et sûr de lui.
« Ai-je tort de ne pas me laisser aller au désir et s'il se lassait ? Non, s'il m'a conseillé d'attendre d'être convaincue, c'est qu'il comprend mes atermoiements. Je suis très attirée par cet homme mais cela suffira-t-il et comment saurai-je si Luc est mon choix ? Et si je faisais comme les filles de mon âge, tenter des essais sans attendre plus qu'un bon moment et réfléchir après ? Non parce que ce n'est pas moi, je ne porte pas de jugement mais je ne fonctionne pas ainsi, le geste a du sens pour moi, mais peut-être est-ce désuet. Pourtant j'admets que la tentative puisse échouer, alors pourquoi lui donner autant d'importance ?»
- Le son du téléviseur ne te dérange pas ?
- Non, je vais lire un peu.
- Tu as plutôt l'air préoccupée.
- Je réfléchissais…

- Tu réfléchis trop, essaye de ressentir plutôt et arrête de te brider, tu ne te protèges pas davantage en réfléchissant comme tu le fais.
- C'est compliqué, mon cœur et ma tête sont en conflit.
- J'avais compris, je pense que bientôt tu sauras et j'espère que tu auras le courage de m'en faire part.
- Pourquoi le courage ?
- Parce qu'il est plus facile de dire oui que d'expliquer un non.
- Ah…, c'est vrai que j'ai envie d'aller vers toi mais je veux être sûre de moi et j'ignore comment je saurai que je ne me trompe pas, dans mon intérêt mais aussi dans le tien.
- Je ne sais pas comment te répondre et j'ignore si c'est un sentiment partagé par tous, mais pour moi, la conviction que je ne me trompais pas s'est installée petit à petit jusqu'à occuper tout l'espace et me remplit d'espérance.
- Et tu ne doutes pas de toi ? Comment réagiras-tu si je ne suis pas au rendez-vous ?
- Je ne doute pas de moi et je suis sûr que tu répondras à mes attentes, je ne peux pas…. C'est ainsi, tu es devenue ma force et ma plus grande faiblesse et j'ai peur moi aussi. D'habitude, je maitrise mes cartes, mais là, tu les as toutes en main et mon jeu dépendra de tes décisions. C'est très inconfortable de découvrir combien je suis dépendant

mais je suis tellement bien près de toi que j'accepte avec joie !
Aurais-tu envie de faire quelque chose de particulier demain ?
- J'ai regardé sur internet, quelques promenades à pied sont conseillées : une petite randonnée pour aller jusqu'à Notre Dame des Auzils, celle qui monte au vieux château de Gruissan, la visite des salins, en fait il y a bien trop de promenades et des activités autour de la mer qui pourraient te plaire, du catamaran, de la plongée, du jet ski. Nous avons le choix.
- Qu'as-tu envie de faire ?
- J'ai envie d'aller jusqu'à Notre Dame des Auzils demain matin et l'après-midi tu pourrais choisir une activité plus sportive qui t'intéresse davantage que la marche à pied.
- J'aime bien marcher surtout si je suis en bonne compagnie, mais d'accord, l'après-midi nous ferons du bateau. S'il faut réserver, nous irons faire le plein de vitamines D, j'aime aussi nager, maintenant au lit ma petite dame, il ne faudra pas partir trop tard en balade afin d'éviter les grosses chaleurs.

Ils se couchèrent et éteignirent. Maïlys s'endormit le sourire aux lèvres et petit à petit se rapprocha de son compagnon et posa un bras en travers de sa taille. Il s'en amusa avant de s'endormir à son tour.

« Elle résiste mais son cœur et son corps me cherchent. Patiente mon vieux ! Quel bonheur d'avoir cette femme dans mes bras ! »

Le lendemain matin, réveillée tôt, Maïlys se retrouva les membres emmêlés à ceux de Luc, blottie contre lui. Elle n'osa pas bouger afin d'éviter de le réveiller mais c'est elle qui clairement n'est plus à sa place. Elle profita de ce que Luc s'étirait pour se dégager.
- Tu n'étais plus bien là où tu t'étais nichée ?
- Oui, enfin je ne voulais pas te donner chaud.
- Ma chérie, j'ai eu chaud au cœur toute la nuit et ne te gêne pas, j'adore te sentir contre moi. Puis il termina avec un baiser sur son front. Tu es toujours partante pour Notre Dame ? Levons-nous, nous déjeunerons sur le bord de mer au retour et irons à la plage ensuite. Je réserverai un bateau pour demain.
- Il y a plusieurs sentiers de randonnée entre 5 et 14 kilomètres. Je ne suis pas sûre de pouvoir faire trente kilomètres aller-retour en une matinée.
- Nous sommes en vacances et nous partons en promenade, le circuit court me parait très bien et les appréciations sur internet sont bonnes. Préparons-nous, nous partirons après le petit déjeuner.

Ils s'enfoncèrent dans le chemin bien balisé et s'aperçurent assez vite qu'ils n'étaient pas seuls à avoir eu l'idée de partir tôt. La randonnée est sympathique et la vue jolie de la chapelle qu'ils trouvèrent fermée, cela ne les empêcha pas d'avoir une pensée pour les marins et ceux qui avaient péri en mer. Le retour fut tout aussi agréable sous les pins qui sentaient fort la résine, accompagnés par le chant des cigales.

Vers treize heures, ils allèrent à l'hôtel pour prendre une douche rapide et prendre leurs affaires de plage puis se dirigèrent vers un petit restaurant pour satisfaire leur appétit.

- Tu n'as pas pris de photos.
- Non, je n'avais que mon téléphone et je vais faire des études de photographie, je n'aimerais pas déjà saturer à Noël !
- Bien vu et puis lorsque tu n'es pas derrière ton objectif, je suppose que tu perçois l'environnement autrement non ?
- Tu as raison, l'objectif est exigeant et la photo nécessite une intention de voir une scène d'une certaine façon et de traiter l'information pour qu'elle soit réussie et conforme aux attentes. Par exemple ce matin, il y avait un panneau d'explications et une poubelle près de la chapelle. La réalité c'était de photographier aussi les éléments susceptibles de gâcher le cadre et le photographe peut faire passer un message sur les déchets provoqués par le tourisme par exemple. Or je n'aurais pas pris cette photo si je ne recherchais que la beauté des lieux, je

me serais déplacée pour les éviter, j'aurais manipulé l'information réelle pour la rendre plus belle ou conforme à ce que j'en pense. Avec un appareil, je reste concentrée sur ce que je recherche et me coupe de mon environnement. Or je n'ai pas envie de rompre le lien qui nous relie, alors pas de photos, c'est plus simple à gérer !
- Merci de te libérer pour t'occuper de moi, répond-il touché par sa réflexion.

Pendant ces quelques jours, ils prirent soin l'un de l'autre et apprirent à se connaitre et à s'aimer. Luc encouragea Maïlys à dépasser ses craintes et elle se découvrit plus hardie qu'elle l'imaginait, il l'initia au ski nautique et elle parvint péniblement après plusieurs essais infructueux, à faire debout sur sa planche, la moitié d'un parcours, félicitée par Luc donc les yeux débordaient de fierté autant que d'amour.

Le soir elle était courbaturée à cause de ses chutes répétées et le massage proposé par Luc se transforma rapidement en un échange de caresses plus voluptueuses. La résistance de Luc s'effondra, Maïlys oublia totalement ses questionnements et ses hésitations et suivit Luc sur les voluptueux chemins de la passion.

11

Ils se réveillèrent dans les bras l'un de l'autre. Luc contempla la jeune femme alanguie contre lui et s'interrogea sur la chance qu'il avait d'être aimé par une femme comme elle.
Heureux comme il ne se souvenait pas de l'avoir été, il a envie de rire et de chanter et d'appeler Jean-Philippe et d'embrasser celle qui le rend si joyeux.
Il la regardait s'éveiller, ouvrir les yeux, surprise de le retrouver si près d'elle, la tête appuyée sur sa main en train de la contempler.
Maïlys leva sa main et caressa la joue un peu rugueuse, ombrée par la barbe naissante.
- Luc, ne me dit pas que j'ai rêvé !
- Non ma chérie nous n'avons pas rêvé, est-ce que tu te sens bien ?
- Oui, pourquoi voudrais-tu que j'aille mal ? Tu m'as rendue très heureuse et tout va bien. J'espère que tu auras envie de recommencer ! déclare-t-elle en riant de bonheur.
- Oh mon cœur, quand tu voudras, je suis à toi.

Un long moment après, ils s'amusèrent dans la douche comme des enfants, toute inhibition envolée, avant de descendre prendre leur petit déjeuner et partir visiter l'île Saint Martin et le salin. Maïlys a encore les muscles noués par ses piètres tentatives de ski nautique de la veille, un peu de marche lui fera du bien et le bateau ajoutera du plaisir à la promenade.

Luc prévenant, la tient par la main et veille à son bien-être. La journée est agréable, Luc se dit que c'est la première fois depuis fort longtemps qu'il est aussi léger et insouciant. Il a le sentiment d'avoir posé son sac alourdi par les événements difficiles vécus dans le cadre de son métier. Il n'oublie pas mais il donne à cet instant la priorité à cette femme devenue si précieuse. Il se réjouit de la voir réagir, elle ne semble pas regretter leur rapprochement et lui donne des marques d'affection spontanées. Ses hésitations semblent avoir disparues mais il veut s'en assurer aussi lui pose-t-il la question.
- Ma chérie rassure-moi, tu ne regrettes rien n'est-ce-pas ?
- Non Luc, j'ai mis du temps à me décider, je ne voulais pas me tromper et ne souhaitais pas davantage t'induire en erreur. Nous nous entendons

bien, nos valeurs sont proches et tu es irrésistible. Que veux-tu, tu sais faire vibrer mon cœur.

- Merci, j'avais besoin de te l'entendre dire, je redoutais que tu imagines que j'avais profité d'un moment de faiblesse.

- Quelle idée ! J'ai participé me semble-t-il !

Elle est étonnée par cette manifestation de doute, Luc lui a toujours paru sûr de lui mais il est vrai qu'il était question de ses actions et pas de ses sentiments.

Ils sont amoureux et profitent de ces quelques jours pendant lesquels ils peuvent se découvrir sans que rien ni personne ne s'immisce entre eux.

Mais le temps passe vite, ils ont découvert un petit coin de paradis pas loin de Toulouse et se promettent d'y revenir.

De retour à Toulouse, après cinq jours riches de découvertes et de vives émotions, ils se séparent difficilement. L'idée de vivre loin l'un de l'autre les bouleverse. Ils ont encore quelques moments de répit avant de reprendre leur vie professionnelle. Luc appelle Jean-Philippe pour confirmer le déménagement et n'est pas capable de partager son bonheur récent avec son ami, il a besoin de protéger son jardin secret et il comprend alors, pourquoi Jean-Philippe ne s'épanche pas davantage sur sa relation avec Pauline.

Maïlys, elle, téléphone à Marine et demande à la rencontrer.

Le lendemain matin, dès que Marine la voit rayonnante, elle s'écrit :

- Toi, tu as vu le loup !

Ce qui fait rire son amie.

- Tout va bien, j'ai passé de super vacances. Tu m'avais proposé un moyen de contraception, pourrais-tu me faire une prescription ?

Les deux femmes parlent contraception et Marine explique à son amie ce qu'elle ignorait en la matière et lui demande de ne pas prendre la pilule prescrite tant qu'elle ne lui aura pas communiqué les résultats du bilan sanguin demandé. En attendant le couple devra se protéger.

- Tu sais que la contraception n'est pas efficace à cent pour cent, avez-vous parlé de l'éventualité d'une grossesse ?
- Non, j'entreprends un nouveau cycle d'études et nous ne nous connaissons pas assez pour être parents mais pour moi, sur le fond, ce ne serait pas un drame.
- Je sais bien et tu es plus forte que tu le crois mais des grossesses non désirées se produisent même avec la pilule, garde l'information à l'esprit.

Elles parlèrent des vacances et se séparèrent vite lorsque Marine fut bipée.

Sur le trajet du retour, Maïlys réfléchit à une grossesse, elle ne s'imagine pas maman, c'est trop tôt et elle ne veut pas avoir à partager les moments dont ils disposent pour être ensemble. Cependant, elle ignorait que la pilule n'était pas totalement fiable. Elle en discutera avec Luc, après tout il est concerné et à Gruissan, il s'était chargé spontanément de leur protection, sans doute aura-t-il une idée sur la question. Déjà demain matin, elle ira au laboratoire afin d'obtenir rapidement le feu vert de Marine.

Elle arrive chez elle pour trouver Luc en train de faire les cents pas en l'attendant devant son immeuble. Il la presse contre lui en l'embrassant :
- Ma chérie, tu ne répondais pas au téléphone, je me demandais ce qui se passait.
- Rien, je suis allée voir Marine à l'hôpital. J'avais mis mon appareil sur silencieux et j'ai oublié de changer la programmation.
- Tu vas bien n'est-ce-pas ?
- Oui, je vais t'expliquer, monte à l'appart. Que se passe-t-il, je ne pensais pas te voir avant ce soir.
- Je vais prendre mon service à midi et je voulais te confirmer que nous partirons pour Bordeaux demain matin et puis j'avais besoin d'un baiser.

- Avant de partir demain, je devrai passer au laboratoire pour une prise de sang, rien d'inquiétant mais Marine préférait avoir un bilan avant que je prenne un contraceptif.
- Je n'avais pas imaginé que tu t'en occuperais aussi vite mais tu as raison, un bébé c'est une joie immense toutefois, je veux que tu prennes le temps, nous ne sommes pas pressés de devenir parents.
- Marine a attiré mon attention sur le fait que la pilule n'était pas fiable à cent pour cent.
- Ne te tracasse pas ma chérie, quoiqu'il nous arrive à partir de maintenant, nous en parlerons, pas de cachoteries entre nous, c'est la condition. Le seul bémol est lié à mon métier, tu le sais déjà, tout le reste devra être partagé, tu es bien d'accord ?
- Oui, c'est une des conditions de la confiance.
- Si tu pouvais être prête, je pourrais t'emmener au laboratoire et nous partirions directement.
- Non, le labo est tout prêt, tu prépareras un petit déjeuner pendant que j'y serai. J'avalerai un café au retour et nous pourrons partir sans trop de retard sur tes prévisions. Prends le double de mes clefs pour le cas où tu arriverais après mon départ.
- D'accord, nous serons rejoints à Bordeaux plus tard par Jean-Phi et Pauline. Glisse une robe dans ta valise, les amis de mes parents, Claude et Paul prévoient un diner pour vous accueillir Pauline et toi dans la famille.

- Oh, cela parait très sérieux, dit comme ça.
- Tu es la première femme que je leur présente, c'est un événement ! Ils vont t'adorer ma chérie ! Mets moi à la porte, il faut que j'y aille et je n'en ai pas envie.

Ils s'embrassèrent langoureusement puis Luc s'arracha de ses bras pour partir sans un regard en arrière.

Le lendemain matin, ils se retrouvèrent à huit heures et demie, le café était prêt et Maïlys avait acheté quelques viennoiseries à la boulangerie.
« Luc a les yeux un peu cernés, il n'a pas dû beaucoup dormir. »
- Tu as terminé tard ?
- Je suis rentré chez moi à deux heures, mais ça ira j'ai pu dormir, je me rattraperai ce soir et j'aurai une jolie fille dans les bras.
- Nous irons à l'hôtel ou chez tes amis ?
- J'ai ma chambre chez eux, ils m'ont recueillis jeune ado et j'y suis resté pratiquement jusqu'à la fin de mes études.
- Ils ne diront rien si nous la partageons ?
- Non, ne t'inquiète pas et ce n'est pas comme si je leur avais déjà présenté des femmes. Ils t'attendent et sont impatients de te connaitre.
- Il faudra que nous nous arrêtions, je voudrais offrir un bouquet de fleurs.

Un pacte sous condition

- Tu n'es pas obligée mais c'est gentil.
- Non, ce n'est pas obligatoire mais ça se fait et le geste me fait plaisir.
- Pour ces choses-là, agis comme tu l'entends mais j'aime que tu me demandes mon avis.
- Eh, c'est intéressé ! Je ne veux pas te faire honte.
- Ma chérie, tu es parfaite… pour moi.

Détendu, il se mit à chanter, l'air est entrainant, Luc est heureux et le fait savoir.
Rien ne troubla leur silence complice, ils se sentent tout à fait en accord :
« J'aime ces moments que rien ne vient ternir ! »

Ils arrivèrent à la périphérie de Toulouse et récupérèrent la camionnette retenue puis prirent rapidement la route pour Bordeaux, laissant la voiture de Luc sur le parking du loueur.
Le véhicule est bruyant et pas très confortable mais il roule bien sur l'autoroute. Trois heures après, Luc se gara dans une rue du centre-ville et appela Paul.
- Bonjour Paul, nous sommes garés dans la rue, qu'as-tu prévu ?
- J'ai sorti la voiture et tu peux t'installer devant le garage. Je viens.
Luc stationna la camionnette et remarqua que ce sera pratique pour embarquer ses affaires. Un grand

homme à la crinière de neige sortit de la maison mitoyenne et les attend.

Luc sauta du véhicule et prit Paul dans ses bras. Les deux hommes sont vraiment heureux de se retrouver.

- Mon grand, que je suis content de savoir que tu as un poste sédentaire. Je priais pour vous deux que rien de fâcheux ne vous arrive et c'était un souci quotidien de vous savoir loin.

- Les sorties trépidantes, c'est fini tout cela, Paul et je me suis enfin casé, je te présente Maïlys.

- Soyez la bienvenue mon petit. Dis donc, cette jeune femme est magnifique, tu dois faire des jaloux ! dit-il en prenant Maïlys par les épaules pour la diriger vers la porte d'entrée de la maison.

- Et c'est pour cela que je me suis dépêché de la séduire, je ne voulais pas me la faire souffler par un moins affreux que moi !

- Si vous me le permettez messieurs, elle a tout de même eu son mot à dire !

Les deux hommes éclatent de rire, comme si elle avait fait une bonne blague.

- Venez saluer Claude, elle doit trépigner d'impatience, nous allons attendre l'arrivée de ton siamois avant de nous organiser. Il vient accompagné, lui aussi.

- Oui, Pauline est la cousine de Maïlys, nous travaillons ensemble et nous formons une bonne bande qui s'entend bien avec une autre amie,

médecin urgentiste et son compagnon. Nous avons un rythme différent, les horaires ne sont pas faciles mais le boulot est dans l'ensemble moins stressant et nous avons plus de disponibilités.
- Ce n'est pas difficile d'avoir plus de disponibilités que vous en aviez, grinche le vieux monsieur, c'était de l'exploitation !
Ce qui déclencha le rire de Luc.
- Vous m'avez vu à chaque fois que j'ai pu m'échapper mais de Toulouse, ce sera plus simple et vous pourrez venir vous aussi. J'ai un appartement avec une chambre pour vous.
Maïlys sourit, elle profite elle aussi de l'amour que dégagent ces chaleureuses retrouvailles.

Ils pénétrèrent dans la maison et entrèrent dans un grand salon traversant qui donne sur un jardin clos par de hauts murs. Claude sauta au cou de Luc les larmes aux yeux.
- Mon chéri, nous étions inquiets de ne pas avoir de nouvelles. Comment vas-tu ? Tu es tout bronzé et tu as l'air détendu, présente-moi ton amie.
- Claude et Paul, je vous présente Maïlys. Elle est merveilleuse, elle est en vacances pour encore quelques jours et a accepté de venir nous aider et vous allez aussi rencontrer Pauline qui est sa cousine.

Un pacte sous condition

Sans plus de formalités, Claude embrassa Maïlys.
- Merci ma jolie de bien t'occuper de notre garçon. Murmura la vieille dame en la serrant contre sa poitrine.
- Ce n'est pas un sacrifice que je fais, il a été bien éduqué et nous nous entendons bien.
- Nous avons terminé le travail que ses parents avaient commencé et nous espérons qu'ils sont fiers de lui, là où ils sont.
- Ma chérie, je monte ton sac dans la chambre, ne le cherche pas.
- Veux-tu un café ou boire quelque chose ?
- Non merci, attendons Jean-Phi et Pauline, ils ne devraient pas tarder.
- Tu es encore étudiante si j'ai bien compris.
- Je suis titulaire d'un diplôme d'état de service social et j'ai travaillé deux ans à l'hôpital de Toulouse mais cette année, j'ai été agressée par un délinquant et enfermée chez moi par Luc et Jean-Phi, le temps qu'il soit pris. Je me suis dit que j'aimerais reprendre des études de photographie. Il s'avère que mon dossier a été sélectionné alors je serai à nouveau sur les bancs de l'école à partir de jeudi.
- Ah c'est une réorientation, je me disais que tu n'avais pas l'air de n'avoir qu'une vingtaine d'années.
- Je vais avoir vingt-six ans mais il faut au moins que j'essaye de suivre ces études afin de ne pas avoir

de regrets, j'ai passé la sélection et j'ai été retenue, ce qui est déjà satisfaisant.

- Et Luc ?
- Luc est d'accord, tante Claude. Je soutiendrais Maïlys, même si elle n'avait pas été totalement indépendante. Elle a un don qui mérite d'être cultivé. Déclare fermement le jeune homme tout en passant un bras protecteur autour d'elle.
- Je cherchais juste à comprendre mon chéri, ne prend pas la mouche. Maïlys est jeune et je ne voudrais pas…
- Je sais, ne t'inquiète pas, nous sommes très proches et le social n'était pas pour elle, Maïlys est une merveilleuse artiste, tendre et sensible. Je suis très satisfait par sa décision parce que bien que son travail fût utile à la société, elle se serait étiolée au contact permanent de la souffrance des gens qui la consultaient. Nous avons décidé d'avancer doucement ensemble.
- Tu es majeur depuis longtemps Luc mais nous avions promis à tes parents de veiller sur toi.
- Je sais et je comprends. Maïlys a perdu sa maman lorsqu'elle était une petite fille et son père à l'adolescence, aussi pourrez-vous m'aider à veiller sur elle.
- Luc, n'exagère pas ! murmure Maïlys. Je n'ai jamais eu autant de monde autour de moi.

- Tu le mérites ma chérie, tu ne seras plus jamais seule, habitue-toi à l'idée. Déclare-t-il en la serrant dans ses bras.

Claude et Paul se regardèrent, échangèrent leur perplexité mais reportèrent leur curiosité à plus tard car la sonnette retentit.
- C'est sans doute ton double et son amie, déclare Paul en allant ouvrir.

Les échanges s'entrecroisent, Maïlys reconnait avec bonheur la voix de Pauline avant que les nouveaux venus apparaissent poussés par Paul.
- Bonjour Madame, je pensais que ma très chère cousine vous apporterait des fleurs, alors j'ai choisi de délicieux macarons à cacher sous l'oreiller.
- Merci Pauline, vous ne ressemblez pas à votre cousine.
- Non, je suis plus âgée et elle est tellement plus que moi, on ne peut que l'aimer et je la connais depuis longtemps.
- Tu m'as sortie de l'enfer…
- Ma chérie, c'est une vieille histoire à ensevelir sous une lourde pierre tombale. Tu as un type super à ta botte, profites-en, il ne demande que cela !

Le vieux couple constata la différence de caractères, supposa une histoire lourde, mais ne dit mot… Maïlys quoi qu'il lui fut arrivé dans le passé est prise en main par sa cousine, ses amis et Luc. Sous leurs regards aimants et attentifs et leur aide, elle devra maintenant tracer son chemin, avec ses cicatrices.

Au fond, ils ne sont pas surpris que Luc soit attiré par une jeune femme qui accepte ses attentions et ses inquiétudes voire en ait besoin. Lui qui a ses propres blessures, a bien réussi dans son métier de « sauveur du monde », il doit maintenant aimer être important pour quelqu'un de particulier qu'il chérit. Mais est-ce une bonne manière de construire un couple que de vouloir tout arranger pour le bonheur de l'autre quitte à parfois décider à sa place ? Il ne faudrait pas qu'il manipule Maïlys pour faire ce qu'il pense être son bonheur, elle a le droit de réfléchir et d'agir indépendamment de Luc, quoi qu'il pense.

Ils ne peuvent rien dire aujourd'hui, mais seront vigilants. Luc mérite d'être aimé pour ce qu'il est et Maïlys d'être connue et ce déménagement sera une bonne façon de les aborder.

12

Si Maïlys appréhendait le week-end, elle a vite été mise en confiance. Claude et Paul ne l'ont pas passée sur le gril comme elle s'y attendait et le chargement des affaires de Luc s'est fait dans la bonne humeur. Pauline a préféré porter des paquets, Maïlys elle, a choisi d'aider Claude pour la confection du déjeuner. Elle n'a jamais eu l'habitude de partager des tâches domestiques avec une personne plus âgée qu'elle, aussi l'exercice a-t-il été une découverte.
Elle le dit à Claude qui l'a immédiatement prise sous son aile et l'a aidée à réaliser les attentes qu'elle avait. Leur binôme a bien fonctionné, dans la bonne humeur et ce fut avec une joie non contenue que les deux femmes apportèrent les plats préparés sur la table pour satisfaire les appétits des déménageurs affamés.
Claude se fit une joie de dire combien la participation efficace de Maïlys lui avait simplifié la tâche.
-        La sauce, la chantilly et la décoration sont l'œuvre de Maïlys, elle possède une délicatesse dans

le geste que je n'ai pas, la gestion de la minuterie du four était ma responsabilité. Ben quoi, le temps de cuisson, c'est important !
Ce qui déclencha le rire des convives.
Personne ne fut dupe, Maïlys était adoubée par la maitresse de maison qui lui donna du « ma chérie » plus souvent que Luc.
Il se réjouit, les yeux de la jeune femme brillent de plaisir. Le regard de Luc croisa celui de Pauline qui, avec un sourire, lui adressa un signe de tête, ils se sont compris et sont heureux pour elle.

Après le déjeuner, tradition dans cette famille, les trois hommes débarrassèrent la table, rangèrent la vaisselle pour qu'elle soit lavée et préparèrent café et infusions. Les femmes les entendaient discuter comme des commères dans la cuisine. A son tour, Pauline fut questionnée par Claude qui chercha à savoir qui est la jeune femme.
- J'ai vingt-neuf ans et j'ai grandi dans un foyer uni. Quelques fois par an, je rencontrais Maïlys lors des rencontres familiales et j'étais celle qui pouvait lui prodiguer des conseils sur le collège puis le lycée. Lorsqu'elle a eu besoin de moi, après son examen du bac, j'entrais en master de droit et je suis à peu près sûre que son histoire a déterminé mon choix professionnel. Nous avons pris des orientations à partir de ce que nous vivions et je ne le regrette pas.

Un pacte sous condition

Je suis maintenant capitaine dans la police et travaille avec Luc et Jean-Philippe. Je m'interroge sur l'opportunité de passer le concours interne de commissaire. Jean-Philippe m'encourage à le faire. C'est un poste actif mais plus sédentaire et compatible avec une vie de famille. Avec Jean-Phi, nous ne serions séparés que pendant les mois de formation qui se déroulent à Lyon. Nous y réfléchissons sérieusement.

- Vous pouvez travailler ensemble en étant la subordonnée de votre compagnon ?
- Je ne suis heureusement pas sous les ordres de Jean-Philippe mais dans un autre service, c'est plus facile. Ce qui est compliqué, c'est d'arriver à faire coïncider nos horaires mais nous y parvenons.
- Maïlys et moi n'aurons pas cet écueil, elle n'aura en principe pas de travail de nuit, intervient Luc
- Sauf si nos services utilisaient ses compétences pour photographier certaines scènes, suggère Pauline. Elle aurait ainsi les moyens de financer ses études sans piocher dans son bas de laine.
- Je ne sais pas si j'aurais très envie de la voir se confronter à la noirceur de certains de nos concitoyens. Murmure Luc pensif.
- Ne vous tracassez pas pour moi, j'ai déjà fait mes comptes et je ne devrais pas être dépendante, d'autant plus que des travaux seront proposés par

des partenaires de l'école. A priori je ne me sens pas attirée par les scènes de crimes ailleurs qu'au cinéma.

La discussion se poursuivit tous azimuts et permit à Paul et Claude d'avoir une bonne approche des deux couples et d'être rassurés pour leurs garçons.
Ils avaient chargé les meubles le matin et s'occupèrent des cartons l'après-midi sans faire de tri. Le soir, avant diner, le camion fut refermé et le garage balayé est libéré.

Paul prit Luc en aparté.
- Si tu pensais pouvoir garder cette maison qui est dans ma famille depuis longtemps, nous te la cèderions contre un équivalent de rente minime afin de t'éviter des frais de succession importants. Ce serait dommage de la vendre, aussi qu'en penses-tu ?
- Je suis touché Paul, c'est une proposition un peu inattendue, je retombe à peine sur mes pieds et j'ignore de quelle manière ma carrière se déroulera maintenant. Dans trois ou quatre ans, je pourrais demander à venir à Bordeaux et finir ici. Je vais faire mes comptes et en parler avec Maïlys mais je pense que c'est faisable. Pour quand avez-vous besoin de le savoir ?

- Dès que tu pourrais, si elle ne passait pas à d'autres acquéreurs, nous pourrions y laisser nos meubles, ils sont anciens et ont de la valeur, à toi de voir ce que tu voudrais garder ou pas. Tu nous éviterais des soucis et des chagrins, c'est dur de brader sa vie.
Si tout est fermé, allons diner. J'aime beaucoup Maïlys et Pauline qui semble avoir un fichu caractère.
- Elles sont vraiment très bien et possèdent des valeurs fortes, nous sommes heureux de les avoir rencontrées.

Le diner se déroula dans la joie, Claude et Paul racontèrent les frasques de Luc adolescent. Il a les joues un peu illuminées mais rit à ces souvenirs.
- Je ne me souviens pas des cohortes féminines que vous décrivez, faisant le pied de grue autour de la maison. Je pensais avoir été discret avec mes petites copines…
- Tu te souviens de la petite voisine toujours à sa fenêtre à guetter tes passages ? Elle est maman de cinq enfants maintenant et n'a pas perdu les kilos pris pendant ses maternités. Je me demande si c'est pour maintenir son mari loin d'elle.
- Paul, ce n'est pas gentil… proteste Claude.
- Bien oui, quoi…
- Je peux vous assurer que nous avons été super sages après notre embauche, nos affectations

ne nous permettaient pas de fraterniser avec qui que soit et pour être honnête, nous n'avions pas la tête à la bagatelle. Et maintenant, nos priorités ont changé et nous avons laissé passer le beau temps de l'insouciance.

- Et si après tout ce grand déballage, nos compagnes s'intéressent encore à nous, elles font preuve de courage, murmure Luc.

L'assemblée s'amuse.

- Les jeunes pour nous, il est l'heure de nous retirer. Quand avez-vous prévu de partir ?
- Nous ne sommes pas pressés, disons neuf heures pour le petit déjeuner pour un départ vers dix heures. Nous serions à Bordeaux en début d'après-midi et aurions le temps de vider le camion. Bertrand et Marine viendront nous aider, ainsi, j'espère pouvoir rendre le camion avant vingt heures comme prévu…Nous partagerons des pizzas à mon retour.
- D'accord faisons comme cela, rendez-vous au plus tard à neuf heures.

Ils se séparèrent et regagnèrent leurs chambres peu après le départ du vieux couple.

Luc serra Maïlys contre lui en murmurant :

- Je les adore mais enfin seul ! J'avais tellement envie de te sentir contre moi. Tout va bien ? La journée s'est bien passée pour toi ?

- Oui ils sont adorables et tellement aimants. Ils te considèrent comme leur fils, je n'ai pas l'impression qu'on puisse aimer davantage son propre enfant devenu adulte.
- C'est vrai, j'ai eu une énorme chance. A la douche petite madame et au lit, nous ne pourrons pas vraiment trainer demain matin.

Ils se préparèrent pour la nuit, se câlinèrent et finirent par s'endormir dans les bras l'un de l'autre.

Le lendemain matin, Les deux amis se retrouvèrent sans s'être concertés, bien avant neuf heures pour le petit déjeuner. Jean-Philippe alla acheter du pain et des viennoiseries à la boulangerie du quartier de sorte que lorsque les femmes descendront tout soit fin prêt pour passer à table.

Paul eut le plaisir d'entendre Luc lui dire qu'il avait réfléchi et qu'il acceptait la maison.
Il proposa une somme suivie de mensualités légères car il ne voulait pas que Paul ou Claude se trouvent gênés et empêchés de réaliser leurs envies.
- Non Luc, nous disposons de ce dont nous aurons besoin pour une retraite tranquille et confortable. En fait, nous ne pouvons pas simplement te léguer cette maison si tu n'es pas notre fils. Le notaire nous a proposé l'adoption ou une sorte de

vente avec le paiement d'une somme mensuelle. Nous ne voulions pas d'argent mais pensions que tu serais gêné par une proposition d'adoption.

- Quelle idée Paul, vous avez été deux formidables figures parentales et m'avez rendu très heureux. Je serais fier d'être officiellement votre fils avec ou sans maison. Faites comme vous le sentez mais je serais heureux de devenir votre fils. Si vous choisissez cette voie, demandez-moi les documents dont vous avez besoin.

- C'est idiot mais je suis tout ému et Claude va se transformer en fontaine ! Tu as toujours éclairé nos vies et participer à ton éducation, te voir devenir un homme, droit dans ses bottes a été un bonheur quotidien. Bien, je te donnerai les informations après en avoir discuté avec le notaire et ta mère, termine-t-il en ayant du mal à se reprendre.

Tu vois, j'appelle déjà Claude ta mère mais c'est exactement ce que tu es, notre fils de cœur.

Les deux hommes très émus s'étreignent avec force. Ils sont surpris par Claude et Maïlys qui s'étonnent, Paul très heureux, fait l'annonce officielle, Luc a accepté de devenir officiellement leur fils.

Claude rit et pleure en prenant Luc bien plus grand qu'elle dans ses bras.

- Je suis sotte, tu es notre enfant depuis si longtemps que ce morceau de papier ne changera rien sur le fond mais vois-tu, je pourrai parler de « mon » fils à mes amies maintenant, sans me reprocher d'usurper le titre de maman.

- Et moi, je suis fier d'avoir eu des parents tels que vous. Votre amour inconditionnel est tellement rare.

Maïlys ne dit rien, elle resta en retrait, heureuse pour Luc et torturée par l'envie, elle aurait tant aimé avoir une maman mais sa tante ne lui accordait un peu d'intérêt qu'à condition de la voir agir comme elle le voulait et dans sa quête d'amour, elle s'était conformée aux attentes jusqu'au jour où Kevin lui avait joué un sale tour. Là elle s'était aperçue que leur amour avait des limites…

Elle a pourtant toujours le sentiment qu'elle méritait d'être aimée, pourquoi ne l'avaient-ils accueillie que du bout des lèvres ?

Elle s'écarta les larmes aux yeux, malheureuse de ressentir de pareils sentiments au lieu de simplement se réjouir pour Luc et pour ses parents qui régulariseront une situation déjà avérée.

Luc la regarde et s'alarme, il relâche Claude et va prendre Maïlys dans ses bras.

- Tu vas bien ma chérie ? murmure-t-il.

Incapable de répondre, elle hoche la tête.

- j'aurais tellement aimé … heureusement … j'avais Pauline.
- Mon cœur, tu m'as et tu pourras compter sur Paul et Claude maintenant. Ils ont assez de place dans leur cœur pour t'accueillir ainsi que Pauline. Laisse le passé derrière toi et surtout ne doute pas de nous. Sois persuadée que nous t'aimons, murmure-t-il dans ses cheveux près de son oreille, sous l'œil larmoyant de Claude.

Un peu rassérénée, elle se laissa entrainer vers le groupe qui feint de ne rien avoir vu mais qui reprit le service du petit déjeuner après un échange de regards anxieux avec Luc.
- Les chouchous, venez vous installer ici, vous croyez qu'on arrivera à les décoller ces deux-là ? Heureusement qu'ils ne bossent pas ensemble parce que la productivité de la maison se serait effondrée. Lança Pauline, ce qui provoqua les rires de la famille vaguement inquiétée et allégea l'atmosphère.
L'ombre est passée, Maïlys sourit à nouveau.

Ils se séparèrent de Claude et Paul après de longues embrassades, vers neuf heures et demie, ses parents ayant promis à Luc de venir à Toulouse bientôt. Ils auront des documents à lui faire signer, ce qui leur donnera une raison de se déplacer.

Le retour se fit plus lentement, le camion est chargé et il y a du monde sur l'autoroute en cette fin de vacances.

A l'arrivée, prévenus par Pauline, Marine et Bertrand les attendaient.

A six, tout fut vite monté et stocké dans l'appartement de Luc qui repartit rapidement pour rendre la camionnette à l'heure au loueur.

Il revint vers vingt heures trente, avec les cartons des pizzas commandées.

- Je vais peut-être devoir faire du tri tranquillement mais j'aurais pu laisser ce bazar là où il était. Claude et Paul vont me léguer la maison, je crois maintenant que débarrasser leur garage était un alibi pour me faire aller à Bordeaux.

- C'est un beau cadeau, la maison est superbe et bien placée remarque Jean-Philippe.

- Il vont m'adopter, j'ai donné mon accord, c'était la raison de l'émotion de ce matin.

- Je me demandais ce qui c'était passé… C'est une belle nouvelle ! Il y a longtemps qu'ils s'occupent de toi, pourquoi ne l'ont-ils pas fait avant ?

- Je crois que j'aurais accepté, peut-être n'étaient-ils pas sûrs de moi ou d'eux. En fait peu importe, ils ont toujours été aimants et attentifs aussi loin que remontent mes souvenirs et après toi, Pauline comme Maïlys sont entrées dans la famille pour agrandir le cercle.

13

Marine profite d'un aparté pour confier à Maïlys que ses examens sont bons et qu'elle peut envisager la prise du contraceptif selon le protocole expliqué. Elles sont rejointes par Pauline et les hommes qui se préparent à partir car certains prennent leur service à six heures.

Luc les regarde s'éloigner, le bras posé sur les épaules de Maïlys.
- Tu restes ici ce soir ou tu préfères que je te raccompagne chez toi ? Je commencerai tôt demain moi aussi, mais je pourrais te confier un trousseau de clefs.
- Je peux rester et rentrer demain matin en métro, nous avons fait de la route et il n'est pas utile d'en rajouter. Je suppose que tu es fatigué et j'ai envie de terminer tranquillement la journée avec toi.
Il l'attire contre lui et l'embrasse amoureusement.
- Je suis si content que tu aies sympathisé avec ceux qui sont ma seule famille depuis longtemps. Je

tiens tellement à toi que j'aurais été embarrassé que votre rencontre se soit mal passée.
- Ils ont l'air unis et faciles à vivre.
- Paul avait de la poigne mais j'en avais besoin et toutes les sanctions étaient expliquées. Ils étaient aimants mais prenaient mon éducation à cœur. J'ai le souvenir que mes parents étaient aussi sur ce modèle, ce n'est pas pour rien qu'ils s'entendaient bien.
As-tu envie de boire quelque chose avant d'aller te coucher ?

Ils se dirigent enlacés vers la chambre en contournant les cartons déposés le long du couloir

Le lendemain matin, Luc partit dès sept heures. Maïlys paressa un moment puis décida de retourner chez elle. Elle dû faire des courses et préparer sa rentrée. Elle n'est pas inquiète mais curieuse de savoir si elle se trouvera des affinités avec les jeunes de sa promotion. Elle a huit ans de plus qu'eux et à cet âge, les années comptent. C'est toute la différence entre l'adolescence et l'âge adulte qui va se faire sentir et cette divergence d'intérêts et de maturité la préoccupe un peu.

A midi, elle revenait à peine du supermarché quand Luc l'appella.

- Ma chérie, tu vas bien ? j'avais envie de t'entendre. Je n'aurai pas le temps de déjeuner mais me préparerais-tu un petit diner ? Je pourrais être chez toi vers dix-neuf heures si tout va bien.
- J'ai fait des courses et je trouve aussi que le retour à la vie normale est difficile. Les vacances ont été tellement belles.
- Moi aussi j'ai beaucoup aimé. Je dois te laisser, à ce soir, je t'embrasse.

Après avoir rangé ses courses, elle se prépara un café et s'assit dans son fauteuil préféré en pensant à Luc en souriant.
« Il est tellement prévenant et amoureux, j'ai une chance incroyable mais patientera-t-il quatre ans ? Dans quatre ans il se rapprochera de la quarantaine d'années, n'aura-t-il pas envie d'avoir un enfant avant ? Il faudrait que je me renseigne, j'ai lu que pour les réorientations, il pouvait y avoir des allègements de cours. Je suis plus intéressée par la photo que par le cinéma, je dois me renseigner davantage et raccourcir mon temps d'études si je peux. J'aurais dû y penser avant !
Elle se leva et décida de se rendre directement à l'école afin de prendre les premiers repères.

Elle fut reçue par la responsable pédagogique à qui elle expliqua qu'elle s'est inscrite en première année mais qu'elle avait lu qu'il y avait un cursus plus adapté aux réorientations professionnelles.

- Effectivement, nous ouvrons cette filière et après avoir consulté votre dossier, j'allais vous appeler pour vous proposer de suivre un cycle qui me parait plus adapté à vos attentes. Vous n'avez pas nécessairement besoin des cours de culture générale, vous détenez déjà un diplôme après quatre années post-bac. Vous pourriez n'assister qu'aux cours de formation plus spécifiques à la photo dont le rythme sera exigeant mais moins scolaire. Ce cursus se fera en deux ans avec des stages pratiques négociés avec des professionnels. Le souci, parce qu'il y en a un, c'est que ces formateurs ne sont pas nécessairement près de Toulouse et si vous avez des enfants, ces déplacements pourraient être problématiques.

- Je n'ai pas d'enfant et je pense pouvoir assumer cette formule de formation.

- Les étudiants qui la choisissent sont comme vous un peu plus âgés que ceux qui arrivent du lycée, vous seriez mieux à votre place. Qu'en pensez-vous ?

- Merci d'avoir pensé à moi. Je préfère cette formule. Faudra-t-il modifier le dossier ?

- Non, allez au secrétariat, nous allons vous rendre les chèques que vous aviez déposé et vous les remplacerez par de nouveaux. En revanche, vous

commencerez demain à onze heures. Soyez au petit amphi à l'heure, votre promotion sera de vingt-cinq participants.
Nous sommes enchantés de vous intégrer dans notre école et nous espérons que cette formation vous donnera satisfaction. Déclara-t-elle après avoir accompagné Maïlys au secrétariat.

Maïlys repartit de l'école plus légère. Les coûts de la formation seront moins importants que prévus et les contenus des cours plus pratiques.

Elle avait le sourire lorsque Luc la rejoignit le soir. Elle lui expliqua sa démarche et il fut enchanté qu'elle ait trouvé cette solution moins longue et plus adaptée à son besoin.
- J'ai réfléchi moi aussi. Tu seras occupée et j'ai des horaires qui ne sont pas toujours faciles. Je crains que nous ayons beaucoup à jongler avec nos agendas et je ne voudrais pas que cela nous sépare. Je me disais que tu pourrais emménager avec moi, mon appartement est confortable et tu pourrais louer le tien, ce qui compenserait un peu le coût de tes études. Nous pourrions nous voir plus facilement et davantage partager que si nous étions séparés par nos adresses respectives. Je ne veux pas te bousculer ma chérie mais j'ai besoin de toi, de savoir

que tu es bien, il me semble que ce serait mieux pour nous deux.

- Ce n'est pas un peu rapide ? Tu es sûr de toi à ce point-là ?
- Oui, je t'ai présentée à Paul et Claude et tu sais que je tiens à toi plus qu'à quiconque.
- Luc, je suis heureuse avec toi et j'ai vraiment envie d'être près de toi et de t'accompagner mais je ne voudrais pas que tu imagines que je profite de tes sentiments pour obtenir je ne sais quoi.
- Mon cœur, pourquoi penserais-je une chose pareille ? Je suis très amoureux de ma petite femme et je n'ai pas envie qu'un beau professeur me la souffle.
- Tu dis n'importe quoi ! Je ne suis pas aussi volage ! D'accord, nous déménagerons le week-end prochain.
- En attendant, tu n'auras qu'à prendre tes vêtements et ce à quoi tu tiens, nous avons bien assez de meubles avec ceux de mes parents. Ton déménagement sera vite fait. Le reste pourrait rester sur place si tu souhaitais louer l'appartement meublé. Pensive, elle regarda autour d'elle et effectivement, mettre ses affaires en cartons devrait se faire rapidement et ses meubles d'étudiante, sobres et sans réelle valeur, pourront rester là où ils sont.

« Il n'y aura que mes vêtements et mes photos, ce devrait être vite transporté. »

- Maintenant viens diner. A quelle heure commenceras-tu demain ?
- Comme ce matin, huit heures. Je préviendrai Pauline et Jean-Phi demain matin. Tu me rends heureux comme je ne l'ai jamais été, mon cœur.
- Avec cette formule, je commencerai demain à onze heures. Je t'enverrai un texto pour te communiquer mon heure de retour parce que les documents que j'avais reçus sont désormais obsolètes. J'aurai les bonnes informations demain. D'une certaine façon, je suis impatiente et satisfaite. Je trouvais que quatre années c'était un peu long, surtout si tu étais amené à quitter Toulouse pour une autre affectation.
- Nous nous serions débrouillés mais c'est mieux ainsi, deux ans même chargés, seront vite passés.
- Tu n'auras pas de regrets ?
- Non des regrets pour quoi ?
- De renoncer à ta vie de célibataire, de te contenter de la même femme, de ne plus rien faire sans elle...
- Ma chérie, je voulais te proposer de m'épouser et j'ai repoussé ma demande parce que j'imaginais que tu voudrais encore du temps. Je suis totalement sûr de moi et toi ?
- Oh Luc ! Je t'aime tant ! C'est vrai que c'est rapide, nous nous connaissons depuis le début de

l'année mais nous avons été plus longtemps séparés qu'ensemble. Nous allons vivre dans le même appartement, ce sera un test grandeur nature. Disons que si, tout se passait bien nous pourrions nous fiancer l'été prochain pour nous marier après.

- Tu aurais beaucoup de monde à inviter ?
- A part ma cousine et Marine ? Non.
- Alors fiançons nous à Noël avec nos amis et mes parents et marions-nous l'été prochain, ainsi tu aurais encore six mois pour te décider pour le cas où tu hésiterais toujours.
- Tu crois, Noël c'est bientôt !
- Oui, nous aurons trois mois pour nous faire une idée de notre vie commune. C'est un excellent plan et je suis persuadé que tout ira bien pour nous.

Ensemble, se frôlant et se câlinant, ils préparèrent un diner. Dès que la cuisine fut rangée, Luc saisit Maïlys la jeta sur son épaule et se précipita en riant dans la chambre.

- Luc lâche moi, tu es fou !
- Fou de ma femme, exactement !

Le lendemain, ils se séparèrent pour la journée, heureux.

Maïlys est impatiente. A dix heures et demie, elle se rendit à l'école et déclara son changement d'adresse au secrétariat qui en profita pour lui demander qui prévenir en cas de besoin urgent. Elle communiqua le nom et le numéro de Pauline et de Luc et celui de Marine en cas d'indisponibilité des deux autres et se rendit au petit amphithéâtre.

Là, il y avait autant d'enseignants et de photographes maitres de stage que d'étudiants. Le cursus fut exposé par le directeur de l'école qui présenta l'équipe pédagogique et les professionnels puis les étudiants durent rapidement se présenter.
Maïlys s'aperçut que les stagiaires avaient des formations différentes et elle fut assez vite interpellée par un homme d'une quarantaine d'années à l'air sportif, qui lui demanda si avec sa formation elle s'imaginait reporter pour un journal. Il porte un badge avec un prénom « Fabien ».
- J'ignore tous des contraintes de ce métier. Je dirais que si vous souhaitez que nous travaillions ensemble, il faudra en reparler plus précisément.
- Tu as une famille ?
- Oui, un conjoint dont les horaires sont capricieux.
- Il faudrait voir car nous sommes dépendants de l'actualité. Nous pourrions envisager une collaboration au coup par coup peut-être avec un autre stagiaire en remplacement. L'avantage c'est que sauf exception, je bosse sur Toulouse et sa

couronne, il n'y aura pas trop de déplacements à prévoir.

Un autre photographe, « Martial » avait remarqué son book et lui proposa un stage en photo d'art.
- Ce stage m'intéresse vraiment. Serait-il compatible avec celui de reporter ?
- Pas ensemble mais la première année tu pourrais faire les deux stages et l'an prochain choisir une spécialité.
- C'est une bonne idée, merci.

Elle rentra le soir très satisfaite des contacts qu'elle avait eu. Elle pourra choisir en toute tranquillité.
Luc est heureux pour elle bien évidemment mais il envisage de discrètement se renseigner sur les maitres de stage.
« Je ne laisserai pas sa femme, encore fragile, partir seule en vadrouille avec des types douteux. »

Mine de rien, il lui fit répéter les noms des formateurs et laissera dès le lendemain d'autres que lui chercher ce qu'il y a à trouver, s'il existe quelque chose à leur reprocher. Dans son métier, il a constaté qu'il y avait des prédateurs partout et Maïlys est tellement belle, aimable et confiante, qu'elle n'imagine pas le mal qui l'environne, si bien qu'elle agit comme un aimant sur tous les tordus de la terre.

« Il ne s'agit pas de jalousie car je ne me sens pas menacé mais de protection et j'ai promis de veiller sur elle. » se dit-il pour justifier sa décision.

Il sera discret mais il se débrouillera pour que ses stages se déroulent correctement.

- Y a-t-il d'autres femmes avec toi ?
- Oui, une dizaine, à peine plus âgées que moi.

Bien, pour brouiller les pistes et rendre services à ces étudiantes, peut-être étendra-t-il ses requêtes à l'ensemble des professionnels recrutés pour cette promotion. Elles peuvent elles aussi avoir besoin d'éviter des embrouilles inutiles.

Avant vingt-deux heures, il avait envoyé un texto à une adresse donnant les grandes lignes de sa demande. Il sait qu'il sera rappelé et rejoint Maïlys qui s'est préparée pour la nuit.

- A quelle heure, auras-tu cours demain ?
- Les choses sérieuses commenceront demain, ce sera de neuf heures à dix-sept heures trente. J'ai ce qu'il faut pour le diner de demain soir, ne t'occupe de rien. Nous déménagerons mon appartement ce week-end comme prévu, n'est-ce pas ?
- Oui, prévoyons un diner pour la bande samedi soir, nous leur demanderons de nous aider samedi après-midi. Je vais envoyer un texto qu'ils ne prévoient rien d'autre.

Ils se rapprochèrent et discutèrent un moment puis Maïlys s'endormit pendant que Luc cogitait.

Il était incertain d'avoir à se mêler du recrutement de ces professeurs de photographie. Il finit par se dire que si les retours sont bons, personne n'en saura rien mais que se passerait-il si l'enquêteur trouvait des éléments prouvant qu'il y a dans la liste de noms, un ou plusieurs éléments à risques ?

Pourrait-il accepter que dans la promotion de Maïlys une stagiaire soit agressée parce qu'il se serait tu ?

Et qu'en penserait Maïlys si elle apprenait qu'il s'est mêlé de ses stages ?

Agacé et tracassé, il a du mal à dormir, aussi se relève-t-il pour appeler Jean-Philippe, de service ce soir jusqu'à minuit au moins.

Il lui expliqua ses soucis et se fit méchamment reprendre par son ami.

- Tu fonds les plombs ! Pourquoi la traites-tu comme une mineure sans cervelle ? Elle est capable de dire non et de se défendre si elle était agressée. Fouiller dans la vie des gens avec lesquels, elle sera en cours et en stage, c'est malsain ! Tu l'infantilises et elle risque de t'en vouloir !
- Et si l'un d'eux a eu des histoires de mœurs ?
- Qui te dit qu'il récidivera ? Tu risques de priver ce gars de toute rédemption et tu n'as pas le droit de faire ça.

- Si j'apprenais quelque chose sans pouvoir la protéger, je crèverais de peur qu'il lui arrive quelque chose…
- Bienvenue dans la vie normale…Tu ne sais rien des gens avec lesquels tu interagis mais ils bénéficient tous d'un préjugé plutôt positif que tu révises s'il y a des soucis. Ne cherche pas à manipuler Maïlys.
- Non ce n'est pas ce que je veux, je cherche à la protéger.
- Oui, en adaptant l'environnement à ta femme alors que c'est elle qui doit s'intégrer et parfois se mettre en danger ou se battre pour être acceptée. Laisse-la vivre… si elle ne sait pas faire, elle doit apprendre !
- Je ne suis pas certain d'en être complètement capable. Elle me rend fou…
- Mon frère, c'est ta peur qui te rend fou, pas ta femme. Je pensais qu'elle t'attirait parce qu'elle avait un passé et que tu as des instincts de protecteur mais là, ça ne va pas. Réfléchis ou elle risque de te laisser en plan ! Ne l'étouffe pas !
- Alors espérons que ces profs n'ont rien à se reprocher.

Ils raccrochèrent, Luc n'est pas satisfait mais Jean-Philippe lui a confirmé ce qu'il pressentait, il a failli déraper et s'est mêlé de ce qu'il aurait dû laisser dans un placard.

Un pacte sous condition

« Jean-Phi a raison si je l'empêche de vivre, elle partira et ça, ce n'est pas envisageable ! »

Inquiet, il retourna se coucher, attira Maïlys contre lui et rassuré de la sentir abandonnée contre sa poitrine, il s'endormit, tranquillisé.

14

Le couple fut tiré du sommeil par le réveil qui sonna à sept heures.

Maïlys après avoir embrassé Luc, se leva et alla préparer le petit déjeuner pendant qu'il prenait sa douche. Luc est fatigué parce que s'il a dormi, il ne se sent pas apaisé.

Il s'habilla et rejoignit la jeune femme.

- Tu n'as pas l'air bien, mon chéri.
- C'est la reprise, j'ai eu du mal à m'endormir. Je ne veux pas que tu hésites à m'appeler si quelque chose n'allait pas. Si quelqu'un te cherchait des noises ou tenait des propos inacceptables ou faisait des gestes inappropriés, tu ne te laisses pas faire par qui que ce soit et tu m'appelles.
- Mon chéri, bien sûr mais tout se passera bien, tu ne dois pas t'inquiéter. Je t'appellerai vite fait pour te rassurer pendant la pause de midi. Toi, fais attention à toi, je tiens à te retrouver entier ce soir !
- J'y vais, à dix-huit heures ce soir ici. Tu ne veux pas que j'aille te chercher ?

Un pacte sous condition

Elle rit doucement.
- Non, tout ira bien. Embrasse-moi, tu vas me manquer, répond-elle tendrement.
« Pourquoi est-il aussi inquiet, c'est fou ! »
Dès qu'il fut parti, elle rangea la cuisine et alla se préparer car ses cours commenceront à neuf heures.

C'est avec un entrain certain qu'elle fit le chemin à pied. Elle est heureuse, a envie de chanter et les couleurs des arbres qui n'ont pas encore viré au roux lui paraissent lumineuses, se détachant sur le ciel bleu.

Elle a préparé une affichette qu'elle déposera au secrétariat pour proposer son appartement à la location à partir du quinze septembre. Cette date lui laissera le temps de récupérer ses affaires et de faire un peu de ménage.
La secrétaire prit note de son offre et discutait de l'appartement lorsque le téléphone sonna. L'assistant décrocha, écouta, fronça les sourcils et mit en attente le temps de joindre la responsable pédagogique.
- Madame, la police voudrait vous parler. Voulez-vous que je vous passe la communication ?
- La police ?

Un pacte sous condition

- Oui, je n'ai pas compris, la police aurait fait un contrôle... c'est bien la première fois que nous avons des contrôles de ce type...

Un frisson glacé parcourut le dos de Maïlys.
« Non je ne veux pas savoir mais j'espère que Luc ne s'est pas mêlé de mes études... »
Elle quitta le secrétariat, vaguement perturbée mais se persuada quelle avait tort de tout rapporter à elle. Elle fut abordée par Estelle, une étudiante, ancienne institutrice et se rendirent ensemble à l'amphithéâtre où elles passeront la matinée.
A midi, elle appela Luc comme convenu. Il décrocha immédiatement.
- Tout va bien ?
- Eh oui, nous avons eu un cours très intéressant sur la communication et le rôle des photos. Je vais aller déjeuner avec Estelle, une étudiante sympathique avec laquelle je m'entends bien, et j'ai déposé ce matin une affichette pour proposer mon appartement à la location. Voilà tout. Et toi, te sens tu mieux ?
- Oui la routine, j'ai hâte d'être à ce soir et j'irai déjeuner avec Jean-Phi et Pauline qui vont vouloir savoir comment s'est passée ta matinée.
- Dis leur que je n'ai pas encore eu le temps de me faire des ennemis ni des amis d'ailleurs. Je te laisse. Bisous.

Un pacte sous condition

Estelle et Maïlys déjeunèrent ensemble puis retournèrent dans une salle où elles travailleront en groupes.

Les étudiants furent surpris de voir arriver la directrice pédagogique la mine fermée. Elle les informa qu'à la suite d'une enquête sur leurs professeurs, deux formateurs qui font l'objet de plaintes en cours avaient été suspendus. L'école ne veut pas être associée à des personnes passibles de condamnations pour mœurs. Lorsque les procès auront eu lieu, si les personnels sont innocentées, ils seront réintégrés. En attendant d'être remplacés, les cours pratiques seront remplacés par des cours théoriques.
- Et voilà, ça commence ! déclara Estelle. Dans le milieu de l'art, les pervers pullulent et ceux qui ont du succès ont des égos tellement forts qu'ils imaginent que tout leur est dû et même pour certains qu'ils ont un droit de cuissage.
J'ai été briefée par une journaliste, pour te dépatouiller d'un type collant, tu dois lui dire que tu vas porter plainte pour propos tendancieux, gestes déplacés ou attouchements. Il parait que c'est suffisant pour les calmer, même s'ils t'injurient au passage et mettent ton stage en péril. Quoi qu'il en soit, il faut immédiatement le faire savoir à la direction,

autrement qui ne dit mot consent et c'est l'agressé qui devient le coupable.

- D'une certaine façon, c'est rassurant de savoir que l'école veille à ces choses-là.
- J'ignore si elle veille mais ce qui est sûr c'est qu'elle ne veut pas qu'on puisse dire qu'elle ferme les yeux sur les agressions subies par des élèves, filles ou garçons parce que c'est aussi une partie cachée de l'iceberg, pour les gars c'est nouveau et peu osent en parler.

Une autre règle à suivre, ne jamais se laisser enfermer dans une salle avec un professeur ou un professionnel. Tu vas au rendez-vous avec une copine ou un autre étudiant et tu te débrouilles pour garder la porte ouverte ou tu as ton téléphone sur enregistrement en te gardant de le faire remarquer parce qu'après, en cas de vrai souci, c'est parole contre parole.

- Tu es un vrai manuel de survie dans le monde étudiant, remarque-t-elle tracassée. Elle n'avait pas voulu écouter les conseils de Luc et il n'a sûrement pas rencontré Estelle.
- La journaliste m'en a raconté de belles sur les risques de relations de domination entre élève et maitre. Je te propose que nous devenions la siamoise de l'autre, j'ai vu que nous avions les mêmes choix de cursus, ce sera plus facile. Si tu es d'accord, nous nous protègerons mutuellement. Mon copain viendra

me chercher après les cours et toi, comment rentreras-tu ?
- En métro, je n'ai que deux stations et mon compagnon risque de ne pas avoir quitté son bureau à dix-sept heures trente.
- OK, tu ne vas pas loin et tu ne seras pas seule dans le métro, mais si quelque chose n'allait pas, nous pourrions te raccompagner.

A ces propos, Maïlys sentit la tranquillité difficilement obtenue les jours précédents un peu s'émietter. Estelle semble croire qu'il faut se méfier de tout.
« Quelle est la part du fantasme et celle de la réalité ? Pourquoi cette journaliste l'a-t-elle autant mise en garde ? »
- Maïlys, l'interrompit la directrice pédagogique, le secrétariat m'a fait passer votre offre de location. Vous avez oublié de mentionner le montant des charges.
- L'offre est charges incluses madame. J'ai baissé le prix parce qu'ainsi, je pensais qu'il pourrait intéresser un étudiant.
- Venez me voir après le cours, j'aurais peut-être quelqu'un à vous présenter.

Après son cours, elle se rendit au bureau en milieu d'après-midi et rencontra Magali, une étudiante de première année qui lui expliqua qu'elle est à l'hôtel et cherche un logement libre rapidement.

- J'ai aménagé chez mon compagnon le week-end dernier et je n'ai que quelques bricoles à récupérer. Si tu veux, j'appelle Luc pour l'avertir que je serai en retard et nous pourrions aller le visiter après les cours. C'est à deux stations de métro. Il n'est pas très grand mais j'y ai habité huit ans sans me sentir à l'étroit. Il y a deux belles pièces et un coin cuisine et j'ai laissé l'ameublement. J'enlèverai juste mes cadres et quelques objets de déco auxquels je tiens. Je le laisse entièrement équipé. Enfin tu verras.

Le rendez-vous est pris, les deux jeunes femmes se retrouvèrent devant l'école à dix-sept heures trente et se dirigeaient vers le métro lorsque Maïlys est appelée. Elle se tourna et reconnu Luc avec autre homme.

- Mesdames, j'ai eu ton message et nous étions dans le coin. Acceptez-vous notre compagnie ?
- Nous allons visiter mon appartement. Magali entre en première année et cherchait quelque chose pas trop loin.
- Ah, Samuel cherche quelque chose lui aussi, il vient de nous rejoindre et a été affecté au poste d'adjoint dans mon service.

- Enchantée Samuel. Allons-y mais je donnerais la priorité à Magali si elle était intéressée, elle réside à l'hôtel et ses cours vont commencer.

Les deux locataires potentiels sont sous le charme de l'appartement bien que Magali le trouve un peu grand et encore cher.
- Je vais en parler à mes parents qui cherchent maintenant, plutôt un studio à acheter. Je te tiendrai au courant très vite Maïlys. Merci pour la visite.
Magali s'en alla rapidement après les avoir salué.
- Je squatte chez un ami, si Magali se désistait, je le prendrais. Pourquoi est-il en dessous du prix du marché, il est impeccable, y a-t-il des vices cachés ?
- Non, j'avais imaginé le louer à un étudiant et j'avais inclus les charges, mais si tu tiens à augmenter le prix, je ne me plaindrai pas. Il est bien placé et n'était pas loin de l'hôpital, mon ancien lieu de travail. C'était parfait pour moi...

Ils se séparèrent et les deux hommes repartirent au bureau.
Quelle que soit la décision de Magali, elle a l'assurance que l'appartement sera vite loué ce qui satisfait pleinement Maïlys.

Rentrée chez Luc, elle répondit au téléphone qui sonnait. Claude voulait savoir si tout va bien et si Luc pourrait essayer de les rappeler.
Maïlys répondit que Luc sera à l'appartement vers vingt heures et ne manquera pas de leur téléphoner. Claude demande comment s'est passé sa rentrée et si ses cours seront intéressants.

- Je ne peux rien en dire pour le moment, c'était le premier jour, je pourrai commencer à vous répondre la semaine prochaine. Pensez-vous venir nous voir bientôt ?
- Nous allons en discuter avec Luc mais oui et nous serons ravis de te revoir.

Après avoir raccroché, Maïlys prépara une tourte aux champignons pour le diner et attendit impatiemment Luc.
Il arriva vers vingt heures trente, embrassa Maïlys comme il n'avait pas pu le faire cet après-midi et lui demanda comment s'est déroulée sa journée.
Maïlys expliqua sa prise de contact et la défection de deux enseignants suspectés d'avoir eu un comportement inadéquat avec des étudiants. Ils sont suspendus en attendant le verdict de la justice, ce qui pose des problèmes à l'école.

- L'école se débrouillera pour les remplacer, ce qui est important c'est que les étudiants ne risquent rien.

- Tu étais au courant ?
- Pas particulièrement, je réagis à ce que tu m'as dit.
- Avant d'aller en cours ce matin, je suis passée au secrétariat pour déposer mon affichette lorsque le téléphone a sonné. L'assistante avait l'air stupéfaite que la police cherche à joindre la direction de l'école. Une enquête avait été faite et la personne voulait s'en entretenir avec la direction et dans la foulée, deux professeurs ont été suspendus. La secrétaire qui est là depuis longtemps, m'avait confié que cela n'était jamais arrivé et elle était sous le choc. Luc, dis-moi que tu n'es pas à l'initiative de cette enquête.
- D'abord, s'il y a eu une enquête je ne l'ai pas menée, ensuite, elle a été efficace si elle a permis d'écarter et peut-être de sanctionner deux prédateurs avec lesquels tu aurais pu travailler et qui auraient pu t'ennuyer.
- Mon chéri, écoute-moi, je trouve étrange que cette enquête soit menée au moment où j'arrive et permette d'écarter deux personnes douteuses. Cela n'avait jamais été fait. Je trouve le minutage surprenant et je ne peux pas m'empêcher de penser que tu y es mêlé. Je veux vivre normalement Luc, parfois comme tout le monde, je pourrais être amenée à croiser des gens pas très nets, tu ne dois pas chercher à nettoyer les rues avant que je passe. Je

dois apprendre à me défendre et à faire face aux abrutis de tout poil, tu comprends ?

Je ne dis pas que tu manipules mon environnement mais je n'aime pas cette idée. Tu dois arrêter de te mêler de tout.

- Chérie, je ne veux pas que tu souffres, si ces enquêteurs t'ont facilité la vie j'en suis heureux. Dit-il l'air gêné mais le ton ferme.

- Avoue, mon chéri, est-ce toi qui a donné l'ordre de fouiner ?

- Oui, j'ai demandé qu'ils regardent si des professionnels en quête de chair fraîche déjà connus, faisaient partie du personnel permanent ou intérimaire de l'école et il s'est avéré qu'il y avait ces deux types, poursuivis pour des attouchements et des relations sexuelles non consenties par d'anciennes élèves. Leur place n'était clairement pas au contact d'étudiants. Je suis content que la direction les ait suspendus.

- C'est toi qui as appelé la direction ?

- Non ma chérie, cela ne relève pas de mes responsabilités.

- Luc, ne recommence pas s'il te plait. Tu ne peux pas me mettre sous cloche parce que tu crains pour moi. Je sais que tu m'aimes et que tu veux m'épargner mais ne sort pas du cadre de tes prérogatives professionnelles. Je ne veux pas me demander à chaque fois que quelque chose surviendra, si tu es responsable de ce qui m'arrive de bien ou alors parlons en avant et voyons s'il n'y a pas une autre solution que celle d'utiliser les ressources de ton service. Sommes-nous d'accord ?

- Ma chérie, je n'ai qu'un désir c'est que tout aille pour le mieux pour toi. Ton bien être et ton bonheur sont ma seule motivation.

- C'est pourquoi je ne peux pas t'en vouloir même si tes manigances me contrarient. Si cela se savait, je suis certaine que ta direction ne serait pas ravie.

- Il faut aller jusqu'au bout de cette affaire et peut-être vaut-il mieux que tu le saches. Il y avait un troisième personnage sur la liste, un journaliste reporter de terrain d'une quarantaine d'années qui a été incriminé il y a deux ans mais les preuves apportées par la jeune femme n'étaient pas assez caractérisées, aussi malgré les fortes suspicions de culpabilité, n'a-t-il pas été condamné. Il bosse avec ta promo sur les événements régionaux.

- Oh zut ! Si c'est celui auquel je pense, Fabien, il pourrait devenir mon maitre de stage, aurais-tu une photo ? Si c'est lui, mon book lui a plu et il m'a proposé de faire un stage. J'ai répondu que je n'étais pas disponible pour partir à cause de tes horaires. Il a précisé qu'il prendrait deux stagiaires en ce cas. C'est quelqu'un qui a pignon sur rue, le projet était tentant et les déplacements ne seraient qu'autour de Toulouse

- J'ai une photo dans mon ordi, qu'as-tu en tête ?
- Rien de très précis mais je peux distiller que mon compagnon est officier de police et qu'il est chargé de la police des mœurs. Ce genre de service existe bien n'est-ce-pas ?
- Non, la police des mœurs n'existe plus et c'est un service qui n'est pas le mien. Il s'occupe de la répression des délits sexuels et s'ils interviennent après un délit avéré, surtout par manque de temps, ils ne font pas vraiment de prévention. Or surveiller que des incriminés ne soient pas en contact de populations fragilisées comme des stagiaires avec un maitre de stage, c'est de la prévention, un des rôles de la police qui reste je trouve, assez théorique surtout en raison du manque de personnel.
- Donc ce que tu as fait, c'est une expérience de prévention dans les écoles enfin dans une école. Pour que ton échantillon soit fiable, il faudrait que tu en fasses bénéficier deux ou trois autres écoles. Là personne ne pourrait t'accuser de passe-droit ou te reprocher de ne t'être intéressé qu'à l'école fréquentée par ta copine.
- Tu redoutes que quelqu'un me cherche des ennuis ? Mais tu as raison, je vais lancer un gars sur le sujet et faire un retour sur l'efficacité de

l'expérience. Ce ne sera pas bien long. Après tout, la réputation d'une école passe aussi par l'irréprochabilité de ses enseignants sur le plan professionnel et humain.

- Tu te rends compte dans quoi tu t'embarques juste pour m'éviter d'avoir à dire non à un type insistant !

- Pour moi, ta sécurité et ta tranquillité n'ont pas de prix.

- Mon chéri, je t'aime pour ça mais il ne faut pas en vouloir trop et m'ôter la possibilité d'agir. Or avec une ancienne institutrice Estelle, nous nous sommes déjà concertées pour ne jamais rester seules avec un prof. Oh avec cette affaire, j'ai oublié de te dire que Claude attendait que tu l'appelles.

- Je l'ai eue avant de quitter le bureau. Ils viendront en fin de semaine prochaine et je suis content de savoir que vous vous organisez pour éviter les problèmes avec les profs mais reconnait que ce n'est pas normal.

- Parfait, j'aurai le temps de tout planifier pour les recevoir correctement et tu as raison Luc, dans un monde parfait, les étudiants ne devraient pas avoir à se méfier de leurs enseignants et tout le monde devrait fraterniser et s'entraider... mais nous ne sommes pas dans un monde parfait et je veux pouvoir me défendre seule. Comprends-tu ma demande et celle de Marine d'apprendre à nous débarrasser d'un agresseur ?

- Oui, je vais m'organiser pour t'entrainer un soir ou deux par semaine. Demande à Marine si elle a des disponibilités.
- Peut-être Estelle, qui sur les conseils d'une journaliste se méfie de tous, sera-t-elle intéressée ?
- Je suis content ma chérie, c'est ainsi que j'aimerais que nous avancions, que tu me recadres lorsque je dépasse les limites que tu me parles. Je voudrais tellement que tout aille bien pour toi que j'exagère parfois. Tu n'es pas la seule à me le dire, je sais que tu as raison mais crois moi lorsque je t'assure que mon intention n'était pas de brider ta liberté ou de t'ôter tout pouvoir décisionnaire. Je veux juste t'éviter les accidents.
- Je pense commencer à te connaitre et je sais ce qui t'anime mais tu ne pourras jamais me préserver de tout et si un jour nous avons des enfants, par amour tu ne pourras pas faire de leur vie un enfer.
- D'ici là, j'espère que tu m'auras appris à être plus détendu avec ceux que j'aime.
- Je pense qu'il ne s'agit pas que de ceux que tu aimes mais de ta vision du monde en général qui est trop noire.
- Alors mon cœur, apprends-moi à remettre de la couleur dans ma vie.

15

Quelques jours passèrent, les parents de Luc vinrent pour lui faire signer les documents concernant son adoption et le leg de la maison. Ils sont heureux de le revoir, de lui parler, de se rendre compte que maintenant Jean-Philippe et lui n'encourent plus les mêmes risques qu'auparavant, tout en passant très vite et en restant vagues sur « l'auparavant » dont seule une rapide et très vague évocation fut possible. Ils interrogèrent Maïlys et furent heureux qu'elle soit venue cohabiter avec Luc.

-       Luc a longtemps vécu seul, il a besoin qu'une jeune femme s'occupe de lui et lui montre que si ses missions sont importantes pour le mieux-être de notre collectivité, sa vie personnelle est essentielle pour son propre équilibre, or il l'a trop longtemps négligée.

-       Je m'en suis rendue compte mais il n'est pas facile de le faire changer d'avis et il est prêt à n'importe quoi pour éviter que je me casse un ongle. Dit-elle en riant tout en regardant le jeune homme avec un amour évident.

- Maïlys, ma chérie, il ne s'agissait pas d'un ongle et je suis heureux que tu l'aies compris, cependant, je reconnais que parfois, je me laisse entrainer par mes inquiétudes et tu as promis de me remettre sur le bon chemin. Vous a-t-elle dit que j'allais l'entrainer avec ses amies à la défense personnelle ? Les hommes étant ce qu'ils sont, il est important que les jeunes femmes puissent se débrouiller en cas d'agression.
- Les filles ont bien accroché à ton cours et on s'y amuse bien tout en acquérant des bases, parce que si tous les hommes ne sont pas des cinglés, il peut nous arriver parfois de croiser de drôles de numéros et dans le domaine des arts, il semblerait qu'ils pullulent plus qu'ailleurs.
- Les artistes ont des sensibilités exacerbées et ont de tous temps eu la réputation de manquer d'équilibre… remarque Claude pressentant un sujet sensible.
- Ce qui est sans doute en partie un préjugé car j'ai rencontré des artistes qui sont comme tout le monde, ce qui les différencie c'est une sorte d'appel à créer et la façon dont ils interprètent leur environnement.
- Lorsque leur réputation en fait des hommes ou des femmes en vue, tu conviendras que certains peuvent considérer qu'ils ont des droits sur les autres

et parfois font pression pour les obtenir, mais ce n'est pas un comportement exclusif aux artistes.

- Luc, c'est aussi à celui ou celle qui se trouve peut-être en difficultés, d'avoir le courage de réagir et de s'opposer.

- Que fais-tu de l'influence, de la domination, de l'emprise, de la fascination que peut ressentir un jeune pour un personnage considéré comme charismatique, important ou simplement très doué ? Il peut se laisser emporter par son excessive admiration sans s'en rendre compte alors que l'autre sait parfaitement ce qu'il fait et où il veut aller. Toutefois cela peut croiser les ambitions personnelles du jeune qui peut chercher à plaire à n'importe quel prix. C'est le réveil qui est compliqué et c'est vrai que je ne suis pas tout à fait serein pour toi comme pour tes amies.

- Tu ne peux pas réduire tous les formateurs à ce portrait, ce ne serait pas juste et des étudiants amoureux de leur prof, il y en a plein…

- Evidemment mais tous les profs ne passent pas à l'acte, et je fais la différence entre les actes consentis de ceux qui sont imposés, dans le cas d'une école, il suffit d'un seul dérapage pour discréditer une formation.

- Mon grand, je pense comprendre que tu t'inquiètes pour Maïlys. Elle est avertie des risques et elle est assez raisonnable pour se méfier. Veille au grain mais laisse là respirer, si elle se sentait menacée malgré les précautions prises, elle t'en parlerait, alors tu dois avoir confiance en elle et en son jugement.

- Merci Paul, votre fils est un homme merveilleux mais il a des craintes pour ceux qu'il aime et il se pourrit la vie tout seul.

- C'est vrai mais Luc a des circonstances atténuantes et il faut beaucoup échanger entre vous afin de bien vous comprendre.

- Chérie, j'ai confiance en toi, je te l'ai dit mais tu as compris combien de trouble et de noirceur peut cacher un homme apparemment sérieux et fiable.

- Oui, ta démonstration était réussie, j'ai compris et je t'ai promis d'être prudente et de te faire part de mes soucis et pour le moment mon principal tracas c'est toi, parce que tu t'inquiètes beaucoup trop.

- Oh, mon fils, c'est bien une histoire de serpent qui se mord la queue ! s'esclaffe Paul.

- Ouais, bon, je suis amoureux pour la première fois et je veux épargner les blessures à celle que mon cœur a élu.

- J'espère mon grand que tu as déjà réalisé que c'est impossible. La vie à deux est une suite de compromis et de collaboration permanente ; ce n'est certainement pas l'un qui impose ses normes à l'autre, aussi mes chéris, discutez, échangez et ayez confiance en vous et en l'autre. Déclara Claude avant de se lever pour débarrasser.

Maïlys la suivit pour l'aider, laissant le père et le fils en tête à tête.

- Que se passe-t-il vraiment, Luc ? demanda le père soucieux, à voix basse.
- Pff... j'avais peur, j'ai ordonné une enquête et le résultat a été le licenciement de deux profs pour des accusations de viols en attendant le jugement. Ils n'avaient rien dit à l'école. Le troisième est le maitre de stage de Maïlys qui a été accusé mais les preuves, insuffisamment circonstanciées n'ont pas permis de le condamner. Je ne suis pas tranquille ; Maïlys a découvert que j'avais fait enquêter et j'ai promis de ne plus m'en mêler mais je suis rongé par l'inquiétude, si je m'écoutais j'irais voir le type.
- Luc, mon chéri, je t'ai dit que je ferai savoir que tu es policier, il se méfiera et avec une amie, nous nous sommes organisée pour éviter d'être seules avec lui. Peut-être aussi a-t-il été piégé ou la fille a manqué de clarté ou de fermeté ? Nous ne disposons pas des détails de cette affaire et je refuse de traiter cet enseignant comme un pestiféré alors qu'il n'a peut-être rien fait ou qu'il a agi de bonne foi. Enfin, dans tous les cas, peut-être cette affaire lui a-t-elle servi de leçon ?
- Dit comme ça, Maïlys semble avoir raison. Elle doit se méfier mais laisser à cet homme le bénéfice du doute et toi tu dois impérativement prendre sur toi car tu n'as aucune preuve et tu te laisses paralyser

par une crainte en partie irrationnelle. Tu devrais en parler au médecin qui t'a débriefé lorsque tu es rentré. Il ne faudrait pas que cette angoisse envahisse votre vie et mette votre couple en péril. Conclue Paul.
Que fait ma femme ?

- Pendant que vous refaisiez le monde, j'ai regardé en détail les photos de Maïlys. Je n'y connais rien, mais je trouve certaines vraiment très réussies. Je comprends que tu aies envie de cultiver cet art.

- Merci, j'aimerais bien ne me consacrer qu'à la photo d'art mais il est difficile d'en vivre. En revanche, le reportage paye davantage. C'est pourquoi j'ai choisi ces deux options, elles me permettront de m'adapter aux circonstances.

- Ma chère, tiens bon avec Luc. Il est formidable mais tu dois lui montrer ta force, continues comme ça, il te respectera davantage. Murmure-t-elle.

- Et si l'amour qu'il dit ressentir n'était bâti que sur ma faiblesse supposée parce qu'elle fait appel à ses instincts de protection ?

- Dans ce cas, tu ne serais jamais son égale et il vaudrait mieux rompre si ce n'est pas ce que tu recherches, parce que tu serais soumise toute ta vie. Je ne pense pas qu'il t'imagine ainsi. Il a besoin de toi forte et pas d'une mollassonne incapable de vivre au quotidien sans son protecteur. Peut-être as-tu eu des soucis et s'est-il rapproché de toi pour t'aider mais maintenant, si tu en es sortie, occupe ta place en toute égalité et accorde-lui ton aide comme il t'a donné son soutien. Si vous tenez et trouvez un équilibre, vous serez gagnants tous les deux.

Plus tard, enlacés au creux de leur lit, Luc murmura à son oreille et lui renouvela sa foi et sa confiance. Maïlys, touchée y répondit mais un doute affreux lui tordit l'estomac.
« M'aime-t-il comme je suis avec mes forces et mes faiblesses ou aime-t-il avoir avec moi la possibilité de laisser son rôle de sauveur s'exercer et ainsi le satisfaire ? Sa mère m'a dit qu'en ce cas il valait mieux nous séparer rapidement... Je n'en ai pas le courage, je suis tellement attachée à lui, il m'a déjà tellement donné ! Qu'en penseraient Pauline et Marine ?»
Plus tard ils glissèrent ensemble dans le sommeil sans avoir échangé davantage. Pour ce soir, tout a été dit.

Deux jours après, Estelle et Maïlys eurent un premier rendez-vous avec Fabien leur maitre de stage à l'école.
Il leur parla un peu de haut, exigeant que ses propos soient parfaitement retenus et mis en œuvre sans discussion, ce qui prit les deux étudiantes à rebrousse-poil.

- Fabien, nous sommes là pour apprendre or pour exécuter correctement il faut comprendre. Votre point de vue est certainement bon mais est-il exclusif ? En quoi est-il dérangeant pour vous de nous expliquer les failles de nos approches ? demande Estelle.
- Toi, tu ne vas pas commencer à jouer à la maline ! Si je te dis de faire de telle façon, c'est ainsi que la prise doit être faite et il n'y a pas à pinailler et je n'aurai pas le temps de discuter de vos idées personnelles. Si tu n'es pas contente, va chercher un autre stage ailleurs et laisse ta copine faire le boulot.
- Fabien, vous avez raison, tutoyons-nous comme de vieux copains. Je ne le ferai pas davantage le boulot car j'ai moi aussi besoin de comprendre pourquoi ton approche pourrait être meilleure que la mienne. L'expérience ne suffit pas comme réponse et puis nous sommes là pour apprendre, pas pour exécuter des ordres sans les comprendre.
- Bon sang, plus les promotions passent et moins vous êtes dociles, bougonne-t-il. Nous perdons du temps, ce soir, vous sortirez plus tard.
- Pas possible, nos conjoints nous attendent, déclare Estelle, et il n'y a pas le feu au lac.
- Toi, ça ne va pas le faire ! Je veux des étudiantes obéissantes qui se jettent à l'eau si je le demande.

- Oh, oh, pas question, mon bon monsieur ! Les nanas qui se déshabillent parce que tu le demandes, c'est passé de mode depuis deux ans, rétorque-t-elle.
Un silence de plomb suit la sortie d'Estelle.
- Ben quoi, tout le monde sait bien que tu es passé entre les gouttes et il ne faut pas croire que tu vas pouvoir continuer comme si rien ne s'était passé. Bien qu'elle n'ait rien raconté, je pense que même le compagnon de Maïlys est prêt à intervenir.
- Ce n'est pas possible, on ne va pas en sortir ! murmure-t-il en prenant ses cheveux dans ses doigts à deux mains. Ton copain est flic ?
- Mon fiancé est effectivement officier de police et nous savions que vous avez eu une affaire qui s'est conclue à votre bénéfice à cause des preuves insuffisamment étayées. Je n'ai pas accepté que la police intervienne parce qu'à mon sens vous méritez le bénéfice du doute mais ils vous ont à l'œil. Nous sommes ici pour apprendre et vous étiez un bon professeur… restent des points d'interrogations sur votre moralité. Faites vos preuves Fabien, comme nous, nous avons à faire les nôtres.

Immobile, Fabien regarda les deux jeunes femmes, droit dans les yeux. Il constata leur détermination et céda.
- Vous faites une sacrée paire ! Bon, alors je vais vous expliquer, je prends la photo ainsi parce que…

Pendant qu'il regardait l'appareil qu'il manipulait tout en expliquant, Estelle et Maïlys échangent un regard averti puis se concentrent sur les explications de Fabien qui semble calmé.
Les trois heures de cours se déroulent de façon très professionnelle avant de se quitter, Fabien bougonne :
- Vous êtes certainement chiantes les filles, mais ça va sans doute pouvoir fonctionner.

Elles partirent à dix-sept heures trente pressées de rentrer chez elles, Estelle fut récupérée par son ami un professeur de mathématiques et Maïlys se dépêcha d'attraper un métro. Le vent souffle et la pluie menace et elle n'est pas équipée pour faire le chemin à pied.

Le soir, lorsqu'elle évoqua le cours avec Fabien, Luc fut très satisfait de la façon dont elles ont tout de suite mis les points sur les i.
- S'il sait que tout le monde est au courant et qu'il est observé par la direction comme par les services de police, il se tiendra sans doute tranquille. Vous vous êtes bien débrouillées.

Luc se sent plus léger, les deux femmes ont posé leurs exigences et leurs attentes et lui ont montré qu'il n'était pas sur un piédestal. Un jour, il ira chercher Maïlys à l'école et montrera à Fabien que la surveillance se poursuit. Maïlys avait raison, s'il les a senties fortes, Fabien sera moins tenté de les ennuyer avec des propositions malhonnêtes.

Magali a fait savoir que ses parents avaient acheté un petit studio près de l'école et que Maïlys pouvait disposer de son appartement. Luc le propose donc à son subordonné qui s'empresse de répondre qu'il le prend tout de suite parce qu'il lui a plu et qu'il a mal au dos de dormir sur un vieux canapé.

L'année scolaire semble bien partie.

Quelques jours passèrent et les documents officiels de l'adoption de Luc ont été rendus validés. Luc est très ému mais il a une pensée envers ses propres parents morts trop vite.
Tout se déroule trop bien pour le jeune couple qui profite de cette accalmie pour laisser leurs sentiments s'épanouir.

Ils sortirent diner dans un petit restaurant italien avec Jean-Philippe, Pauline et Marine, Bertrand de service n'a pas pu les rejoindre.
Ils échangèrent sur les dernières semaines et Maïlys leur raconta ses aventures d'étudiante. Elle s'est

épanouie, sourit et rit spontanément. Ses amies sont contentes de constater que Luc lui a fait du bien et que leur couple parait fonctionner et les rendre heureux.

Marine souhaiterait rejoindre le petit groupe de trois femmes, entrainé par Luc à chaque fois qu'elle le pourra si Luc est d'accord. Luc approuve et le cours étant décontracté, il s'adaptera aux différents niveaux de ses élèves.

En fin de soirée, Jean-Philippe et Pauline proposent de reconduire Marine chez elle.

A une heure du matin, largement dépassée, Bertrand contrarié, appelle pour savoir s'ils savent pourquoi aucun des trois amis ne répond au téléphone et paraissent ne pas avoir rejoint leur domicile.

L'inquiétude s'empare de Maïlys tandis que Luc fébrile s'est rhabillé et appelle son bureau.

Il prend ses clefs et dit à Maïlys avant de l'embrasser tendrement :

- Chérie, j'ignore ce qui se passe, ne sors pas tant que je ne t'aurai pas rappelée mais trois personnes de notre groupe sur cinq ont disparu, ça fait beaucoup. Promets-moi de rester ici, enfermée et de n'ouvrir à personne, je ne peux pas craindre pour ta sécurité, j'ai besoin d'avoir l'esprit clair. S'il te plait, ne fais rien d'irréfléchi et si tu te sentais en danger, appelle-moi. Ferme derrière moi et évite les fenêtres ou mieux, ferme les volets jusqu'à ce que je revienne.

Elle obéit et ferma les volets qui ne l'étaient pas, puis elle s'installa sur le canapé, en pyjama, avec un café et réfléchit à la raison pour laquelle ses amis auraient pu être enlevés et n'en trouva pas. Jean-Philippe et Pauline travaillent sans doute sur des dossiers sensibles mais Marine ? Elle n'a rien en commun avec eux hormis leur amitié. Ne serait-elle qu'un dégât collatéral, enlevée parce qu'elle était avec ses amis ?
Et qui peut avoir le courage de faire cela en pleine rue d'un quartier fréquenté, à une heure où du monde circule encore ?
Et pour quelle raison, si les officiers de police sont la cible de kidnappeurs, Pauline et Jean-Philippe n'appartiennent pas aux mêmes services et n'ont pas avoir de dossiers en commun.

Cette affaire lui parait étrange et elle s'inquiète pour eux trois, pourvu qu'on ne leur fasse pas de mal !
Elle s'agite, va poser sa tasse dans la cuisine avant de prendre une douche et s'habiller pour le cas où quelqu'un viendrait.
« Non tu ne dois pas ouvrir a recommandé Luc. Tu dois te contenter d'attendre. »

16

A son bureau, Luc rassembla le personnel de son service disponible et expliqua que ses trois amis ont été enlevés sans raison apparente. Il fait rechercher qui a pu agir ainsi à l'aide des caméras de surveillance des lieux publics.

- Et Maïlys ? demande Samuel le nouveau locataire.
- Elle est à la maison, nos amis venaient de nous quitter et ramenaient Marine, une médecin urgentiste chez elle. Ils ont été raflés tous les trois et je ne comprends pas pourquoi. Pauline et Jean-Philippe ont le boulot en commun bien qu'ils ne soient pas sur les mêmes genres de dossiers mais Marine... Il faut les retrouver !

Un long moment après, un policier qui analysait les bandes vidéo relève quelques séquences intéressantes. L'enlèvement a été filmé, quasiment devant chez Marine et leur voiture parait abandonnée portières ouvertes.

- Ils étaient attendus ou plutôt suivis. Leur dit-il.

Un pacte sous condition

Puis les spécialistes parvinrent à repérer et à suivre une camionnette noire jusque devant un vieux hangar à la sortie du quartier de Lalande.
- Deux hommes avec moi nous allons les chercher. Une autre équipe suivra en voiture et deux hommes avec un petit fourgon tactique, armez-vous et protégez-vous, nous ignorons ce qui nous attend. Je reste en contact avec vous les gars, vous me raconterez ce que vous trouverez.

Les véhicules roulèrent vite dans les rues éclairées et presque désertes à cette heure. Ils arrivèrent assez vite devant un vieux hangar tagué de couleurs vives, sans doute promis à la démolition d'après son état de délabrement. Pendant le trajet, Luc avait été prévenu que cinq hommes avaient quitté le hangar peu de temps avant, aussi peut-être le trouveront-ils vide ? Ils doivent toutefois s'en assurer.
Sans se cacher, ils débarquèrent et se précipitèrent, avec quelque prudence, mais rien ne bougea aux alentours.
Ils pénétrèrent dans le vieux bâtiment ruiné, certainement squatté en temps normal. Dans un coin, un corps gisait, ligoté et bâillonné. C'est Marine qui s'agite lorsqu'elle les aperçoit.
La corde et les liens furent coupés.

Elle avait été rudoyée mais n'est pas blessée ce qui soulagea immédiatement Luc d'une partie de son inquiétude.
Elle est en colère plus que choquée.
- Nous étions suivis, en bas de chez moi, des types nous ont agressé sans que nous ne puissions rien faire et nous ont embarqués de force dans leur camion sous la menace d'armes de poing. Ils nous ont mis des sacs sur la tête et j'ai entendu Jean-Philippe pousser un cri. Je me suis demandé s'il n'avait pas pris un coup de poing ou s'il n'avait pas été assommé parce qu'il ne se laissait pas emmener et se débattait, ensuite, personne n'a plus dit un mot. Les ravisseurs sont restés muets tout le temps. Ce silence maitrisé était flippant.
Lorsque nous nous sommes arrêtés, ils m'ont fait descendre et m'ont attachée ici, avant de rapidement repartir en m'abandonnant.
Je suppose que seuls les deux officiers de police les intéressaient.
- Souffres-tu de quelque part ? Es-tu blessée ?
- Non, ils ne m'ont approchée que pour m'attacher et me scotcher la bouche, j'ai besoin d'une douche, si quelqu'un pouvait me ramener chez moi...
Je suis très déçue de ne pas pouvoir vous aider davantage.

- Ne te tracasse pas, nous partons chercher Pauline et Jean-Phi. Un policier va te ramener ; je vais prévenir Bertrand et lui dire d'aller chez toi.
- Non j'ai perdu mon sac, mes clefs et mes papiers dans cette affaire, déposez-moi plutôt chez lui.
- Ton sac était jeté par terre dans la voiture de Jean-Phi. Nous allons te le rendre mais fais-en l'inventaire avant de le récupérer. Marine je te promets de ramener ta copine mais j'ignore dans quel état elle sera. Appelle Maïlys pour lui dire que tu vas bien si tu peux. Elle s'inquiétait pour vous tous.

Marine partit avec un policier vérifier et récupérer son sac au commissariat central pendant que les hommes s'engouffrèrent dans la voiture de Luc, toujours escortés par la fourgonnette noire. Ils suivirent les indications fournies par les analystes qui avaient continué à suivre la camionnette des kidnappeurs. Jusqu'à un moment où sortis de l'agglomération ils perdirent sa trace.
Les deux voitures tournèrent dans les rues cherchant des indices mais furent contraints d'admettre qu'ils avaient perdu la piste des agresseurs.

Démoralisés, les hommes retournèrent à Toulouse. Ils s'inquiètent pour leurs collègues et espèrent les retrouver en vie.

- Nous devons fouiller dans leurs dossiers afin de trouver un lien entre leurs deux services. Je suppose qu'ils les voulaient tous les deux autrement l'un ou l'autre aurait été relâché en même temps que Marine.

Arrivé au bureau, Luc envoie un sms à Maïlys craignant de la réveiller avec un appel téléphonique.
« *Marine libérée, va bien, chez Bertrand ce soir.* »
A sa surprise, elle répond aussitôt :
« *OK merci, Pauline et Jean Phi ?* »
« *Nous les cherchons, dors, je reste au bureau avec les gars, nous avons du travail. Sois prudente si on ne se voyait pas demain matin. Je t'aime.* »
« *Je sècherai demain matin au moins. Veux te voir. Je t'aime.* »
« *OK. Biz* »

- Bien il était pressé, où peuvent-ils bien être et pourquoi ? se demande-t-elle.

Il est six heures, elle n'a pas dormi et elle a froid, elle cogite mais tout se mélange, l'école, les profs, Fabien, Luc... Fatiguée, elle s'endort sur le canapé, enroulée dans une petite couverture.

Plusieurs heures après, elle est réveillée par la sonnette insistante. Elle regarda dans l'œilleton et découvrit Marine devant la porte.
Elle ouvrit et lui sauta au cou.
- J'ai eu tellement peur, est-ce que tu vas bien ?
- Oui je vais bien, ton mec m'a demandé de venir te voir parce que tu ne répondais pas au téléphone.
- Oh ! Il a dû rester sur vibreur et je n'ai pas entendu. Que se passe-t-il ?
- J'ai l'impression qu'un enlèvement de deux officiers de police n'était pas arrivé depuis des lustres. Ils ont tous l'air d'être sur les dents si j'en juge d'après ce que m'a raconté Bertrand. Ils cherchent mais sans savoir à qui ils ont affaire. Dans leurs vies respectives, il n'y a rien à trouver et au bureau ils sont du genre réglo, alors l'attente est compliquée. Sans indice, c'est le découragement qui s'installe au bureau.
Il ne l'a pas dit officiellement, mais d'après Bertrand, Luc lui aurait murmuré qu'il avait fait appel à des amis connus dans sa vie d'avant qui auraient fondé un groupe de sécurité. Il semble qu'ils auraient des moyens d'investigation très sophistiqués et il espère qu'ils pourront les aider, après tout, c'est de leur pote qu'il s'agit.
Je resterai avec toi aujourd'hui, vas prendre une douche pendant que je nous cuisine une bricole.

Quelle galère ces volets baissés, quand il y a un beau soleil vivre avec la lumière, c'est dingue ! bougonne-t-elle mais elle se garde de relever les rideaux.

Peu après, Maïlys revient, elle a encore les cheveux mouillés et a passé un jean et un pull.
- Je vais rappeler Luc, il a téléphoné une dizaine de fois sans laisser de message. Lui qui est perpétuellement inquiet...
- Allo, c'est moi, excuse-moi, je me suis endormie en laissant le répondeur. Quand rentreras-tu mon chéri ?
- Lorsque j'aurai récupéré Pauline et Jean-Phi. Attends, quelqu'un m'appelle....
Mes amis ont retrouvé et pisté la camionnette jusqu'au confluent de la Garonne et de l'Ariège, une zone naturelle protégée. C'est un coin de balade mais aussi marécageux. Je t'informerai aussi vite que possible mais croisons les doigts. Nous y allons !
- Je connais, c'est énorme à parcourir, vous en avez pour des heures...

Pendant que les deux femmes se rongeaient les ongles d'inquiétude, Luc et les hommes partaient ratisser ces six cents hectares de réserve naturelle. D'après les informations, le fourgon ne serait pas resté longtemps, le ou les corps n'ont pas dû être déposés bien loin de l'accès.

Un pacte sous condition

Luc est plus qu'inquiet, il n'imagine pas perdre son vieux compagnon, son frère, ils sont ensemble depuis dix ans et Jean-Phi est un type droit et solide, ils se sont mutuellement beaucoup soutenus.
Qui a pu faire ça et pourquoi ?
Insensibles à la beauté et au calme de cette belle réserve naturelle accessible au public, les hommes se sont séparés en équipes de trois pour parcourir les sentiers qui longent les mares et les étangs. Pauline et Jean-Philippe peuvent avoir été déposés sur terre mais aussi jetés à l'eau, Luc frémit à cette idée.

Tout à coup un sifflet retentit, c'est un signal. Les équipes convergent en courant et retrouvent deux hommes à genoux auprès de Pauline. Une Pauline presque méconnaissable encore entravée, bien amochée, rouée de coups et inconsciente.
Luc a les yeux secs mais il tremble de frustration, d'incompréhension et de rage : qui sont ces types pour s'en prendre ainsi à une femme désarmée ?
Il appelle le Samu afin que la jeune femme soit évacuée vers Rangueil, l'hôpital étant tout près.
- Luc reste avec elle, c'est une de tes amies, tu la connais bien et accompagne l'ambulance à l'hosto. Je prends le commandement de l'équipe si tu es d'accord. Nous repartons essayer de trouver Jean-Philippe, il ne devrait pas être trop loin, proposa Samuel. Je t'appellerai dès qu'il y aura du neuf.

Découragé, Luc hocha de la tête et ne répondit pas.
« Je dois garder l'espoir. Ils ont été séparés mais ils vont le retrouver. » se dit-il en rejoignant le parking pour attendre les pompiers.
Il appela Maïlys :
-	Maïlys, nous avons retrouvé Pauline. J'attends les pompiers mais reste à l'appartement ma chérie, nous ignorons toujours à qui nous avons affaire et visiblement, ils cognent fort sans qu'on sache pourquoi. Je t'en dirai plus dès que je saurai quelque chose. Voilà les pompiers, j'accompagne ta cousine à Rangueil. Je te laisse.

Luc et les pompiers partent en courant chercher la blessée puis Luc suivit l'ambulance, perturbé par l'incompréhension mais aussi soulagé de la savoir vivante bien que certainement mal en point. Ils peuvent espérer que cette histoire ne sera bientôt pour elle qu'un mauvais souvenir.
En revanche, il est tellement angoissé pour son frère d'armes, qu'il préfère ne pas y penser afin de ne pas s'écrouler.

Deux heures après, il fut rassuré sur l'état de Pauline. Elle a des côtes fêlées, elle est couverte de bleus, a les yeux pochés mais si son état est spectaculaire et qu'elle souffrira quelques jours, elle n'a rien de grave.

Elle a été mise sous somnifères afin qu'elle puisse récupérer, son état mental lui, restera à évaluer.
Luc rentra chez lui, pendant que les équipes cherchent toujours son ami.

En arrivant éreinté à son domicile, il est appelé par Samuel. Jean-Philippe a été retrouvé, à demi noyé au bord d'une mare, à l'écart des chemins dans les roseaux. A son avis, les voyous devaient espérer qu'il ne serait pas retrouvé rapidement, et mourrait de ses blessures. Les pompiers l'ont emmené à l'hôpital mais il est inutile de s'y précipiter, les médecins devront d'abord évaluer l'état du blessé. Ils le laisseront dormir s'il n'a rien de grave et rappelleront le numéro communiqué sur le dossier, celui de Luc, dès qu'ils auront posé un diagnostic.
L'équipe de recherche comme Samuel pensent qu'il vaut mieux pour la sécurité de Jean-Philippe ne pas dire qu'il a été retrouvé vivant, donc ne rien divulguer à personne, même en interne. Officiellement la recherche de Jean-Phi continue mais elle est interrompue pour le temps de repos de l'équipe.

Attendu par Maïlys, Luc se dirigea vers la chambre sans un mot et s'effondra sur le lit, épuisé, par cette succession d'émotions et la veille qui en a découlé. Il est près d'une heure de l'après-midi.

- Chérie, je suis navré mais il vaut mieux que tu n'ailles pas en cours bien que Samuel et son équipe aient retrouvé jean-Phi. Silence total, il ne faut pas que cela se sache car il reste vulnérable même à l'hôpital. Nous devons coincer ces types mais j'ai besoin de dormir un moment. Désolé. Dit-il la voix pâteuse avant de s'endormir d'un coup.

Les larmes aux yeux mais soulagée parce qu'ils sont vivants, Maïlys déchausse Luc et le recouvre d'un plaid afin qu'il n'ait pas froid puis elle va téléphoner à Estelle pour lui demander de prendre les notes des cours théoriques de la journée parce qu'elle a un empêchement.
- C'est grave ?
- C'est très sérieux. Je t'en parlerai lorsque nous nous verrons, pour le moment, officiellement je suis malade, je fournirai un certificat médical pour justifier de l'absence. Heureusement, tu ne verras pas Fabien cette semaine.
- Non cependant, je pense qu'il a été calmé.
- Bosse bien, je te tiendrai au courant.

Maïlys passa le reste de la journée à somnoler, lire, et travailler un peu le programme de ses cours en cherchant sur internet des compléments d'information.

A vingt-deux heures, Luc dort toujours profondément et n'a pas bougé. Elle se couche et s'endort sans que quiconque l'ait appelée.

A six heures le lendemain, elle est réveillée par Luc qui se lève.
- Tu as bien dormi ?
- J'en avais besoin, je me sens mieux. As-tu des nouvelles ?
- De qui ? Personne n'a appelé. Je suppose que tu en sauras davantage lorsque tu iras interroger les médecins. J'ai eu l'impression que Samuel t'avait bien aidé.
- Oui il est bon et je l'ai découvert. Il n'a pas aimé ce qui s'est passé et il a de bons réflexes. Je suppose que nous allons bien nous entendre. J'ai besoin d'une bonne douche, pourrais-tu me préparer un solide petit déj ? Je ne sais pas si les événements me laisseront le temps de déjeuner à midi. Ma chérie, j'exagère peut-être mais en fait je n'en sais rien, je préfèrerais que tu attendes en sécurité que nous bouclions cette affaire plutôt que d'aller en cours. Nous ignorons encore qui et pourquoi une équipe inconnue a tabassé Pauline et Jean-Phi mais j'ai mis des copains sur le coup et l'affaire devrait se conclure assez vite.
- Ne t'inquiète pas, je me suis débrouillée pour obtenir les cours et Marine me fournira un certificat médical pour couvrir mon absence. Je travaillerai ici

avec de la documentation trouvée sur internet et les notes d'Estelle.

Je vais te préparer quelque chose ce matin et veux-tu un sandwich pour midi ? J'ai repassé tes chemises hier, elles sont rangées dans ton armoire.

- Merci mon cœur. C'est la première fois qu'une jeune femme s'occupe de mon linge, ça me fait un drôle d'effet. Je veux bien un casse-croûte et un fruit si tu en as.

Il saisit Maïlys contre lui et la presse contre sa poitrine, la respirant comme s'il voulait fusionner, ne faire qu'un avec elle, puis il la relâche avec un soupir.

- Je vais devoir me dépêcher ma chérie, tu me fais du bien en étant là, murmure-t-il dans un souffle.

Luc prit une douche pendant que Maïlys vaquait dans la cuisine. Il la rejoignit peu après, rasé de près, la mine reposée et le regard clair, ce qui tranquillisa la jeune femme.

Elle servit une assiette d'œufs brouillés, de fromage et de toasts grillés ainsi que des fruits coupés en cubes mélangés à du fromage blanc qu'il dévora avec appétit.

Il terminait son repas en se servant une tasse de café lorsque son téléphone le surprit en sonnant.

Maïlys remarqua que la sonnerie est inhabituelle, Luc se leva un peu raide et s'éloigna l'appareil à l'oreille.

Il ne répondit que par monosyllabes, écouta le plus souvent et revint après avoir raccroché, l'air découragé, vaguement écœuré.

- Des nouvelles de Jean-Philippe ?
- Non ma chérie. Je… tu n'en parles pas, à personne, dit-il après un instant d'hésitation. J'avais un mauvais pressentiment et pour retrouver très vite Pauline et Jean-Phi après que nos services avaient perdu leurs traces, j'ai demandé de l'aide à des amis avec lesquels nous avions bossé avant. Ils ont l'avantage d'avoir des moyens que nous n'avons pas. Bref, ils ont retrouvé les voitures qui ont participé à l'enlèvement et ça se complique. Il se pourrait qu'il s'agisse d'une équipe de gars de chez nous. J'attends les photos et les enregistrements pour lancer les vérifications. J'ignore pour le moment la manière dont les événements tourneront et qui sont vraiment mes alliés. Je n'aurai pas le droit à l'erreur mais les copains me soutiennent et montent un dossier en béton. Ceux qui ont fait le coup n'en réchapperont pas.

J'espère que ce soir tout ira bien. Pense à moi et à nous, la journée sera difficile.

Luc récupéra le petit sac préparé pour lui, embrassa Maïlys et partit pour une journée qui s'annonçait compliquée.

17

Pendant le trajet, Luc réfléchit, découragé par les nouvelles qui lui avaient été données ce matin. Il espérait ne pas avoir besoin d'en faire état et il ignore comment sa hiérarchie appréciera la demande d'aide qu'il avait lancé la veille en voyant qu'ils ne déboucheraient pas avec les moyens techniques peu performants dont ils disposaient. La vie de deux officiers, ses amis, étaient en jeu et la démarche lui avait semblée justifiée. Sans cette aide, il est évident qu'ils les chercheraient encore et n'auraient aucune idée des coupables. Là, avec le dossier qui l'attend, il va lâcher une bombe dans les services et risque fort de ne pas en maitriser les effets.

Il est très inquiet lorsqu'il entre dans son bureau, rapidement rejoint par Samuel qui remarqua son air tendu, surpris qu'il lui demande de fermer la porte.
- Bonjour Luc, tu vas bien ? As-tu eu des nouvelles de Jean-Philippe et Pauline, il y a eu des

complications ? demande-t-il la mine tourmentée en s'asseyant face au bureau.

- Non, ils sont surveillés et entre de bonnes mains et Marine les suit de près car le pronostic vital de Jean-Phi est toujours engagé. Afin de soulager la pression dans son cerveau, il est question de drainer l'hématome sous dural en fin de matinée.

C'est notre affaire qui me préoccupe, j'ai un dossier à mettre en ordre et à dupliquer pour les patrons. Pourrais-tu m'aider s'il te plait mais surtout, garde tout pour toi et n'en parle à personne. Nos kidnappeurs font partie de nos effectifs. Nous devons les confondre et comprendre les raisons de leurs agissements.

- Quoi ? s'exclame-t-il en bondissant sur ses pieds. Ils ont failli les tuer et tu dis … J'espère que tu es sûr de toi. Dit-il atterré. Je suis incroyablement déçu, j'avais une belle vision des flics de ce bureau ! Sais-tu pourquoi ?

- Pour le moment non, j'ai la preuve de l'emprunt des véhicules mais il faut savoir qui a passé commande, les photos des plaques en bas de chez Marine, près du hangar et en stationnement à l'entrée du parc naturel et cerise sur le gâteau, une bonne vision du gars qui conduisait et de celui qui a eu envie de se soulager après avoir déposé Pauline et Jean-Philippe à l'espace naturel. Il avait gardé sa cagoule mais l'avait abaissée sous le menton pour fumer. On en a deux de certain, les autres sont plus flous, ils étaient au moins cinq mais les deux parleront peut-être.

- Merde ! Comment as-tu obtenu ces documents ? Ils doivent être irréfutables.

- Hier, j'avais un mauvais pressentiment et lorsque j'ai compris qu'avec notre matériel nous ne déboucherions pas. J'ai demandé à des amis de prendre le relai. Ils ont bossé et m'ont envoyé les résultats ce matin. Ils continuent de les pister, car je crains qu'ils cherchent à se venger de je ne sais quoi et s'attaquent à Marine ou Maïlys, elles sont sans défense et vulnérables.

- ça va faire du bruit et tu vas devoir justifier de la recevabilité des preuves.

- Les photos satellites sont numérotées et les appareils identifiés. C'est tout ce qu'il y a de plus officiel. L'embarras c'est qu'il s'agit d'une utilisation non officielle mais si le vent tournait pour moi, j'ai le directeur des services dans la manche et il a approuvé ma démarche. Je ne suis pas très inquiet même si je préfèrerais régler cette histoire discrètement.

- Le directeur des services d'où ?

- Je ne te répondrai pas, n'en demande pas plus, mais c'est un manitou intouchable.

- Je suis juste content de te connaitre et d'être ton ami, en cas de pépin je sais que tu remueras la

terre, le ciel et le grand manitou. Déclare Samuel pince sans rire.
Donne-moi ton dossier, en combien d'exemplaires ?
- Un suffira, pour dupliquer l'original merci. Je vais appeler l'hôpital et demander à notre patron de nous recevoir si tu veux en être.
- Je suis ton adjoint, je te soutiens donc j'en suis. Dis, ta femme pourrait peut-être nous filer quelques chouettes photos pour notre bureau. Cela nous changerait de ces posters déprimants dont les couleurs sont largement passées depuis les cinquante ans qu'ils sont pendus là. Pour notre moral chef, nous méritons mieux !
- Si tu veux, je n'avais pas remarqué les posters, mais tu as raison, maintenant que tu me les as montrés, ils sont vraiment moches et doivent être changés. Occupe-toi de ça lorsque tu auras un moment et demande à la compta s'ils ont un budget pour la déco. Maïlys t'offrira certainement les clichés mais le reste… Reviens vite avec ton dossier.

Samuel partit d'un grand pas élastique, Luc lui envia presque son dynamisme. Il donne l'impression qu'il va assister à une vaste blague or c'est grave, des fonctionnaires de la maison ont attenté à la vie de deux de leurs officiers pour des raisons inconnues en cet instant et Luc ignore qui est ou qui sont les commanditaires et leurs motifs.

Il s'assit lourdement, passa la main dans ses cheveux, hésita à appeler Maïlys parce qu'il a besoin de l'entendre mais renonça à se laisser troubler davantage. En revanche, il appela l'hôpital. Jean-Philippe est toujours aussi mal en point, maintenu endormi, il a un hématome sous dural à drainer et de l'eau dans les poumons et il faut éviter qu'une infection se déclare ! Il présente des fractures multiples, le bilan est impressionnant et c'est à sa vie que les agresseurs se sont attaqués, ils cherchaient sa mort. Pauline elle, sera réveillée en fin de matinée, elle est affectée à Toulouse depuis plusieurs années peut-être aura-t-elle reconnu une voix ou vu quelqu'un.

Pour leur tranquillité à tous, il semble essentiel à Luc que cette histoire aille jusqu'au bout, tout en protégeant ceux qui sont vulnérables et menacés.

Lorsque Samuel revint, ils allèrent tous les deux chez le commissaire principal où ils ont la surprise de voir le grand patron les rejoindre.

- Alors, à peine arrivé et vous mettez du bordel dans notre dispositif ! J'ai eu la désagréable surprise de recevoir un appel de Paris disant qu'il avait donné l'ordre de vous aider dans la recherche de deux officiers portés disparus. J'ignorais cela et je n'aime pas passer pour un abruti.

Un pacte sous condition

- Monsieur le directeur, hier, deux officiers et un médecin avaient été enlevés sans raison apparentes. Nous les avons cherché avec une équipe, le médecin a été assez vite retrouvé par nos gars mais nous avions perdu la trace des deux officiers de police, sans possibilité de les retrouver. Très rudoyée, la docteure Marine, ne pouvait rien dire des ravisseurs, c'était un dégât collatéral ce qui donnait de mauvaises perspectives pour les deux policiers. Nos moyens techniques étaient insuffisants pour nous aider et nous ne débouchions pas. Afin de gagner du temps, j'ai donc fait appel à quelqu'un que je connais bien et sous les ordres duquel, Jean-Philippe et moi avons servi. Il a compris l'urgence et a localisé l'endroit où selon toutes probabilités, se trouvaient les corps. Nous avons mis un peu de temps pour parvenir à les retrouver. Si Pauline était en mauvais état sur un chemin, Jean-Philippe avait été laissé pour mort à demi immergé dans un étang. Ils ont été évacués à Rangueil où ils sont en soins intensifs, le pronostic vital de Jean-Philippe étant toujours engagé, il sera opéré en fin de matinée afin de diminuer la pression sur son cerveau.

J'ai reçu ce matin les conclusions des enquêtes parisiennes et elles ne sont pas bonnes pour nous. Les kidnappeurs font partie de nos services. Nous avons les photos de la voiture, de la plaque d'immatriculation et des photos de deux des cinq hommes que je ne reconnais pas. Il faut les identifier, les interroger et les stopper. Surtout je ne comprends pas leur mobile, Jean-Philippe est arrivé récemment en même temps que moi et son parcours est impeccable. Voilà le dossier complet, afin d'éviter des fuites, pour le moment, vous et nous sommes les seuls à savoir.

Les deux patrons épluchent le dossier, soufflent et s'attardent sur les photos.
- C'est certains qu'avec ces appareils, il n'y a pas de contestations possibles. Je crois que la précision est au mètre près. Les photos sont très nettes, connaissez-vous ces gars ?
- Moi non, je vais appeler les RH.
Peu de temps après les noms des deux hommes sont connus et ils sont convoqués.
- Il nous faut une équipe discrète pour éviter qu'ils s'échappent.

Les deux hommes, convoqués à quelques minutes d'intervalles se retrouvent mis en accusation dans le bureau de leur patron. Les photos sont incontestables, ils savent qu'ils ont perdu et ils parlent.
Leur supérieur hiérarchique, un commandant et l'un d'eux, déçus de ne pas avoir obtenu les postes de Jean-Philippe et de Luc ont eu l'idée de mettre en

scène de mauvaises rencontres afin de libérer à nouveau ces emplois. Quelques billets à des policiers en quête d'un petit bonus ont suffi pour monter une équipe avec ce qu'il fallait de violence pour mettre les officiers à jamais hors course et Pauline qui avait refusé de sortir avec l'un d'eux, avait payé son refus. Le médecin était une erreur.

Le directeur est furieux :
-   Les vies de deux brillants officiers, vos carrières et vos vies privées fichues, pour des blessures d'amour propre, c'est n'importe quoi ! J'appelle le juge, vous serez inculpés d'enlèvements, coups et blessures avec préméditation sur un médecin et deux officiers de police et vous allez connaitre des jours moins roses. Murmure-t-il écœuré par l'indignité de ces hommes.
Il donna des ordres pour que le reste de la bande soit interpellé et interrogé avant d'être conduit au tribunal, menottés comme des prévenus ordinaires.

Lorsque les présumés coupables quittèrent le bureau, il est treize heures.
-   Luc, dit le directeur avant qu'il quitte le bureau à son tour, j'ai compris l'urgence et je passe l'éponge sur cette aide efficace extérieure au service, pour cette fois. Prévenez-moi si vous êtes contraint d'y avoir recours une autre fois.

- J'ai hésité à le faire mais je ne pouvais pas accepter la mort de mes amis pour des histoires d'équipements insuffisamment performants. Je savais où je pouvais aller frapper, je l'ai fait et je serais heureux si mes deux collègues ne s'en sortaient seulement qu'avec des ecchymoses et quelques os brisés mais je crains que le tableau soit bien plus noir.

Samuel qui n'avait pas ouvert la bouche lui dit en partant :
- Tu as agi dans le dos des patrons qui, pour des questions d'égo auraient sans doute refusé la demande d'aide et Jean-Phi n'aurait plus été parmi nous. Tu as bien fait.
- Et si nous n'avions pas abouti, j'aurais été viré… et toi aussi peut-être, c'est une certitude mais j'aurais su aussi à quelle porte nous aurions pu aller frapper.

Ils traversèrent des services et constatèrent que le silence se faisait sur leur passage. La rumeur les avait précédé et ils sont regardés avec méfiance par ceux qui ne savent rien et ne comprennent pas la situation mais ont assisté au départ de leurs collègues menottés mais la communication sur cette affaire n'est pas de leur ressort.

Il n'a rien d'urgent sur son bureau et décida d'aller à l'hôpital. Il passa chercher Maïlys et ensemble vont rendre visite à Pauline.

Elle arbore des couleurs stupéfiantes au visage, quelques bandes plâtrées à la cheville et au bras gauche et des attelles aux doigts mais elle dit immédiatement :
- J'ai reconnu la voix de l'un d'eux, c'est un idiot qui m'a lourdement collée il y a deux ans.
- Oublie ! Il est chez le juge et dormira probablement en prison ce soir. Son nom a été donné par un de ceux dont nous avions obtenu la photo, il a reconnu les faits mais tu pourras déposer plainte.
- S'il m'a tabassé parce que je lui avais dit non, c'est grave !
- Non, c'est parce que tu as fait passer ce don Juan pour un abruti auprès de ses copains ! Ce qui n'est pas mieux.
- Si une association s'emparait du sexisme dans notre boite, je suppose qu'elle aurait du boulot pour remettre toutes les pendules à l'heure ! Comment va Jean-Phi, personne ne me dit rien.
- Il est toujours en soins intensifs mais il s'en sortira, il faut y croire. Il lui faudra sans doute un peu plus de temps qu'à toi. Il a séjourné dans l'eau et en a un peu respiré et avalé. Il est surveillé pour le cas où une infection se déclarerait.

Un pacte sous condition

De quoi as-tu besoin ?
- De rentrer chez moi, de prendre une douche, de manger correctement et de voir mon mec. Je crois que c'est à peu près tout pour l'instant.
- Nous ne pouvons rien faire pour toi alors, mais nous pouvons t'assurer que tu ne risques plus rien et que tu peux te détendre en attendant de pouvoir sortir.

La vie reprit son cours, Jean-Philippe va mieux, Marine, Maïlys et Luc se méfient, regardent bien autour d'eux qu'ils ne soient pas suivis mais tout semble s'être calmé.
Luc avait repris ses activités ordinaires après que des explications eurent été données aux personnels des services. L'implication incontestable de deux officiers et de policiers secoua les personnels qui firent preuve de soutien envers l'équipe de Luc et Samuel, restée une journée muette, dans la désagréable situation d'être seuls contre tous.

Maïlys, munie d'un certificat médical justifiant son absence a rejoint les bancs de son école.
Fabien son maitre de stage lui a bien fait une remarque un peu acerbe sur son absence mais elle a préféré ne pas relever.
Estelle l'a harcelée pour savoir ce qui s'était passé, elle est restée assez vague puisqu'elle a promis de

ne rien dire à quiconque, ce qui ne satisfait pas la curiosité de la jeune femme.

- Je nous croyais amie, lui lance-t-elle sur un ton de reproches.
- Oui, mais ça ne me concernait pas et j'ai dû rester confinée chez moi. Je regrette, je suis ton amie mais j'ai l'interdiction d'en parler.
- OK, bon tu m'en diras trois mots plus tard. Notre Fabien avait l'air perturbé par ton absence.
- Tu rêves, il a été prévenu de mon indisposition et m'a fait des réflexions pas très sympas.
- Je t'assure que je n'ai pas rêvé, il m'a demandé plusieurs fois ce que tu avais et n'a pas cru que je n'en sache rien.
- Franchement, ses états d'âme ne me perturbent pas, il ne faudrait pas qu'ils gênent le stage, c'est tout. Nous verrons !

Deux semaines après, Jean-Philippe récupérait lentement de ses blessures, son moral semblait bon malgré sa colère d'avoir été dans l'incapacité de préserver Pauline. Il était absolument stupéfait d'apprendre l'identité des inculpés et les raisons pour lesquelles ils s'étaient attaqués à eux.

« L'envie à cause d'une promotion et un non à des avances… pense-t-il en secouant la tête, c'est à désespérer du genre humain ! »

Un pacte sous condition

Son moral est au beau fixe depuis qu'il reçoit, après les soins du matin, la visite de Pauline toujours hospitalisée. Ils passent une grande partie de la journée ensemble, à discuter, jouer aux échecs, regarder un film à la télévision ou lire. Ils sont bien ensemble même lorsqu'ils n'ont rien à partager à haute voix, lorsqu'ils somnolent ou se reposent en se tenant la main. Leur présence mutuelle, le contact, l'échange d'un regard ou d'un sourire leur suffit. Ils sont heureux d'être simplement là, l'un près de l'autre.

Ce soir après diner, Luc est appelé sur son portable. Il a l'air surpris par ce qui lui est dit, répond qu'il est rentré chez lui directement du bureau peu après vingt heures et vient de terminer de diner avec sa compagne qui l'attendait. Il écoute attentivement ce qui lui est dit et raccroche, l'air soucieux, les épaules basses, le dos un peu voûté.
-        Que se passe-t-il ?
-        Le commandant impliqué dans l'enlèvement de Jean-Phi était sous bracelet électronique. Il a été abattu ce soir, alors qu'il sortait ivre d'un bar près de chez lui. Il semblerait que quelqu'un dans une voiture attendait qu'il soit seul pour l'achever. L'inspection vérifie à qu'elle heure j'ai quitté le bureau et se demande si j'ai quelque chose à voir avec cette affaire.
-        Mais pourquoi toi ?

- Ils cherchent le tireur appelé « Vengeur » depuis des mois et aimeraient bien avoir la réponse à leur questionnement. Il leur faut un coupable et ils imaginent que j'aurais pu vouloir venger Jean-Philippe.
- Mais ce n'est pas toi, n'est-ce pas ?
- Non ma chérie, je te promets que l'idée ne m'est même pas venue et je ne ferais rien qui soit susceptible de nous séparer.

J'ignore à quel moment exactement, il a été abattu, mais ils vont chercher et trouveront facilement l'heure à laquelle j'ai quitté le bureau. En revanche je ne peux pas justifier de mon heure d'arrivée ici mais il y avait peu de circulation et j'ai dû mettre un quart d'heure, vingt minutes tout au plus.

Ne nous inquiétons pas trop mon cœur, ce qui est sûr c'est qu'un de ces deux crétins n'est plus là pour s'expliquer devant le juge, même s'il avait déjà tout raconté lors de son interpellation à ceux qui l'ont interrogé et au juge qui a décidé de le mettre sous bracelet. J'ai entendu dire que son épouse, désapprouvant ses actions, était partie avec leur fils rejoindre sa famille près de Paris, le laissant se débrouiller seul et que son moral étant au plus bas, il était ivre mort la plupart du temps.

- Je trouve inquiétant de savoir qu'un ange ou un démon, mon idée n'est pas arrêtée, veille près de nous et élimine des sujets susceptibles de nous inquiéter : Kévin, cet officier... ça commence à faire beaucoup... Connais-tu quelqu'un qui t'apprécierait au point de supprimer les éventuels gêneurs ?

-    Ici dans cette région non, nous connaissons les mêmes personnes et ma vie est plutôt tranquille, mais j'ai rencontré beaucoup de monde depuis que j'ai quitté la fac.
-    C'est tracassant.
-    Que feras-tu demain ?
-    Nous serons en stage avec Fabien. Il devrait nous emmener en reportage pour un journal local dans le Lauragais où nous devrons rencontrer les opposants à l'autoroute Castres-Toulouse. Nous partirons avec Fabien qui nous récupèrera à l'école vers 14 heures mais nous ignorons à quelle heure nous reviendrons, je t'appellerai pour te prévenir.
-    Tu seras avec Estelle ?
-    Oui, c'est ce qui est prévu, ne t'inquiète pas pour nous, j'ai l'impression qu'il n'y a aucune ambiguïté avec Fabien depuis que nous nous sommes expliqués.

Le lendemain, Estelle était absente et Maïlys partit seule en reportage, conduite par le journaliste.
Fabien lui expliqua ce qu'il voudrait obtenir et demanda à son élève de prendre des photos pendant qu'il interrogera les personnes avec lesquelles il a rendez-vous.

- Je te laisserai faire mais je voudrais des photos qui fournissent de l'information éventuellement qui la confirment. Peut-être faudra-t-il aller les chercher là où nous ne sommes pas attendus. Tu fouineras pendant que j'interrogerai les gars qui campent.
- Fouiner… c'est légal ce que vous me demandez de faire ?
- On n'obtiendra pas d'information en ne restant qu'en pleine lumière, quelquefois il faudra faire les poubelles, aux sens propre et figuré.

L'idée fait grimacer Maïlys même si elle admet que le journaliste ne peut se contenter des informations officielles et être amené à creuser sous la surface pour obtenir des indications sur la réalité.

- A propos, poursuit-il, j'ai entendu parler du Vengeur et comme cela semble toucher certains de tes proches, ce serait bien que tu te charges de ce dossier. Il pourrait valider ton stage.
- Nous ne savons rien de ce qui se passe et j'ignore quels renseignements je pourrais obtenir.
- Tu couches avec le principal suspect, obtiens des confidences sur l'oreiller, enfin tu as compris…
- Fabien, Luc n'est suspect de rien et n'a rien à se reprocher. Si vous me demandez de trahir la confiance que mon compagnon m'accorde, je préfère démissionner. Il n'est pas question de faire quoi que ce soit dans son dos, d'autant plus que nous n'échangeons pas sur ses affaires de bureau… Quant

à le qualifier de principal suspect, vous allez vite et fort. Luc n'a rien fait et ces accusations sans preuves pourraient se retourner contre vous !

Ce qui déclencha un rire moqueur de la part de Fabien. Elle croisa les bras et en vient à regretter de l'avoir trouvé sympathique et de s'être engagée auprès de lui.
- Ma belle, tu veux devenir journaliste alors tu dois avoir à l'esprit que tu dois obtenir des informations en utilisant tous tes atouts.
- Le journalisme éthique et ses règles, vous connaissez ?
- Oui comme les autres, je connais mais quand il faut déboucher sur un dossier, tous les moyens sont bons parce que si tu n'oses pas, un autre agira à ta place. Fais comme tu veux mais je veux ces infos autrement tu auras perdu ton année.

Maïlys s'interroge et se demande si elle est capable d'agir aussi sournoisement qu'il le suggère. Elle préfère se dire qu'elle tentera de s'informer de manière classique en interrogeant les enquêteurs et l'entourage des victimes, mais peut-être refuseront ils de lui répondre.

18

Le trajet se passa sans un mot de plus. Maïlys est pensive mais elle sent par moment le regard scrutateur de Fabien posé sur elle. Il l'agace et la met mal à l'aise et elle trouve que ses demandes semblent peut-être légitimes mais à son avis, tous les moyens ne sont pas bons pour obtenir des résultats et elle n'a pas l'intention de renier ses valeurs.

« Autrement, c'est donner raison à tous les harceleurs et aux violeurs si pour obtenir un poste, un papier ou quoi que soit, il faut passer par le canapé ou les confidences sur l'oreiller. Quelle vision du métier il me transmet, si le milieu est aussi corrompu, je ne corresponds pas au modèle recherché par les maitres de stage... mais peut-être est-ce lui qui se trompe et la fille qui a déposé plainte n'avait peut-être pas tort ?

- Je t'ai donné du grain à moudre ?
- Je réfléchissais dit-elle en glissant discrètement la main dans sa poche de veste. Je vais essayer et je ne garantis pas que je resterai jusqu'à

la fin de l'année mais si je devais claquer la porte, tout le monde saurait pourquoi.

- Et se moquera de toi.
- Je m'en fiche, j'ai une certaine idée de mon entourage et des attentes à l'égard de mes maitres de stage et des enseignants de l'école, ce serait dommage qu'elles soient déçues. Le mouvement « Me too » pourrait être intéressé par mes découvertes. Je pourrais commencer à creuser le sujet tout en avançant à ma façon sur celui que vous m'avez demandé de traiter…c'est-à-dire chercher des infos sur le Vengeur.
- Je ne t'ai pas demandé de t'appuyer sur ces mal baisées de « Me too », je veux que tu bosses seule en utilisant tes atouts.
- En clair vous faites bien uniquement allusion à mes compétences professionnelles, n'est-ce pas, vous ne me demandez pas de coucher pour soudoyer quelqu'un qui détiendrait une information ?
- Tu fais comme tu le sens et tu prends s'il le faut, les moyens nécessaires pour faire parler ton mec ou un autre sur l'oreiller après avoir accepté une baise d'enfer.
- Merci d'avoir repréciser votre pensée. J'avais donc bien compris la première fois.
- Je sais que tu n'es pas idiote mais je vais être encore plus clair. Je ne refuserais pas un gros câlin si tu voulais absolument valider ton stage.

- Je vous ai déjà dit non Fabien, je pensais que vous aviez compris, vous n'êtes pas idiot...
- Tu sais qu'il n'y a que les idiots qui ne changent pas d'avis et se serait gagnant-gagnant.
- Fabien, vous êtes un bel homme encore jeune, vous jouissez d'une réputation de bon professionnel, pourquoi agissez-vous ainsi ?
- Par flemme, je n'ai plus envie de sortir pour lever une nana dans un bar ou ailleurs or j'ai des besoins comme n'importe qui, par manque de temps aussi et certainement parce que je n'ai plus d'illusions sur la vie à deux.
- De là à vous transformer en harceleur...
- Eh, je ne te harcèle pas, je te propose un marché, tu prends ou tu laisses.
- Cela fait deux fois et j'ai déjà refusé, il y a tout de même de l'abus de pouvoir.
- Non, de mon point de vue, il n'y a qu'un marché, gagnant-gagnant ou perdant-perdant.
- Avec un stage validé ou non.
- C'est le prix du marché, à prendre ou à laisser et j'aimerais beaucoup que tu l'acceptes.

Ils ne disent plus un mot jusqu'au chantier autoroutier contesté par des associations de riverains et des groupes écologistes.
Ils vont trouver les responsables du rassemblement, Fabien ordonne à Maïlys d'aller faire son boulot.

Elle est désarçonnée par la logique pervertie de Fabien et comprend combien les plus jeunes peuvent être embarrassées pour refuser, leur scolarité étant clairement mises en péril si elles n'acceptent pas de se soumettre. Il faut dire qu'il y a de nombreux étudiants et peu de maitres de stage, la concurrence est rude et pervertie. Comment en est-on arrivés à un tel cynisme de la part de ceux qui détiennent le pouvoir de décision ? Que sait la direction et que cautionne-t-elle ?

Elle repoussa ses soucis et ses interrogations et se dirigea vers des jeunes gens et des femmes munis de panneaux et de banderoles.
Elle est souriante, décontractée et interroge les manifestants, tout se passe bien jusqu'à la question,
- Jusqu'où êtes-vous prêts à aller ?
Selon l'âge et les responsabilités exercées, les réponses varient, les mères de familles ne peuvent pas perdre leur emploi et se montrent plus prudentes que les étudiants ou les lycéens emportés par leur idéalisme. Certains messieurs, plus âgés et soutenus par leurs syndicats admettent prendre des risques professionnels et espèrent qu'ils seront rapidement entendus par les décisionnaires de la région.
« J'ai de l'info mais pas de scoop, il n'y a rien de nouveau là-dedans. »

- Auriez-vous une information spéciale à me proposer ? Le parcours final est-il connu ?
- J'ai appris par un collègue que les travaux de l'autoroute seraient poursuivis malgré les oppositions locales. Pour des raisons économiques, anti écologiques, il faut désenclaver le Lauragais qui rejoindrait ainsi la deuxième couronne de Toulouse mais pour la protection de la nature et des territoires agricoles nous pensons….

Elle écoute et note et prend des photos de ceux qui acceptent.

Pendant que le petit groupe, appelé ailleurs s'éloigne, Maïlys écrit tout en pensant que ce qu'elle a récolté comme information était déjà une évidence… Elle est un peu déçue et rangeait son calepin dans sa poche, lorsque quelqu'un attrape par derrière ses deux bras et l'immobilise fermement :

- Nous envisageons des opérations de sabotage, murmure un homme à son oreille. Elle sursaute, l'échine parcourue de frissons à cette belle voix de basse qui résonne en elle et fait battre son coeur. Ne te retourne pas. Veux-tu couvrir une action ? Tu es seule à savoir à part certains d'entre nous, alors nous saurions te retrouver en cas de fuite inopportune.
- Je suis en stage de première année de journalisme, c'est à mon patron qu'il faut le demander.

- Non, il est connu, c'est un margoulin, c'est à toi que la couverture est proposée. Si tu es OK, en venant de Toulouse, gares-toi à la sortie de Montastruc demain à vingt et une heures. Qu'as-tu comme voiture ?
- Une corsa blanche.
- OK, j'y serai, sois à l'heure ou cela se fera sans toi. Prend un appareil photo et une caméra si tu peux et porte des vêtements foncés. J'ose espérer que si ça tournait mal, tu saurais courir vite.
- A l'école, ma spécialité est la photo, pas la course à pied et je n'ai pas de matériel vidéo performant.
- Viens avec ce que tu as, nous avons besoin d'une couverture photo qui ne soit pas trafiquée.
- Vous savez que je ne suis qu'en première année.
- Tu as besoin de faire connaitre ton nom, tu viendras et s'il y a des bavures, tu auras un scoop. A demain, belle Maïlys. Compte jusqu'à dix avant de te retourner !

Maïlys entendit son interlocuteur s'éloigner à grands pas. Revenue de sa surprise, elle se retourna pour apercevoir plus loin, des hommes discuter avec d'autres, son contact ferait-il partie de ce groupe ? Elle retrouva Fabien qui terminait avec l'homme interrogé et lui demanda si elle avait quelque chose d'intéressant. Elle secoua la tête et le suivit vers la voiture.

- Pff… Ce contact ne m'a rien dit que je ne savais pas déjà, se plaignit-il. As-tu du neuf ?
- Non, j'ai pris des notes et quelques photos, rien de bien intéressant. Y a-t-il des gens violents parmi eux ?
- J'aurais aimé le savoir mais non, ce sont de bons pères et mères de famille, des jeunes désœuvrés persuadés de faire la révolution. Zut, je pensais qu'il y avait quelque chose de plus. Ce genre de chantier attire des personnalités plus déterminées d'habitude, plus décidées à se battre et quelquefois formées à la guérilla. Je cherchais ce genre de manifestants, mobiles qui n'ont pas plus peur des affrontements que de leurs conséquences. Là tu aurais pu faire du bon boulot à les suivre.
- Vous vouliez que j'aille me mêler aux batailles ?
- Non, lorsque tu couvres ce genre d'événement, tu restes à l'abri, tu prends des photos, tu filmes si tu as un appareil, tu interroges des gens si tu peux mais c'est compliqué sauf s'ils sont blessés. Tu as un œil extérieur et tu donnes de l'info mais tu vis des moments forts. Tu ressens des poussées d'adrénaline, de peur, de joie parfois mais pendant ces temps, ce que tu vis est intense !
- Et à qui je remettrais ce travail ?

- A moi si tu es avec moi, ou lorsque tu seras seule, tu le vendras aux plus offrants.
- Je peux le donner aux flics ?
- Pourquoi faire ? Tu bosses, tu te fais payer et tu essayes de ne pas prendre de coups. Le boulot des flics est d'appréhender ceux qui sortent des fourches caudines de la loi. Vos objectifs ne sont pas identiques et en principe, les renseignements territoriaux ont eu les infos avant toi et sont déjà sur place quand tu arrives. C'est pourquoi il vaut mieux porter un badge de presse.
- A quoi ça ressemble ?
- Regarde dans le vide poche, tu dois en avoir un ou deux. Prends un brassard, il pourrait te servir un jour, tu me le rendras quand tu auras terminé ton stage. Tu devras l'avoir au bras, bien visible, d'une certaine façon il te protègera.

Maïlys trouva les brassards, elle est songeuse. Elle a le choix et ne sait pas comment se déterminer. Elle exerce son métier qui est de rapporter de l'information sur une opération illégale.
« Pourrais-je être arrêtée et incriminée puisque je ne sais pas où, à quel lieu et à quelle heure les opposants causeront des dégâts ? En plus, je suis seule à savoir qu'il se passera quelque chose. Quel risque prendrais-je si je le faisais savoir et si j'étais

retrouvée plus tard par cette bande ? Ils ont compris qui est mon maitre de stage, ce serait facile. »

Elle hésite, ne peut pas en parler à Fabien qui l'encouragera à prendre des risques et peut-elle en échanger avec Luc ? Ne risque-t-il pas de lui couper les ailes en refusant tout net de réfléchir à sa participation par peur qu'elle soit blessée ?

- Que se passe-t-il ? Tu es muette, demande Fabien.
- Je m'interroge sur l'utilité d'une sortie comme celle de ce soir.
- Pour avoir de l'info il faut sortir et rencontrer les gens concernés, on ne gagne pas à tous les coups pourtant j'avais eu un tuyau. Il devait y avoir des gars un peu extrémistes qui mijoteraient de sales coups. Ils sont connus pour leurs actions violentes et spectaculaires mais personne ne sait de qui il s'agit. Ils sont très doués et leurs attaques font du bruit. Ils se déplacent beaucoup en Europe mais tout le monde ignore tout de leurs financements et ils sont difficiles à localiser. Personne ne sait rien parce qu'ils sont très méfiants et mobiles. J'adorerais les suivre quelques semaines mais mon projet a fait flop. Termine-t-il désabusé.
Où veux-tu que je te laisse ?
- Au métro cela ira, merci.

Il la regarda avec un air de reproche.
- Si je voulais ton adresse, je n'aurais aucun mal à l'obtenir, tu sais.
- Je sais mais j'ai besoin de faire une coupure en rentrant chez moi.
- Maïlys, ne réfléchis pas trop, agis !
Il se gara près de la station de métro située près d'un supermarché et du périphérique.
- Sois prudente, à bientôt.
Sans répondre, Maïlys lui adressa un signe de la main et s'éloigna.
Elle a toujours la main sur son téléphone. Elle a enregistré la conversation un peu dingue qu'ils ont eue. Si ses affaires tournaient mal, elle détiendrait des preuves de ses avances mais elle a le sentiment qu'il lui a parlé d'un système installé où les plus forts soumettent les plus jeunes, sans se poser de questions et sans se demander si c'est très moral et sans s'inquiéter des dégâts qu'ils font chez ces jeunes.
« Avant cela, je dois savoir si je vais ou non demain soir, observer une bande violente manifester son opposition au projet autoroutier et s'en prendre aux installations en cours de construction pour leur donner un espace d'expression. Et comment faire accepter mon absence à Luc ? »

Finalement, Luc lui annonça que le lendemain, il travaillera de nuit et préoccupé, se coucha tôt, sans s'intéresser à sa journée. Il s'endormit aussitôt alité, Maïlys dans le salon, l'entendit doucement ronfloter. Elle écouta à nouveau l'enregistrement de l'après-midi et le transféra sur son ordinateur.

Puis elle repensa aux échanges de l'après-midi et s'interrogea sur les conditions que lui a fixé Fabien. Elles sont on ne peut plus claires, elle doit coucher avec lui pour valider son stage, il n'y a pas d'alternative autre que celle de quitter l'école.

La colère et la déception l'envahissent. Elle en a assez de ne pas avoir le choix et d'être obligée de vivre à condition d'accepter, d'obéir, de coucher, d'agir comme attendu. Tous les hommes qu'elle côtoie veulent d'elle quelque chose qu'elle ne veut pas donner et ne font ce qui est espéré d'eux qu'à condition qu'elle se soumette et le plus tordu, c'est bien Fabien !

Elle décida d'enregistrer l'entretien de la journée sur plusieurs clefs USB, une est destinée à Estelle, l'autre à Pauline et la dernière à l'école.

Elle fait précéder le contenu d'un court message expliquant qu'elle partait sur un reportage demandé par Fabien mais que les propos tenus dans l'après-midi lui avaient parus inadmissibles. Si elle ne revenait pas de son expédition, il faudrait agir vite et à plus grande échelle afin d'arrêter les prédateurs qui menacent les étudiants avec des pratiques érigées en système devenu une sorte de norme incontournable.

Ses enveloppes préparées, elle se coucha à son tour et s'endormit rapidement malgré son inquiétude.

19

Le lendemain matin, Luc dormait toujours lorsqu'elle partit pour l'école. Elle avait réfléchi une partie de la nuit, réveillée par un mauvais rêve et ce matin, elle a laissé Luc dormir bien qu'elle l'ait contemplé un moment dans un silence confortable.

« Je suis folle amoureuse de Luc et je ne saurais plus m'en passer mais pour autant, il ne peut pas m'empêcher d'agir même pour mon bien. Si je le réveillais pour lui dire que ce soir je pourrais rentrer tard, il argumenterait et insisterait pour savoir ce qui me retiendrait et m'empêcherait de faire ce que j'ai prévu. Je lui enverrai un message lorsque je serai sûre qu'il sera occupé par son service et ne pourra pas se mêler de mon reportage. »

Après les cours, elle passa du temps à écrire à Estelle et à Pauline pour expliquer le contenu des clefs USB. Puis elle fit la même chose pour la directrice pédagogique en précisant qu'à la demande de

Fabien, elle partait pour un reportage de nuit dont elle ne cerne pas les risques qu'elle encourra.

Pour le cas où elle ne reviendrait pas de son équipée et pour l'informer, elle explique son ahurissement devant les attentes que Fabien a de ses stagiaires. Elle laisse à l'école le choix de prévenir l'intéressé et la police car sa culpabilité dans l'affaire précédente est évidente compte tenu de sa conception de la formation des étudiantes qui lui sont confiées.

Pour sa part, elle fera le reportage attendu selon ses propres exigences et refuse de passer par un quelconque canapé pour obtenir un diplôme.

A son retour, elle prendra un rendez-vous afin d'envisager ou non la rupture de sa formation selon que l'école cautionnera ou non son formateur.

Maïlys relit son courrier, le scelle, l'adressa à la directrice pédagogique et le déposa dans la boite courrier du secrétariat en espérant que la mention « Personnel » arrêtera l'assistante.

Après avoir emprunté une caméra qui lui permettra de faire des prises de vue de nuit, elle va à pied, déposer les enveloppes destinées à Pauline et à Estelle et se dépêche de récupérer sa voiture en espérant ne pas croiser Luc.

Elle roula pensive pendant la trentaine de kilomètres jusqu'à Montastruc par la route, elle a le temps et elle réfléchit au texto qu'elle enverra à son Luc chéri.

Arrivée sur la petite aire de parking près de l'entrée de l'autoroute, elle rédigea le message qu'elle enverra plus tard, lorsque son contact sera arrivé :

« Mon chéri, je suis en route vers un lieu inconnu avec un homme dont je ne sais rien sinon qu'il a une belle voix de basse. Je suis envoyée pour mon stage vers un groupe qui pourra je l'espère m'expliquer les motivations qui le pousse à agir comme il le fait. En principe, je serai revenue demain matin.

Ne m'en veut pas mon chéri, je ne cherche pas à t'inquiéter mais j'ai besoin de suivre le parcours qui est le mien en essayant d'être aussi prudente que possible. Je ne t'ai rien dit hier afin de ne pas nous disputer pour rien.

J'ai eu hier, la confirmation que les intentions de Fabien sont loin d'être louables et qu'il n'est pas seulement animé par un désir de former des jeunes au métier de journaliste. J'avais enregistré notre entretien dans la voiture, mais je ne disposais que de trois clefs USB, j'en ai déposé une dans les boites aux lettres de Pauline et d'Estelle qui sauront qu'en faire et la troisième dans celle de la directrice pédagogique de l'école en croisant les doigts qu'elle prendra les bonnes décisions.

J'ignore combien de temps me prendra ce déplacement mais en principe, je rentrerai demain avant que tu te réveilles.

Je t'embrasse aussi fort que l'amour que je ressens pour toi. M. »

Elle relit son texte et satisfaite s'apprête à ranger son téléphone lorsqu'elle entend taper à sa vitre. Un grand barbu en combinaison une pièce noire l'attend. Elle fait signe et envoie son texto puis descend en prenant le matériel emprunté à l'école.
L'homme le saisit sans un mot pendant qu'elle fermait sa voiture puis elle se tourna vers lui.
- Bonjour Maïlys, tout va bien ?
- Bonjour, j'espère que je saurai me débrouiller et que vous ne serez pas déçu.
- A ce qu'on dit, vous êtes une artiste de talent, que faites-vous à courir après le scoop et une bande de fous ?
- Comment savez-vous que je suis intéressée par la photo ?
- Avant d'inviter quelqu'un, on se renseigne. Permettez-moi un conseil, ne restez pas seule avec les gars. Restez près de moi ou de Léo, mon adjoint que je vous présenterai, vous poserez vos questions en notre présence. Pour votre sauvegarde, évitez les hommes, ils ont la réflexion un peu courte mais ils agissent très vite.
- Ce que vous dites n'est pas rassurant.
- Vous ne devez pas être rassurée, d'autant plus que personne ne sait comment ces opérations

peuvent tourner. Restez près de nous et faites votre job et si je vous dis de courir, courrez sans discuter.

Il est interrompu par le téléphone de Maïlys qui ne cesse de bipper et de sonner.
- Répondez.
- Non, c'est mon compagnon. Je lui ai dit que je partais en reportage et il n'a pas dû aimer ne pas pouvoir m'ensevelir sous ses habituelles recommandations.
- Je comprends qu'il s'inquiète, si vous étiez ma femme, je vous aurais attachée au pied du lit pour vous éviter de prendre des risques.
- Je l'adore mais son désir de m'éviter toutes les contrariétés et le moindre risque est un peu lourd parfois.
- Il tient à vous, cela l'excuse…
- Je ne lui en veux pas, c'est un homme vraiment formidable et j'ai beaucoup de chance.
- Donc nous allons essayer qu'il n'arrive rien de fâcheux à l'amoureuse de cet homme formidable. J'aimerais que quelqu'un un jour m'évoque dans les termes où vous l'avez fait pour lui.

Après, environ deux heures de route, la nuit est tombée. Ils s'arrêtèrent devant une ancienne bergerie en pierres sèches, une odeur de viande grillée la fait immédiatement saliver. Elle ignore où ils se trouvent mais il peut s'agir du Lot ou de l'Aveyron. Ils sont passés par des petites routes et elle n'a pas réussi à se repérer.

- Où sommes-nous ?
- Le but était que vous n'en sachiez rien. Suivez-moi et souvenez-vous de tout ce que je vous ai dit.

Maïlys prit son appareil photo en bandoulière et porta la caméra en bout de bras. Elle n'a pas emprunté la plus grosse, elle cherchait un appareil plutôt léger et sensible pour filmer de nuit.

Ils contournèrent la bergerie et aperçurent un groupe d'une trentaine d'hommes, assis autour d'un feu, en tailleur sur le sol, des assiettes à la main, pendant que d'autres s'occupaient des grillades délicieusement odorantes.

La conversation s'interrompit et un silence de plomb occupa la place.

La lumière provenant du feu est chiche mais ils ont tous repéré qu'une femme arrivait parmi eux.

- Les gars, je vous présente la journaliste qui va nous faire un chouette reportage ce soir. Vous n'aurez pas à vous en occuper, vous avez tous une mission à remplir et un objectif à atteindre. Vous faites votre boulot et vous filez sans vous retourner au rendez-vous où nous vous retrouverons Leo et moi.

Nous nous chargerons de la journaliste et nous la ramènerons ensuite à sa voiture.

- Tu as faim, ma jolie ? J'ai une assiette prête. Demanda l'homme qui s'occupe du gril.
- Prend l'assiette, donne-moi la caméra, laissez-nous une place près du feu, s'il-vous-plaît. Léo, vient que je te présente. Voilà, la journaliste qui va filmer et prendre des photos avant de rédiger un beau papier. Mettez un fil élastique entre nous trois, que personne ne lâche les autres, surtout si l'ambiance se mettait à chauffer, compris ? ajoute-t-il à voix à peine audible.
- Tu lui as dit ?
- Elle sait ce qu'elle a à savoir pour ce soir, le reste on verra plus tard. Dépêchons-nous de diner, j'ai hâte d'en avoir fini. Veux-tu du café ?
- Oui merci. C'est votre groupe d'opposants ?
- Il n'est pas à moi mais j'ai été chargé de les encadrer pour cette opération.
- D'où viennent-ils ?
- D'Europe, il y a toutes les nationalités d'Europe mais ils sont tous en rupture et en recherche d'adrénaline.
- Quel est votre objectif ?
- Vous n'en saurez rien, contentez-vous d'ouvrir les yeux et de décrire ce que vous voyez, observez les bavures policières si vous en constatez, filmez et prenez des photos. Soyez objective, décrivez soigneusement ce que vous voyez, pour cela il faudra bouger vite, en restant avec nous et déguerpir si l'on

vous en donne l'ordre en gardant vos appareils. Nous ne devons surtout pas être pris.
- Je vais essayer.
- Il faudra faire plus qu'essayer, ma belle. Nous avons besoin de toi et de ton reportage.

L'ordre est donné d'embarquer dans les véhicules. Quelqu'un, Léo tient Maïlys par le coude pour la guider dans la nuit noire maintenant que le feu a été éteint par un seau d'eau. Les hommes disparaissent tous dans un impressionnant silence. Des ronronnements de moteurs résonnent et diminuent ; à leur tour, ils quittent la bergerie, sans précipitation, ils savent ce qu'ils font.

Les deux hommes assis devant, sont vaguement tendus et silencieux. Pas un mot n'est échangé et elle ignore vers quelle destination ils roulent mais est-ce important ? D'une voix basse, presqu'un murmure, Maïlys décrit ce qu'elle constate et ce qu'elle fait la bouche près de son téléphone.

Environ une heure après, ils s'arrêtent en pleine campagne, à l'abri d'une haie. La nuit est noire sans lune.. Un silence lourd, presque inquiétant pèse sur les alentours, rien ne bouge. Elle coupe l'enregistrement lorsque Leo lui reprend le bras pour la conduire en silence à travers champ vers un lieu éclairé presqu'a giorno, le contraste est violent. Elle réalise qu'il s'agit d'un vaste chantier et arme son appareil photo.

Ils s'approchent, passent des barrières métalliques déplacées, venu d'elle ne sait où, un coup de sifflet strident crève le silence, des plaintes se font entendre pas loin avant que des tirs claquent et que des lampes éclatent en milliers d'étincelles. Elle prend des photos de cette sorte de feu d'artifice. Elle saisit la caméra quand des grognements se font entendre, Maïlys aperçoit des silhouettes immobiles être trainées dans un coin par d'autres ombres, et les suit avec son appareil. Leo l'emmène plus près, afin qu'elle puisse filmer et photographier les gardiens de l'endroit, attachés ensemble et bâillonnés près d'une cabane de chantier.

Ils ne bougent pas, sans doute assommés, murmure-t-elle, elle ne peut pas imaginer qu'ils aient pu être supprimés pour la seule raison qu'ils gardaient le site. Elle prit des photos et suivit Léo.

Plus loin, dans la lumière chiche qui a été conservée, des ombres s'agitent, elle filme avec la petite caméra, zoome sur le tableau d'ensemble brutalement éclairé par de puissants projecteurs, quand des cris résonnent et que les ombres au lieu de fuir, font face avec détermination à une déferlante d'hommes casqués et une gigantesque bagarre s'en suit. Maïlys, prend des photos, filme et se déplace sans s'en rendre compte, tirée et poussée par Léo, jusqu'à ce qu'il saisisse sa main et la force à courir.

- ça suffit, vite à la voiture !

Ils sont suivis, elle ignore si c'est un gendarme ou un des hommes du groupe et où est passé son chauffeur le grand barbu ?

Elle butta sur un caillou et aurait durement chuté si un bras solide ne l'avait pas rattrapée.

- Je te tiens, cours ! Ne t'arrête pas !

Après ce qui lui parut une éternité, ils se retrouvèrent à la voiture qui démarra sur les chapeaux de roue, tous feux éteints.

- Ouf, on les a semés, déclara une voix à peine essoufflée.

Maïlys elle, peine à retrouver son souffle et ses esprits perdus dans la course poursuite.

- On rentre. Maïlys as-tu tes appareils et as-tu tout filmé ?
- Oui mais j'ignore ce que je pourrai en tirer.
- Ne t'inquiète pas, nous nous savons.
- Vous attendez un compte-rendu ou un article plus complet ? Que sont devenus les hommes du groupe ?
- Ils ont été pris la main dans le sac d'explosifs, par les autorités, nous saurons demain si certains en ont réchappé mais il y avait au moins deux

gendarmes pour un opposant ce soir, sans doute davantage.

- Comment ont-ils su que le groupe mijotait quelque chose ?
- On ne peut pas savoir, il suffit qu'un gars confie sur l'oreiller à sa copine, les intentions du groupe.

On te ramène à ta voiture. Pourras-tu rentrer seule chez toi ? Nous te suivrons de toute façon aussi n'hésite pas à le dire si tu préfères que je conduise ta voiture.

- Je n'aime pas conduire la nuit, si cela ne vous ennuie pas, je crois que je préfèrerais. En ville ça ira mieux.

A Montastruc, ils retrouvèrent la voiture et le grand barbu la reconduisit sans même qu'elle ait besoin de lui donner son adresse, jusqu'au pied de son immeuble, ce qui accroit sa confusion. Comment ont-ils eu son adresse ? Elle n'a pas tout à fait compris leur rôle ce soir. Elle a le sentiment que ces deux hommes étaient responsables de l'opération de sabotage mais qu'ils avaient conduit le groupe dans une sorte de guet-apens tendu par la police tout en s'occupant d'elle. Qui sont-ils vraiment ? Elle est fatiguée et troublée par ce à quoi elle a participé, elle n'ose pas poser les questions qui la taraudent. Arrivés à destination, le grand barbu lui rend les clefs de sa voiture et la prit par les épaules d'un geste familier.

- Merci ma belle, je saurai à qui faire appel dorénavant et salue ton compagnon chanceux de ma part ! Je te recontacterai pour les films et les photos mais tu pourras les utiliser pour ton reportage. Tu as toutefois une obligation de flouter les visages des forces de l'ordre tu le sais, n'est-ce pas ?
- Oui, merci pour la conduite. A bientôt.

Le grand barbu se penche et l'embrasse sur la joue.
- Je te recontacterai assez vite.

Les deux hommes repartent pendant qu'elle fermait son véhicule après avoir pris ses appareils et remontait chez Luc qui attendait, le téléphone à la main.
- Elle est là, à demain. Où étais-tu bon sang, tu ne répondais plus, ma chérie, ne me fait plus ça ! Que s'est-il passé ?
- Je ne sais pas, je crois que je n'ai pas tout compris et le grand barbu qui m'a ramenée m'a dit de te saluer de sa part.
- Quoi ? Viens m'expliquer, je ne saisis pas. Reprend à partir du moment où tu m'as écris. J'ai eu envie de te donner une fessée en lisant ta lettre mais nous nous expliquerons plus tard.
Veux-tu boire quelque chose ? As-tu faim ?
- Non merci, Léo et le grand barbu se sont occupés de moi.

\- 	Léo et... Pas possible ! Dis-moi tout. Déclare-t-il enfin calmé.

Elle s'expliqua à partir de sa journée de la veille, ils se couchèrent à cinq heures mais tout était maintenant clair entre eux.

Elle est fatiguée mais Luc est heureux, sa femme dans ses bras.

« Elle n'est plus seule... et nous sommes bien accompagnés ! »

20

Le lendemain est un vendredi, Maïlys se réveilla seule vers midi, elle déjeuna et demanda au secrétariat de l'école un rendez-vous car elle ne veut pas prendre de décision concernant la poursuite de sa scolarité sans en avoir d'abord échangé avec la directrice pédagogique et elle doit rendre les appareils empruntés.

Elle croisa Estelle qui commence par lui reprocher d'avoir coincé ce sale type seule.
- L'entretien n'a pas été sanglant et j'ai tout enregistré à son insu, comme tu l'as entendu. J'ai eu l'impression qu'il était dans un monde parallèle dans lequel la norme est que ceux qui ont du pouvoir assouvissent les plus jeunes ou les plus faibles. J'ai envoyé une clef à la directrice et je vais de ce pas la rencontrer et peut être me faire virer car j'ai écrit que je refusais tout abus de pouvoir.
- Tu seras soutenue, la promo, filles et garçons réunis, a décidé de t'accompagner. Ils ont tous

entendu l'entretien et sont en colère. L'école ne pourra plus fermer les yeux et laisser les étudiants se débrouiller seuls. Allons-y.

Estelle escorta Maïlys, attendues au secrétariat par le reste de la promotion.
- Je vois que vous avez prévenu les étudiants, remarqua la directrice pédagogique sur un ton pincé.
- Non madame, c'est moi qui l'ai fait. Maïlys a trop de respect pour s'autoriser une telle entorse à la bienséance. Pas moi. Etant son amie, nous partageons le même formateur et nous avons parlé de ses façons d'être avec lui déjà. Il savait que nous n'adhérions pas à ses pratiques d'un autre âge, mais il a persisté. Il aura mérité ce qui lui tombera dessus et j'espère que l'école soutiendra les étudiants.
- Evidemment la direction a déjà déposé une plainte et j'aimerais comprendre pourquoi vous êtes partie seule en reportage alors que vous n'êtes qu'en première année.
- Je suis partie une journée avec Fabien mais il avait semble-t-il, été écarté par le groupe d'opposants qu'il souhaitait filmer. En revanche, le groupe avait demandé ma présence. J'ai fait la remarque que je ne me sentais pas prête mais Fabien avait fait de ce reportage une condition pour que le stage soit poursuivi. Je n'avais donc pas vraiment le choix.

Il y a eu une grosse échauffourée entre les opposants et les forces de l'ordre et l'on m'a aidé à fuir. J'ai rapporté les appareils empruntés et j'ai gardé les films. J'ai besoin de connaitre vos intentions quant à la poursuite de ma formation parce que je ne souhaite plus travailler avec Fabien qui considère l'école comme son terrain de chasse personnel.

- Nous avons recruté une journaliste de télévision qui vous prendra en stage. Vous avez des films qu'elle vous aidera à traiter. Vous la rencontrerez demain avec Estelle. Pour les autres, si vous rencontrez des difficultés du genre de ceux qui se sont produits avec Estelle et Maïlys, il est évident que vous devez nous en informer très vite. Une communication à l'ensemble des étudiants et aux professeurs sera faite. Merci Maïlys d'avoir eu le cran d'agir. Si vous décidez une action en justice, l'école vous suivra.

- Je ne pense pas qu'il y ait matière à judiciariser, les faits se sont limités à des propos tendancieux, certes extrêmement clairs dans les intentions. Ce sera pour Fabien un bon coup de caveçon, en revanche l'étudiante qui avait été déboutée par la justice avait sans doute raison.

- Quoi que vous décidiez, nous vous suivrons et sachez que nous sommes navrés pour cette affaire.

Les étudiants repartent satisfaits, un virage a semble-t-il été pris par l'Institut de formation.

En rentrant chez elle, Maïlys reçu un appel de Pauline qui exigeait d'avoir des informations à propos de la clé USB reçue.
Les deux jeunes femmes s'expliquèrent et Pauline fut satisfaite de constater que sa protégée avait réagi et avait même réussi à piéger un prédateur. Elle donna des nouvelles de Jean-Philippe et d'elle-même, le couple va mieux Pauline sortira en début de semaine prochaine et Jean-Philippe dans une dizaine de jours si tout continue de bien aller.

Maïlys est heureuse, tout lui sourit maintenant, aussi est-ce l'âme en fête qu'elle rentra préparer un petit diner pour Luc.

Elle ouvrit la porte de l'appartement avec sa clef et accrochait son manteau lorsque des voix basses qu'elle ne reconnut pas parvinrent à son oreille.
- Luc, es-tu là ? demande-t-elle en entrant dans le salon.
Elle a la surprise de trouver installés dans les fauteuils, le grand barbu de la bande et un autre homme, peut-être Léo.
- Comment êtes-vous entrés ? Que faites-vous ici ? Luc vous connaitrait-il ? demande-t-elle stupéfaite.

- Bonjour Maïlys, nous avons la clef, nous nous reposions après deux jours agités et Luc est notre frère. Il a l'habitude de nous héberger.
- Je croyais qu'il n'avait pas de famille et qu'il avait vécu chez Claude et Paul. Je ne comprends plus rien et que faisiez-vous avec cette bande ?
- C'est vrai aussi. Il ne t'a rien dit ?
- Pff… Je suis moi aussi fatiguée, la nuit a été courte et la journée difficile. Avez-vous besoin de quelque chose ? Dinerez-vous ici ?
- Nous dormirons sur le canapé et dans la chambre d'amis comme d'habitude, si tu veux bien et si tu nous offrais un casse-croûte ce serait sympa.
- Mais… et hier, où êtes-vous allés après m'avoir déposée ?
- Nous avons dû bosser encore un moment et nous avons dormi sur place. Ne te tracasse pas, c'est moins agréable et confortable qu'ici mais nous avons l'habitude. Tout s'est bien passé pour toi ?
- Oui, je n'ai pas de souci. Il faudrait me dire quels sont vos liens avec cette bande de poseurs de pétards.
- Ah ma belle, tout de suite les questions auxquelles nous ne pouvons pas répondre. Dis-toi que nous sommes les gentils. C'est toi l'auteure de ces photos ? Elles sont superbes ! Je comprends Luc quand il dit que tu es une artiste mais que fais-tu dans cette école de journalisme ?

-   Je suis inscrite pour une formation en photographie d'art et photo reportage parce que l'art ne nourrit pas régulièrement l'artiste. J'étais en stage avec Fabien, un reporter que vous connaissez un peu mais il va avoir des soucis avec l'école et je vais changer de professeur, c'est une journaliste de télé qui va prendre le relai. Elle a accepté de m'aider à traiter les films d'hier soir.

Le bruit de la clef dans la serrure l'interrompt, elle se tourne vers Luc qui arrive.
Il la prend dans ses bras avant de saluer ses amis.
-   Tu vas bien mon cœur ? Tout s'est bien passé ?
-   Oui, je ne me suis pas si mal débrouillée, je te raconterai. Tes amis t'ont-ils dit que j'avais passé la soirée d'hier avec eux ?
-   Non mais je m'en suis douté lorsque tu m'as parlé de Léo et du grand barbu. Il va falloir m'expliquer dans quoi vous avez entrainé ma femme, les gars.
-   Elle nous a bien aidé mais elle va devoir copier les films pour nous en donner un exemplaire assez vite. A aucun moment elle n'a été menacée et elle a bien couru lorsque la nécessité nous a obligé à le faire. La soirée s'est bien passée et sans doute ferons-nous appel à elle à nouveau.
-   Je ne tiens pas à ce que Maïlys aille courir en compagnie des bandes d'activistes.

- Mon frère, nous nous occuperons d'elle, tu nous connais.
- Justement ! marmonne-t-il.

Ce qui déclenche un éclat de rire des trois hommes. La jeune femme, un peu dépassée, les abandonne et se dirigea vers la cuisine où un poulet et un gratin ont dû cuire dans le four programmé ce matin avant qu'elle parte.
Ils pourront rapidement passer à table.

Elle remet le four en marche afin de réchauffer le diner pendant qu'elle mettra la table pour quatre.
Elle n'a pas encore compris qui sont les deux amis de Luc et se promet de lui poser la question plus tard.

En cours de diner, Pierre, l'ami barbu, s'adressa à Maïlys :
- Je ne sais pas si tu connais bien ton prof Fabien mais méfie-toi de lui, c'est un drôle d'énergumène qui a tendance à se servir toujours en premier. Tu risques des déconvenues.
- J'ai réglé le problème. Je ne suis pas très fière de la manière dont je l'ai fait mais il m'a mise en colère et je l'ai piégé.
- Oh, raconte !
- Il courait le bruit à l'école qu'une étudiante avait été contrainte de coucher avec lui l'an dernier mais que sa plainte pour viol insuffisamment

circonstanciée n'avait pas été retenue pour qu'il puisse être jugé.

Avec moi, il exigeait deux choses : que Luc avoue sur l'oreiller qu'il était bien « le Vengeur », car tous les indices pointeraient vers lui et la seconde, que je couche avec lui afin qu'il valide mon stage. Dans la voiture, j'ai réussi à l'enregistrer alors que je lui faisais répéter ses propos pour être sûre de bien comprendre ses agissements et j'ai envoyé une clef usb à l'école, à une amie qui l'a diffusée auprès de la promo et à ma cousine Pauline qui travaille au commissariat central, avant de partir hier soir pour notre rendez-vous. Fabien est définitivement radié des effectifs des formateurs de l'école et celle-ci aurait déposé plainte contre lui. Je doute que cette action l'empêche de continuer à commettre quelques méfaits mais il ne sera plus à l'école où il y a de très jeunes gens vulnérables qui ne méritent pas de tomber dans les mains de prédateurs.

- Pourquoi t'a-t-il parlé du Vengeur ? demande Pierre.
- Il avait parait-il des informations qui convergeaient toutes vers Luc, aussi avait-il sauté sur la conclusion d'une culpabilité, évidente pour lui.
- J'espère que tu n'as pas besoin des confidences de ton mec pour le câliner au lit. Lance en riant Léo à Maïlys qui s'éloigne pour ranger la cuisine et préparer la table du petit déjeuner. Tu es

vraiment soupçonné Luc ? ajoute-t-il à voix plus sourde.

- Je suppose que les services ont vérifié mais ils n'ont rien trouvé à me reprocher, je l'aurais su depuis. Comme de nombreux services sur le territoire, ils se demandent si c'est un homme qui agit seul, plusieurs ou un solitaire et des imitateurs.

- Heureusement que certains se chargent du nettoyage, on est plutôt mieux sans certaines fripouilles. Remarque Léo à mi-voix.

- Nous n'allons pas en reparler, vous connaissez mon point de vue sur ce sujet.

- Bien, le diner était délicieux et la compagnie sympathique, mais je n'ai pas fermé l'œil depuis quarante-huit heures. Si vous m'excusez, je vais me retirer. Déclare Pierre.

- Veux-tu de l'aide pour finir de ranger la cuisine ? propose Léo à Maïlys qui revenait chercher les verres déposés sur la table basse du salon.

- Non, j'ai quasiment terminé, merci pour l'offre.

Léo rejoint Pierre et Luc en grande discussion à voix basse près de la chambre. Maïlys ne comprend pas ce qui se dit mais la discussion parait sérieuse aux tons des voix. Elle passe un dernier coup de torchon sur le granit de l'évier et se dirige vers le salon pour finir de le ranger avant que Léo s'installe dans le convertible pour la nuit.

En prenant son téléphone, elle s'aperçoit qu'elle a reçu un message de Fabien.
« J'aurais dû me méfier de toi, petite salope ! Je suis viré mais pas encore mort... Nous nous retrouverons bientôt pour mon plus grand plaisir. Je me réjouis à l'avance de ton inefficace résistance. »

Le cœur battant, elle se demande s'il s'agit d'une menace puis décide que ce message doit être porté à la connaissance de Luc, peut-être est-ce l'expression d'un dépit ou de la colère mais en cas de menace avérée, il y aurait là un début de piste.
Elle rejoint les hommes, son téléphone à la main.
- Oh, Il n'a pas aimé être enregistré, le loup sort du bois. Remarque Léo.
- Pensez-vous qu'il s'agit d'une menace ou simplement l'expression de sa contrariété ?
- Nous verrons bien ! Sois prudente et évite de rester seule, dis à Luc où tu vas et avec qui pendant quelques jours.
- C'est tout ?
- Eh oui, que voudrais-tu faire d'autre ?
- Je ne sais pas, je ne me sens pas tranquille.
- C'est une grande gueule, il va se calmer et changer d'obsession. C'est comme cela que fonctionnent ces types. Lorsque tu auras le nom de ta nouvelle prof, dis-le-moi, il se pourrait que je la connaisse, remarque Pierre.

- D'accord, merci et dormez bien.

Puis elle se rend dans la chambre qu'elle partage avec Luc.

Les trois hommes discutent encore quelques minutes à voix basses et se séparent.

Luc prend une douche rapide avant de rejoindre Maïlys. Il la prend dans ses bras et chuchote combien il est heureux avec la jeune femme contre lui.

- Je déteste ne pas te sentir contre moi lorsque je me couche. Ma chérie, j'ai oublié de te dire que j'avais reçu un appel téléphonique de Franck, le père de la petite Marie-Hélène. Tu sais que nous nous appelons de temps en temps. Il a repris son travail depuis quelques semaines et va bien et sa petite fille a retrouvé le sourire. Je pense qu'ils sont sortis de leurs problèmes. Rien n'est simple pour un papa célibataire mais il parvient à s'organiser avec l'aide d'une grand-mère qui demeure dans son immeuble.

- Merci mon chéri pour ces informations. Je pense à eux par moment et j'espère qu'ils arriveront à dépasser ce deuil. Je suis fatiguée, je dors déjà. Est-ce que je t'ai dit que je t'aime ?

- Non mais même si je le sais, j'aime t'entendre prononcer les mots. Dors ma chérie et ne t'inquiète de rien, je veille.

Un pacte sous condition

Aux premières heures du jour, lorsque tout dort, une ombre furtive s'éloigne rapidement de l'immeuble et se dirige à grands pas vers une voiture qui attend, phares éteints, le moteur ronronnant doucement.
Trois heures après, avant le lever du jour, l'ombre rentre dans l'immeuble et monte les escaliers d'un pas lent et silencieux. Avec la clef, elle entre sans un bruit dans un appartement où tout est éteint et dort puis elle se recouche dans un lit devenu froid après avoir enlevé les coussins qui simulaient une forme sous la couverture.
« Mission accomplie, nous pouvons tous dormir tranquilles. »

Luc se lève vers sept heures et prépare un petit déjeuner pour quatre, rejoint par Maïlys qui s'étonne que ses deux amis dorment toujours.
- Ils ont des vies agitées, laisse les se reposer encore un moment.
- Tu travaillais avec eux avant de venir à Toulouse ?
- Nous avons appartenu au même service pendant plusieurs années, mais nos missions n'étaient pas les mêmes. Je travaillais avec Jean-Philippe et je suis très content d'avoir pu en sortir. Que feras-tu aujourd'hui ?
- Rien de palpitant, j'ai des cours et avec Estelle, un rendez-vous à seize heures trente avec notre

nouvelle maitresse de stage pour une prise de contact. Je ne devrais pas rentrer tard. Léo et Pierre dineront-ils ici ce soir ?

- Je l'ignore et je ne suis pas certain qu'ils sachent eux-mêmes où ils seront et dans quels lits ils se coucheront, s'ils se couchent.

- Ils n'ont pas d'appartement ?

- Oui ils en ont un mais pas ici et j'ai l'impression que ça fait un moment qu'ils n'y ont pas mis les pieds. Peut-être te demanderont-ils de les aider à prendre des photos une fois encore. Je ne tiens pas du tout à ce que tu te mêles de leur travail parce que les risques sont grands pour eux comme pour toi.

- Je t'en parlerai Luc. Je n'oublie pas que je ne suis qu'en première année. Je ne voulais pas donner l'impression à Fabien et à mon école que je refusais une mission. Je voulais faire le job sans les à-côtés et prouver que c'était possible. Honnêtement, c'était une expérience intéressante mais j'ignore ce que je pourrai en faire.

- Tu verras ça avec ta nouvelle maitresse de stage.

- Je vais me préparer, tu sauras t'occuper de tes amis ?

- Oui ma chérie, je partirai pour être à neuf heures au bureau et si je ne les vois pas ce matin, ils sauront se débrouiller, ils ont l'habitude de l'appartement et celle de se gérer sans assistance.

Elle arrive un peu avant huit heures et demie pour assister au premier cours et rejoint Estelle.
- Tout va bien ?
- Oui, je vais bien même si j'ai mis mon copain à la porte.
- Oh ! Je suis désolée pour toi.
- J'avais des soupçons depuis quelques temps mais je l'ai surpris hier avec une gamine d'à peine vingt ans en petite tenue dans ma chambre. Nom mais quel toupet ! Je ne te cache pas qu'il y a eu quelques étincelles. Dis-moi pourquoi je tombe toujours sur des abrutis infidèles ou malhonnêtes ?
- Je ne sais pas te répondre, peut-être vas-tu trop vite ou confonds-tu passion et amour ?

A dix heures, la directrice pédagogique vient avertir la promotion que le photographe Fabien avait été victime d'un incendie chez lui pendant la nuit. Les pompiers avaient retrouvé son corps carbonisé dans son lit, il semblerait qu'il ne se soit pas rendu compte de ce qui lui arrivait. A priori, il se serait endormi, peut être après avoir bu, avec une cigarette allumée qui aurait mis le feu aux draps et à l'appartement.
- Amen, je ne le regretterai pas, déclare Estelle.
- Tu es dure ! C'est tout de même tragique, je ne l'appréciais pas, son comportement était détestable mais je ne lui souhaitais pas de mourir pour autant.

Dans l'après-midi, la police vint enquêter à l'école et les jeunes femmes durent se rendre dans le bureau de la directrice.

- Tu vas voir qu'il va falloir prouver que nous n'avons pas mis le feu à ses draps ! bougonne Estelle.

Deux policiers voulurent tout savoir des différents qui opposaient les deux étudiantes à leur professeur. Elles s'expliquèrent et durent détailler ce qu'elles avaient fait hier soir.

- J'ai fichu mon ex à la porte après l'avoir surpris avec une fille à peine majeure dans mon lit. Vous pourrez le pendre haut et court avec ma bénédiction si vous le croisez !

Ce qui fait sourire le policier.

- Après les cours hier, je suis rentrée chez moi où mon compagnon m'attendait avec deux amis de passage. Nous avons diné ensemble puis nous nous sommes couchés. Ce matin, mon compagnon a dû quitter l'appartement peu après moi, vers huit heures et demie pour être à neuf heures à son bureau. D'après lui, ses amis avaient du sommeil à récupérer et dormaient encore. En partant, j'ai aperçu l'un d'eux endormi sur notre canapé, l'autre était dans une chambre fermée.

- Pouvez-vous nous communiquer leur identité ?
- Moi non, je ne connais que leurs prénoms mais appelez mon conjoint au commissariat principal, il saura vous renseigner. Notez son numéro.

Madame, pour les obsèques de Fabien, l'école fera-t-elle quelque chose ?

- Nous ne nous sommes pas quittés en bons termes mais il est probable que nous enverrons une gerbe. J'ignore s'il avait de la famille et qui s'occupera de l'enterrement. Si vous le souhaitez, je vous préviendrai.
- Merci madame.
- Hé, ne me dis pas qu'après toutes ses propositions scabreuses, tu as l'intention d'aller pleurer sur sa tombe !
- Non bien sûr ! Cependant, c'était un homme et je pense que personne ne devrait mourir seul. J'ignore s'il avait des amis, je ne suis même pas certaine qu'il ait été très apprécié, bien qu'il soit un professionnel reconnu. Nous verrons, attendons les informations.

Pendant ce temps, le policier téléphonait à Luc qui répondit que la veille il s'était couché assez tôt, vers vingt-deux heures, avec sa compagne, après avoir diné et installé les lits de ses deux amis de passage. Ils dormaient encore lorsqu'il était parti mais à chaque

fois qu'ils viennent à Toulouse, ils profitent de leur congé pour dormir et se reposer, cette attitude est conforme à leurs habitudes, il ne s'en est pas inquiété.
- Seraient-ils ressortis pendant la nuit ?
- Je ne crois pas non, pourquoi faire, ils étaient fatigués. Ils ont des vies stressantes et profitent de leur rares moments de relâche entre deux missions.

Parce qu'il demande la raison de cet interrogatoire, il apprend alors que Fabien est mort dans l'incendie de son appartement la nuit dernière.
- Il se conduisait mal avec les étudiants qui lui étaient confiés aussi ne sera-t-il sans doute pas regretté. A part cela, je ne le connaissais pas et j'ignorais son adresse. Ma compagne et une autre étudiante avaient eu un différend avec lui parce qu'il leur avait fait des avances qu'elles avaient repoussées et avaient prévenu l'école mais je ne crois pas qu'elles n'aient jamais eu l'occasion d'aller chez lui. La première fois avec Estelle, il les avait reçues dans son studio photo, j'ignore si c'était chez lui, je ne m'y suis pas assez intéressé mais je ne pense pas. La direction de l'école l'avait radié des effectifs d'autant plus que la plainte d'une étudiante avait été mise en doute l'an dernier.
- Vos amis …
- Mes amis étaient crevés, ils se sont écroulés après le diner et ne connaissaient pas le professeur

de ma compagne. Elle en a un peu parlé à table mais c'est tout et ils n'avaient aucune raison de ressortir en dormant debout pour faire quoi ? Aller trucider un type qu'ils ne connaissaient pas parce qu'il avait fait des avances à ma fiancée qu'ils rencontraient pour la première fois ? Je ne crois pas non.
Leur métier ? Ils sont officiers supérieurs comme moi, il faudra leur poser des questions à eux si vous avez besoin de détails mais vous auriez tort de perdre votre temps avec eux. Ils ont des états de service irréprochables.

- Je cherche à comprendre, c'est tout.
- Oh je sais, mais pourquoi ne pourrait-il s'agir d'un accident ?
- Il prétendait ne pas fumer or c'est une cigarette qui a mis le feu au lit.
- Peut-être disait-il cela pour être en conformité avec les exigences du moment, comme ceux qui boivent en cachette pour ne pas avouer leur petit travers ? Je ne connaissais pas le bonhomme et ne l'avais jamais rencontré, je ne peux rien vous dire de plus !

La conversation s'arrête là mais Luc est inquiet. Ses amis, pas plus que lui, n'ont d'alibi pour cette nuit.
« Pourvu qu'ils ne se soient pas amusés à jouer aux justiciers pour éviter des soucis à Maïlys et à d'autres étudiantes ! »

Un pacte sous condition

L'idée le met mal à l'aise, parce qu'à courir après les filous, les terroristes et les détraqués de toutes sortes, la vie humaine finit par perdre de sa lumière et de sa valeur et il n'aimerait pas savoir ses amis tombés comme d'autres avant eux, du côté obscur de la vie.

21

Finalement, les obsèques ont eu lieu dans l'intimité. Fabien avait une sœur qui s'est occupée de tout et quelques rares journalistes sont venus assister aux funérailles. Maïlys a tenu à assister à la messe et Estelle a voulu l'accompagner. L'école n'était pas représentée. Personne dans l'assistance n'a mis en doute la cigarette, sa sœur ayant déclaré que le geste ressemblait à son frère et qu'il avait eu déjà un accident du même genre quelques années auparavant.
L'enquête a donc été suspendue.

Maïlys et Estelle se sont bien entendues avec Mathilde, la jeune journaliste qui les a acceptées en stage. Elle a aidé Maïlys à travailler les vidéos et à les dupliquer afin qu'elle puisse en remettre un jeu à Pierre et à Léo. Luc avait suggéré à Maïlys d'inviter Mathilde et Estelle avec Léo et Pierre, vendredi soir. « Peut-être préfèreront-ils travailler avec une journaliste chevronnée plutôt qu'avec une stagiaire qui a pour objectif la photo d'art. » se dit-il, ne sachant comment éviter ces soirées dangereuses à sa compagne.

Le soir arriva, Estelle et Maïlys ont préparé le diner et sont heureuses de savoir que Pauline et Jean-Philippe, Marine et Bertrand pourront se joindre à eux. A vingt heures, la sonnette retentit, Estelle qui taquinait Léo se tait puis dit d'une voix de petite fille :
- Je parie que c'est not' maitresse…
Effectivement, Mathilde rentre en brandissant une bouteille de whisky :
- J'ai choisi du bon, nous ne serons pas obligés de le noyer dans du jus d'orange ou des glaçons !
- Bienvenue chez Luc et chez moi, je te présente deux amis de passage, Léo et Pierre, le film est pour eux. Ne demande pas ce qu'ils vont en faire, ils ne le diront pas. Nous devons simplement nous contenter de savoir qu'ils en ont besoin, déclara Maïlys.

Mathilde commence à leur expliquer que pour ce genre de film de nuit, la caméra ne convenait pas, il est question de sensibilité de film et…
Pierre la coupa en lui disant que la prochaine fois, ils solliciteront son intervention à la condition qu'elle sache courir.
- Pas de problème, je concours en semi-marathon régulièrement avec mon frère et un cousin.

- Et tu t'autorises ce poison de luxe ? déclara-t-il en montrant la bouteille.
- Je suis sérieusement suivie mais j'ai le droit à un écart de temps en temps et franchement, mon intention n'était pas de rouler sous la table. Désolée de vous avoir donné cette impression.

Il ne manquait que Marine et Bertrand que Maïlys n'avait pas vus depuis quelques semaines.
Ils riaient tous ensemble, l'ambiance est bonne, quand les deux blessés encore en arrêt de travail sonnèrent à la porte. Pauline serra sa cousine dans ses bras avec beaucoup d'affection et d'émotion.
- Comment va Jean-Phi ? demande Maïlys en catimini.
- Mieux, il râle de ne pas pouvoir marcher plus vite mais j'ai compris comment faire pour le mettre de bonne humeur.
- Femme, ne raconte pas n'importe quoi, cela relève de notre intimité !
Le groupe qui avait entendu, éclata de rire.
Ils s'assirent et papotèrent de la santé des blessés, du stage de Maïlys et d'Estelle, de l'ambiance à la télé, du temps et… de tout et de rien.

La soirée passa vite, Mathilde avait fait l'unanimité et Pierre est tombé sous le charme de la jeune femme.

Léo lui, a été séduit par la vivacité d'Estelle qui n'a pas l'air de souffrir de son brutal célibat.
Ils envisagent ouvertement de se revoir quand ils seront installés à Toulouse. Maïlys apprit qu'ils sont en instance de mutation, ils quitteraient en janvier, le poste qu'ils occupent depuis plusieurs années pour rejoindre la ville rose. Jean-Philippe et Luc sont satisfaits par cette bonne nouvelle, leur bande se reconstitue plus étoffée mais il faudra encore patienter quelques semaines. En attendant, Leo, Pierre et leurs nouvelles amies échangent leurs numéros de téléphone sous l'"œil goguenard de Luc.

Ils se séparèrent vers une heure du matin, sans avoir vu le temps passer.
- C'était une soirée sympathique, je suis contente d'avoir vu Marine et Pauline, elles ont l'air mieux et Mathilde est très intéressante, je pense que le stage avec elle sera riche, elle est simple mais elle sait ce qu'elle fait. Maintenant il faut ranger…Pff…
- Laisse ma chérie, nous n'aurons que cela à faire demain !
Ils éteignirent la lumière et se dirigèrent vers leur chambre. Maïlys a l'impression que l'écho de leurs rires résonne encore dans la pièce. Elle est fatiguée ce soir mais elle s'est bien amusée.
Détendue contre Luc elle repense aux changements intervenus en quelques mois. Elle vivait à peine entre

Marine et Pauline et la voilà entourée comme elle ne l'avait jamais été par une dizaine de personnes sympathiques.

« C'est le bonheur » se dit-elle en déposant un baiser sur la poitrine nue de Luc qui, bien que déjà à moitié endormi, resserra son emprise sur sa taille.

La nuit bien entamée se termina bien. Vers dix heures, ils furent rejoints par Léo et Pierre qui rapportaient des viennoiseries.

- Pourquoi n'avez-vous pas dormi ici ?
- Vous avez besoin d'un peu de tranquillité et puis nous nous demandions comment échapper à la vaisselle, déclara Léo.
- Nous vous attendions pour ranger. Sans blaguer, j'ignore où vous allez pour dormir mais vous auriez pu rester.
- Nous allons devoir faire nos sacs car nous devons poursuivre notre tâche dans un autre coin. Si vous pouviez nous trouver un trois pièces que nous prendrions en colocation, ce serait sympa, dans un bon quartier, enfin vous voyez, plutôt calme et pas trop mal fréquenté. Nous devrions arriver pour Noël et commencer à bosser en janvier après une quinzaine de perm. Il se peut qu'on revienne d'ici là, tout dépendra de la manière dont nos affaires tourneront.
- j'ai hâte qu'elles se terminent, j'en ai un peu assez de courir après ces petits voyous. Bon j'ai signé

pour ça, je ne vais pas me plaindre ! Quand pourras-tu nous donner les vidéos ?
- Je dois en parler avec Mathilde mais dans la semaine sans doute. Pour quand vous les faudrait-il ?
- Nous partirons demain, elles ne seront pas prêtes. Remets-les à Luc, il saura nous les faire parvenir mais nous ne pouvons pas rester davantage, nous nous sommes déjà trop attardés… encore quelques semaines et le changement dans l'air sera bien mérité !

Les mois de novembre et décembre passent rapidement entre cours, stage et quelques sorties entre amis. Ils sont tous très pris et il suffit d'un grain de sable pour qu'ils ne puissent pas se voir.

Mathilde et Estelle semblent avoir de rares nouvelles de Pierre et Léo. Elles ignorent ce qu'ils font mais ils paraissent très occupés ou sont indisponibles.
Luc est toujours aussi discret à ce sujet mais il montra sa joie lorsque Jean-Philippe réintégra son service.
Le temps de convalescence avait beaucoup rapproché Pauline et Jean-Philippe et ils semblent maintenant faire des projets à plus long terme. En raison de la nature de leurs métiers, leur vie ne sera jamais très simple à gérer mais ils acceptent d'avoir d'autres priorités qu'eux-mêmes.

La surprise vient de Marine qui un jour invita les filles pour un après-midi « confession ».

Elles ne se s'étaient pas revues seules entre filles depuis septembre et la fin de l'année se rapproche à grand pas.

Assises sur le canapé dans le salon de Pauline, elles papotaient de leurs vies de couple quand Marine lâcha une bombe.

Bertrand et elle vont se marier parce qu'elle est enceinte. L'événement est un peu rapide, pas vraiment voulu mais ils en sont très heureux. Il est probable qu'elle devra changer de service pour avoir moins de stress à gérer et des horaires moins lourds mais elle se porte bien et elle est enchantée de cet imprévu.

Pauline et Maïlys l'embrassent et sont heureuses pour elle.

Le futur papa est perché sur un petit nuage de bonheur et il est persuadé qu'ils auront un petit garçon, en l'absence de certitude il peut rêver.

- Est-ce que je peux compter sur vous pour être mes témoins, les filles ? Le mariage aurait lieu peu avant Noël et nous partirions pour les fêtes, au soleil sous les cocotiers.
- Je ne crois pas que Luc ait prévu grand-chose et Jean-Phi et moi venons de reprendre, il n'est même pas improbable que nous soyons de garde pour les

fêtes ! Donne-moi tes dates assez vite que je puisse m'arranger avec les plannings.
Quoiqu'il en soit, je suis très contente pour vous.
- Je suis sûre que tu seras une maman formidable, si je n'étais pas à l'école pour encore plus d'un an, j'y penserais bien moi aussi.
- Luc a envie d'un petit lui ?
- Il ne m'a rien dit mais je pense qu'il n'y serait pas opposé, il m'a dit un jour qu'il aimerait avoir plusieurs enfants. Il s'est trouvé des frères autrement mais je crois que ce n'est pas tout à fait pareil.
- Tu dois terminer ce que tu as commencé et attendre encore un peu, profitez de votre vie à deux !
- Oui mais son boulot est une sacrée maitresse !
- A propos, qu'est devenue la fille qui lui a collé aux basques ces derniers temps, une Espagnole, agaçante au possible qui faisait le pied de grue et le suivait comme un toutou partout, l'obligeant à passer par les sous-sols pour repartir.
Oh non, à ta mine il ne t'en avait pas parlé ! C'est idiot, tout le monde est au courant, il ne pouvait pas imaginer que tu ne l'apprendrais pas. Déclare Pauline.
- Il ne m'a rien dit, répondit Maïlys atterrée, la voix étranglée. Qui est cette fille ?
- Elle prétend qu'elle a eu un enfant dont il serait le père en Espagne et aurait eu du mal à le retrouver.

- Quoi ? un bébé ! Mon Dieu, quel âge aurait cet enfant ?
- Je ne sais pas, Pourquoi ne t'a-t-il pas tenue informée ? Est-ce que ça va aller ?
- Je ne sais pas, un bébé cela remet tout en question, répond-elle d'une petite voix.
- Pas forcément, surtout si ce n'est pas son enfant comme il l'assure. Parle lui et fais lui confiance, c'est un gars droit.
- C'est bien pour cela que je m'inquiète, s'il a un enfant ailleurs, notre couple est fichu et l'Espagnole aura toutes ses chances.
- Tu n'en sais rien tant que tu n'auras pas éclairci cette histoire. A son âge, il a évidemment eu des copines et s'il ne l'a pas emmenée avec lui lorsqu'il est arrivé à Toulouse, c'est qu'il ne tenait pas à cette fille.
- Mais si elle a eu un bébé cela peut tout changer, je ne l'imagine pas abandonnant un enfant dont il serait le géniteur et ne pas le reconnaitre. Nous étions si heureux ! Pourquoi maintenant ? murmure-t-elle découragée. Les filles je vais vous laisser, je n'ai plus le cœur à m'amuser…

Maïlys s'en va vite, elle ne pleure pas mais elle est sous le choc, elle ignore comment elle est rentrée chez elle car elle a conduit sa voiture sans rien voir de ce qui l'environnait.

Lorsqu'elle arriva à l'appartement, Luc était déjà là, la mine inquiète.

- Tu sais … dit-il l'air accablé lorsqu'il la voit.
- Incidemment, Pauline m'a demandé ce que devenait l'espagnole qui te harcelait et a fini par dire qu'elle prétendait avoir eu ton enfant et avait eu du mal à te retrouver.
- C'est ce qu'elle prétend mais j'ignore si c'est la vérité. Je n'ai aucun souvenir d'avoir couché avec elle. Je vais t'expliquer mais tu ne dois pas partager les éléments de boulot que je vais devoir te dévoiler. J'étais en infiltration auprès d'un groupe franco-espagnol qui depuis des années, revendique de manière parfois violente l'autonomie de leur région à cheval sur la frontière. J'étais resté éveillé plusieurs jours au cours d'une opération pendant laquelle cette fille m'avait collé. De retour au camp, je me suis écroulé sur ma paillasse sans même diner et lorsque je me suis réveillé elle était avec moi, déshabillée dans le lit prétendant que nous avions couché ensemble. J'étais plus que surpris de n'avoir aucun souvenir de ma participation puis le jour même, je suis parti avec d'autres hommes car avec Jean-Philippe nous suivions un groupe. Je n'ai plus entendu parler de cette fille qui, si elle a eu un enfant aurait accouché l'hiver dernier, il y a presque un an. Il y a quinze jours, elle m'a demandé à l'accueil du bureau. Avec Jean-

Phi, nous avons pensé à un traquenard et c'est grave car elle avait réussi à faire le lien entre mon job et le groupe de semi-terroristes qu'ils sont et elle a trouvé mon nom et mon lieu de travail. Elle prétend avoir assez de la violence, vouloir me présenter son enfant et vivre avec moi puisque j'en serais le père.

Pour moi, il n'en est pas question, je ne suis pas obsédé par le sexe, je traite les filles correctement or là, si je me souviens de mon agacement devant son insistance, je ne me souviens pas d'avoir fait quoi que ce soit avec elle, c'est dire l'état d'épuisement dans lequel j'étais et je ne crois pas qu'une femme puisse réussir à violer un homme non consentant et profondément endormi. Un médecin m'a confirmé que si une femme inconsciente pouvait être violée, pour l'homme, la mécanique devait être soutenue un minimum par les pulsions et qu'endormi ou inconscient, cela ne pouvait pas fonctionner.

Comme c'est compliqué, j'ai préféré attendre d'en savoir plus pour t'en parler. Je ne voulais pas te troubler et il n'est pas question de remettre en cause notre vie à deux, je t'aime comme un fou, ma chérie, là je suis très sérieux !

Nous sommes très alarmés qu'elle ait réussi à remonter jusqu'ici, Jean Phi et moi travaillions sous couverture et il faut qu'il y ait eu une grosse fuite quelque part. Nous étudions aussi l'hypothèse où elle serait envoyée en mission par son groupe, afin d'éliminer ceux qui les auraient trahis, c'est-à-dire Jean-Phi et moi, et ce prétendu bébé serait un stratagème pour pouvoir nous approcher. Nous ne t'en avons pas parlé afin d'éviter que tu ne t'inquiètes pour rien, mais maintenant que tu sais, ma chérie, j'ai besoin de ton entière confiance. C'est très important pour moi.

- J'ai confiance en toi, le souci n'est pas ce que nous vivons mais même si elle s'est débrouillée pour avoir un bébé de toi, elle a des droits.

- Nous lui avons demandé d'aller chercher le bébé et nous ferons faire une analyse ADN. Si cet enfant était le mien, il serait né d'un abus qui serait impossible à prouver. Je pourrais être contraint par un juge de verser une pension à cette femme cependant, je n'ai pas l'intention de créer des liens avec le bébé.

- Il serait ton fils ou ta fille...

- Que je n'ai jamais voulu, conçu alors que j'étais inconscient avec une femme dont je ne sais rien hormis qu'elle appartient à un groupe terroriste et dont je ne me suis jamais volontairement rapproché. Il a été décidé qu'elle amènera l'enfant au bureau où Marine pratiquera les prélèvements sur le bébé, sur elle et sur moi. Nous devrions en savoir plus quelques jours après. Jean-Phi disait que pour nous protéger, nous devions nous marier civilement, qu'en penses-tu ?

- Je… d'un certain côté elle ne pourrait plus te harceler pour un mariage mais elle le ferait sans doute pour un divorce, pour que tu t'occupes de l'enfant, pour obtenir de l'argent, que sais-je. Un mariage ne réglerait pas les soucis.
Je t'aime, n'en doute pas mais je ne sais pas si j'ai envie que nous nous mariions contraints par les événements plutôt que pour l'amour que nous ressentons l'un pour l'autre. Il faut quoi, dix jours de publication, quinze pour obtenir une date et fournir le dossier. Elle sera sans doute de retour avant si elle est déjà partie chercher le bébé à la frontière espagnole. Deux jours devraient être suffisants… Et un Pacs pourrait s'annuler aussi vite qu'il serait conclu, il ne te protègerait pas. Je crois que nous devons faire front, serrer les dents et attendre le retour des prélèvements ADN. Il faudrait aussi que tu contactes un avocat, peut-être certains travaillent-ils avec ton service ? Dis-moi, veux-tu que je déménage le temps que cette histoire soit réglée ?
- Certainement pas ! Tu es ma femme et il n'est pas question que tu partes habiter chez je ne sais qui. Si tu as confiance en moi, nous arriverons à sortir de cette panade ensemble. J'ai tellement besoin de toi et de ta foi en moi, en nous. Je t'assure que je serais bien surpris que cet enfant soit le mien.
- Alors mon chéri, croisons les doigts. Sais-tu que Bertrand et Marine attendent un bébé ? Il parait

qu'il est fou de joie et persuadé que ce sera un garçon.

- Jean-Phi me l'a dit ce matin. Je serai tellement heureux que tu sois enceinte et qu'ensemble nous puissions faire des projets. Mais là, avec cette bonne femme, je ne fantasme pas du tout.
- Viens diner, dans quelques jours, ce devrait être réglé.

Malgré sa crainte d'un avenir compromis, Maïlys fait son possible pour rassurer Luc qui lui parait très affecté par cette affaire.

22

Quelques jours après, en sortant de cours à dix-huit heures, Maïlys est surprise par le froid. L'hiver est là et les congés de Noël commenceront dans quelques jours. Elle fait un geste à Estelle qui part vers la station de bus et se tourne pour aller prendre le métro quand elle est encadrée par deux hommes qui la saisissent par les bras et l'entrainent rapidement vers un véhicule arrêté au bord de la route. Maïlys se débat vigoureusement en criant mais elle est propulsée vers la camionnette ouverte et jetée à l'intérieur, puis indifférents aux témoins, les hommes reprennent rapidement la route.

Des étudiants qui stupéfaits ont assisté à l'enlèvement de la jeune femme se précipitent pour prévenir la direction de l'école, laquelle appelle immédiatement les contacts de Maïlys. Luc est aussitôt prévenu et quelques minutes après, il reçoit également une photo de Maïlys bâillonnée et attachée dans un fourgon envoyée de son téléphone portable.

Des policiers se sont portés volontaires pour la rechercher et essayeront d'obtenir une immatriculation de la camionnette si quelqu'un qui assistait à l'enlèvement a réussi à prendre une photo exploitable par les enquêteurs mais Luc n'a pas de doute, son intime conviction le conduit à penser que les ravisseurs ne sont nuls autres que la bande de terroristes.

Que lui veulent-ils ? Il est à peu près certain que le bébé n'existe pas.

Il prévient ses amis et son ancien service qu'il y a eu une fuite, parce qu'il ne comprend pas comment cette bande a obtenu son identité, son numéro de téléphone et l'adresse de son bureau. A partir de là, il était facile d'obtenir son adresse personnelle et de savoir qu'il vivait avec Maïlys. Luc suppose que l'histoire du bébé était un leurre pour l'occuper. A présent, ils détiennent sa femme et s'ils le veulent lui car il est évident pour lui qu'il se livrera contre la liberté de Maïlys.

Dans la soirée, Léo et Pierre annoncèrent leur arrivée ainsi que deux autres équipes avec lesquelles il avait travaillé. Ils sont huit à présent, mais n'ont encore aucune indication de l'endroit où est détenue la jeune femme.

Luc est rongé par l'inquiétude et n'arrive plus à penser sereinement, sa hardiesse voire sa témérité ont disparu noyées par l'angoisse pour la sécurité de Maïlys qui le submerge.

« Pourvu qu'ils ne soient pas brutaux et ne lui infligent pas de sévices. »

Il n'avait pas cette habitude et ignorait qu'il en était capable mais il se surprend à prier, il ne sait quelle puissance supérieure ou quel dieu protecteur mais avec ferveur, il demande du soutien pour Maïlys.

Vers vingt-trois heures, Léo reçut un texto :
« *Les 4 gars de la petite équipe sont arrivés au repaire 3 avec la femme en bonne santé mais terrorisée. On veille mais dépêchez-vous.* »

Léo appela Luc et les autres. Avec quelques renforts ils partirent pour la frontière espagnole. Le repaire 3 avait été situé près de Tarbes, dans un village endormi d'une vallée pyrénéenne. Léo et Luc y avaient séjourné trois jours avec une équipe. Il s'agit d'une ferme isolée, délabrée après des années d'abandon. Elle sert surtout à faire transiter des produits achetés moins chers en Espagne vers des acheteurs frontaliers demandeurs.

Sur place, Maïlys avait été confiée par ses kidnappeurs, à la garde de deux hommes plutôt jeunes, un peu déguenillés. Ils sont français et s'expriment dans cette langue alors que les autres hommes auxquels elle avait eu à faire échangeaient en espagnol ou en une sorte de patois local, Maïlys n'en sait rien, elle craint pour elle et ne comprend pas ce qu'on lui veut .

- Luc va arriver, murmure l'un d'eux à son intention. Restez calme et s'il y avait des tirs, glissez vous sous la paillasse qui est dans le coin. On essayera de vous protéger.
- Qu'est-ce que tu dis à la fille ?
- Elle veut aller aux toilettes, j'ai dit d'attendre.
- Ah ces filles ! Emmène-la mais garde la porte ouverte.
- Viens je vais couper tes liens mais ne tente pas de t'enfuir, tu serais abattue comme un chien. Pilar est furax que ton homme n'ait pas succombé à son charme, elle serait la première à tirer, dit-il assez fort pour être entendu par les autres.
- Elle est ici avec son bébé ? murmure-telle.
- Elle va revenir mais elle n'a pas d'enfant, c'était un leurre pour attirer Luc, répond-il en un souffle.

Un immense soulagement envahit Maïlys et elle est heureuse d'avoir eu confiance en Luc. Elle suppose que lui aussi sera apaisé par la nouvelle.

- Vous avez serré les liens trop forts elle a les mains qui gonflent, je les ai coupés et je la rattacherai après. Viens, c'est par là, ajoute l'homme faisant fi des protestations des autres.

- Où voulez-vous qu'elle aille ? Nous sommes tous armés !
Il l'emmena dans une sorte de salle de bains désuète et pas très propre et ressortit en laissant la porte ouverte.
Maïlys profita des toilettes malgré sa gêne de savoir les hommes à côté et se baigna le visage pour se rafraichir puis elle le tamponna avec du papier toilette en l'absence de serviette en éponge propre.
« Il est probable que c'est plus hygiénique » pense-t-elle en grimaçant.

Elle n'a pas très envie de retourner dans la pièce principale de la ferme mais elle est un peu rassurée par les informations murmurées le garde, Luc serait en chemin ainsi que Pilar qui n'a pas de bébé et en cas de menace, elle devra se protéger avec le matelas dégoutant étalé par terre.
« Si j'avais une arme, je pourrais les aider et je bénéficierai de l'effet de surprise » se dit-elle.
- Vous auriez une arme chargée ? Je pourrais vous aider si c'est nécessaire. Murmure-t-elle.
- Tu sais ? articule de gars sans un bruit.
Maïlys hocha de la tête en se félicitant d'avoir suivi les cours donnés par Bertrand.
L'homme fit un signe de tête et la ramèna à l'arrière dans le fond de la pièce.

Les quatre hommes commencèrent bientôt à s'agiter, et à échanger dans leur langue. Ils sortirent leurs armes et les vérifièrent.

- Je voudrais une arme de poing. C'est possible ?
- Prend celle-là, elle est chargée Le fusil c'est moins maniable de près.
- Ouais mais je vais le garder, il peut servir. Qu'est-ce qu'on va faire de la fille ?
- Pilar a dit qu'il fallait la tuer devant Luc. C'est une garce cette femme, il lui faut tous les mecs et elle n'aime pas qu'on lui résiste.
- C'est la chef ?
- Du coin, les gens ne se méfient pas d'elle, c'est une femme et c'est une teigne. Tu es trop nouveau, tu ne la connais pas encore mais fais gaffe et si elle t'appelle dans la salle de bain, un conseil vas-y et pour avoir la paix, donne-lui ce qu'elle demande.
- Oh, comme ça ?
- C'est une femme qui agit comme un homme elle prend ce qu'elle veut et elle va le chercher. Il ne faut pas lui résister, pourquoi crois-tu qu'elle soit après Luc. Il lui a fait l'affront de dormir alors qu'elle s'était glissée dans son lit. Elle a attendu toute la nuit et le matin il est parti sans s'occuper d'elle. Elle n'a pas pu oublier et elle lui a pris sa femme quand elle a appris qu'il était en ménage. Une étudiante, une jeune artiste qui ne sert à rien d'après elle.

Un pacte sous condition

- Comment savait-elle où le chercher ?
- Elle l'avait reconnu, elle connaissait son nom et un jour elle a parlé de lui à quelqu'un qui savait où il était.
- Un infiltré ?
- Non un vieil ami de sa famille du côté de Bordeaux. Elle est de là-bas, ils étaient dans le même lycée mais s'il ne l'avait pas reconnue, elle savait qui il était. Je crois qu'elle le lorgnait depuis des années !
- Incroyable le hasard !
- Le hasard, ce n'est pas sûr, elle tire les ficelles depuis longtemps. Elle est engagée dans la résistance mais son père l'ignore et il est bien placé pour lui donner des renseignements quand elle pose des questions l'air de rien. C'est comme ça qu'elle a su que Luc avait une femme et où le trouver. Assez parlé d'elle, quelle heure est-il ? Elle devrait arriver.

« Mince, ce bonhomme semble dire que les parents de Luc ont parlé de lui à des amis qui ont donné l'info à cette foldingue. » se dit Maïlys qui malgré son air abattu n'a rien perdu de la conversation.

Son garde revient vers elle.
- Couche toi, murmure-t-il sans émettre de bruit.
- Je peux m'assoir là ?

Il fait un signe de tête et se tourne, le révolver à la main quand un bruit de portière se fait entendre. Les hommes sortent.

- Fais profil bas et surtout ne réagis pas aux provocations. Elle adore faire peur.

Pilar entra et se dirigea immédiatement vers Maïlys.
- C'est toi sa femme ? Mais qu'est-ce que Luc et ses vieux te trouvent ? A quoi sers-tu, une artiste, un poids pour la société, c'est ce que je vois moi !
Luc sera bientôt débarrassé de toi et il me prendra moi qui suis une vraie femme, ses vieux seront obligés de reconnaitre que nous formons un couple de battants et bientôt, nous gagnerons la reconnaissance pour notre cause.

Avec effroi, Maïlys constata que Pilar était délirante, et si elle n'est pas malade mentale, c'est bien imité ! Toujours assise sur le matelas, elle garda la tête baissée, ne voulant pas lui laisser percevoir sa peur mais Pilar lui attrapa les cheveux et lui leva la tête.
- Regarde-moi quand je te parle, voleuse de fiancé ! Luc est à moi depuis le collège, tu n'imagines pas que je vais te laisser me le prendre. J'attends qu'il arrive et je lui montrerai ce que je fais des filles qui l'approchent de trop près.
- Il ne m'a jamais dit que vous étiez liés.
- Il a dû te le dire mais tu as fait comme si tu ne l'entendais pas. Puisqu'il te fallait un homme entre les jambes, je vais te donner à mes soldats, ils

n'attendent que cela. Ajouta-t-elle en éclatant d'un rire démoniaque.

Une vague de peur engloutit Maïlys et de la bile remonta dans sa bouche. Elle déglutit difficilement et se demanda si son gardien pourra intervenir pour empêcher la réalisation des projets de Pilar.

Pilar prêta attention maintenant à son gardien :
- Je savais que tu étais arrivé mais je ne te connais pas. Tu es beau et grand, nous pourrions aller faire un tour dans la salle de bain en attendant que mon infidèle promis arrive. Quoique non, ce sera pour plus tard, j'entends une voiture. Reste avec celle-là, déclara-t-elle avant de sortir de la maisonnette à pas pressés.
Les deux personnes restées à l'intérieur entendirent la voix de Pilar ronronner :
- Luc, *mi querido infiel*, entre, j'ai une surprise pour toi.
- Hé, Marie, répondit Luc sur un ton goguenard, tu es bordelaise comme moi, de parents français et tu parles français mieux que l'espagnol, inutile de te donner un genre qui ne te va pas. Où se trouve ma femme ?
- Cette pute à soldats ? Les gars vont s'amuser avec elle, pour l'instant, elle est dans la maison avec son garde. Si tu fais ce que je dis, je la renverrai à

Un pacte sous condition

Toulouse sans doute avec plus d'expérience qu'elle en avait, sinon...

- Non, tu vas commencer par la confier à mes accompagnateurs et ensuite nous discuterons. Maïlys, sors ma chérie, appela-t-il.

- Vas-y je te couvre, murmura le garde, et cache l'arme si tu peux sous ton blouson mais qu'elle reste facile d'accès. Oui, ça ira allons-y, déclara-t-il après l'avoir observée d'un œil critique. Va te mettre derrière Luc, je te suivrai, mon pote est déjà positionné.

En tremblant, Maïlys sortit de la masure et contournant rapidement Pilar se précipita derrière Luc, près de la voiture avec son garde.

- Eh le garde, reviens ici me protéger. Mon équipe, descendez-les, hurla-t-elle en sortant un révolver de sa poche pour viser Luc.

Maïlys qui avait anticipé son geste tira une fraction de seconde avant elle et lui fit lâcher son arme. Pilar fût rapidement arrêtée et embarquée par une équipe les mains liées.

- Mais où sont ses hommes ? demanda-t-elle à Luc.

- Ils avaient été neutralisés et remplacés par des nôtres avant que nous arrivions en fanfare et les deux qui restaient comme ton garde font partie de nos équipes. Tu vas bien mon cœur ?

- J'ai été effrayée mais mon garde m'avait fait comprendre de quel côté il était et m'avait confié une arme. J'ai raté mon coup mais j'ai réussi à l'arrêter. Elle est complètement délirante, je ne suis pas sûre qu'elle puisse être considérée comme responsable, murmura-t-elle.
- La suite ne fait pas partie de mon job. Nous avons réussi à arrêter la bande et tu n'es pas blessée tout va bien. Rentrons les gars, merci Paul d'avoir veillé sur ma moitié.
- C'était un plaisir patron.

Trois heures après, Maïlys était chez Luc, dans un bain relaxant avant de se coucher.
- Vivre avec toi n'est pas de tout repos, Luc. Me diras-tu la nature de ton travail ?
- Je ne peux pas même si tu en as vu plus qu'il n'aurait fallu.
- Mon garde m'a confirmé qu'elle n'avait pas d'enfant, c'était une histoire pour t'attirer.
- Je m'en doutais mais cette histoire m'a tout de même beaucoup tracassé. C'est avec toi que je veux un ou deux bébés, toi seule, lorsque tu auras terminé ta formation. Mon boulot sera bien plus tranquille maintenant, puisque nous avons démonté cette bande. Déclara-t-il en la prenant dans ses bras pour la sortir du bain.

- Tu savais que Pilar était ta voisine Marie, de Bordeaux ?
- Non, je ne l'avais pas revue depuis longtemps et elle se faisait appeler Pilar. Je ne l'avais que très peu vue, de loin, au repaire de la bande, elle avait beaucoup changé et je n'avais pas pensé à elle, même lorsque nous nous demandions d'où venaient les fuites. Je n'imaginais pas que mes parents feraient partie de cette histoire et encore moins la très silencieuse et inhibée Marie, la petite voisine de mon adolescence. Ses parents seront catastrophés, elle les a bien roulés.

23

Pour Noël, ils se retrouvèrent tous à Bordeaux dans la maison léguée par les parents adoptifs de Luc qui sont eux aussi présents pour le réveillon.
La joie règne car aucun d'eux n'a plus de souci.

Marine et Bertrand attendent impatiemment leur bébé, Pauline et Jean-Philippe ont décidé de se marier l'an prochain afin de ne pas souffler la vedette à Marine. Estelle et Léo comme Mathilde et Pierre forment des couples discrets qui paraissent solides.
Les hôtes, Luc et Maïlys sont heureux ensemble et encore plus de retrouver leur groupe en dehors de l'ambiance du bureau et de ses soucis quotidiens.

Dans l'après-midi, alors qu'ils étaient en pleins préparatifs du réveillon, les amis des parents de Luc se présentèrent et demandèrent à rencontrer Luc et Maïlys.
Les larmes aux yeux, ils viennent s'excuser pour le comportement de Marie, leur fille unique.

- Ne vous tracassez pas Maïlys a été inquiétée un moment mais rien de vraiment grave n'est arrivé et pour nous, c'est dépassé même si ce n'est pas encore oublié.
- Marie était bien plus fragile que nous le pensions. Elle a été entrainée jeune par des gens de mauvaise compagnie alors qu'elle avait été déçue par un béguin d'adolescente auquel tu n'avais pas répondu. Déçue par sa vie, nous avons le sentiment qu'elle s'était construit en parallèle une vie rêvée dont tu étais le pivot central. Lorsqu'elle demandait de tes nouvelles, naïvement nous répondions à ses questions, nous ne nous doutions pas de ce qu'elle ferait de ces informations. Elle est en traitement mais nous ignorons si elle pourra un jour sortir de cet hôpital prison parce que pour le moment son discours ne change pas et elle semble avoir deux identités qui se superposent et de fait, adulte elle a eu deux vies parallèles.

Excusez-nous pour tous ces désagréments, si c'est possible, nous vous préviendrions si son état évoluait.

Maïlys a le cœur retourné par le chagrin que ce couple ressent devant la gravité de l'état de leur fille unique et par leur dignité.

Comment leur en garder des rancunes, ils n'ont pas de responsabilité dans la maladie de leur fille et dans les actes terroristes auxquels elle a participé.

Un pacte sous condition

Luc les embrasse puis les raccompagne.

Il prit Maïlys dans ses bras, l'embrassa, laissa passer quelques instants puis revenus au temps présent, ils rejoignent leurs amis pour préparer la fête du soir. Ils n'ont pas eu besoin de mots pour savoir ce que l'autre ressentait ou pensait, leur entente est profonde et ils se comprennent sans avoir besoin d'y avoir recours.

Luc la tenant par les épaules, l'entraina sur la terrasse ensoleillée à l'abri de l'air froid et sortit de sa poche un écrin :
- Chérie, je n'aurai pas la patience d'attendre la naissance du bébé de Marine ou le mariage de Pauline pour t'épouser. Accepterais-tu un discret mariage à la mairie que nous puissions attendre notre tour dès que tu auras terminé tes études ? Ce morceau de papier sera un début d'engagement.
- Tout ce que tu veux, comme tu le veux mais moi, avec ou sans papier officiel, je souhaite un mariage qui engage nos cœurs autant que ce que nous sommes, un pacte sous condition, celle certes de nous aimer aujourd'hui mais surtout de tout faire pour nous aimer tout au long de notre vie, malgré nos différences et les difficultés que nous rencontrerons.
- Je te le promets et tu sais ce que valent mes rares promesses. Je signe tout de suite !

Ils s'embrassent pour sceller leur accord et heureux, rejoignent leurs amis qui près de la porte les observaient et avaient vu Luc glisser une bague au doigt de Maïlys.
Ce n'est pas encore Noël mais le champagne coule à flot et ils sont tous très joyeux des perspectives que promettent leurs vies.

Deux ans après,
Maïlys est diplômée et fait connaitre son travail photographique, elle commence à se faire un nom mais elle sait que la notoriété sera longue à obtenir.
C'est à leur tour de signer un pacte solennel, ils se marient pour s'aimer, leur seul engagement depuis deux ans.
Luc est d'autant plus heureux qu'il a appris le matin même la future naissance de leur premier enfant dans huit mois.
Il stresse un peu mais il est prêt à accueillir ce bébé et à lui donner son cœur empli d'un amour qu'il est prêt à partager.

REMERCIEMENTS

Ecrire un livre est toujours pour moi un grand plaisir et une aventure.

Je suis accompagnée par les conseils judicieux de chroniqueuses qui me font la joie et l'honneur de suivre mes livres : Maryse, Marie-Amélie, et pour ce livre, Astrid, Laurie, Audrey et Ma Noue du temps d'un livre. Leurs retours critiques me permettent de rectifier ma vision de l'écrit. Sans elles, rien ne serait pareil.

Ma reconnaissance va aussi aux lecteurs qui par leurs commentaires m'encouragent à continuer.

L'ensemble de mes textes est à retrouver sur le site : https://www.argonautae.fr

Un pacte sous condition

© Lyne DEBRUNIS, 2024
Un pacte sous condition
ISBN : 978-2-3225-5478-2
Dépôt légal : Août 2024

Édition : BoD • Books on Demand GmbH, In de Tarpen 42, 22848 Norderstedt (Allemagne)
Impression : Libri Plureos GmbH, Friedensallee 273, 22763 Hamburg (Allemagne)